人蟻之家

望月諒子
もちづきりょうこ

王華懋——譯

蟻の棲み家

目錄

導讀

渴望被愛，爲何必定扼殺愛？

文／盧郁佳

面對社會衝突，如果一來就「用悲憫超越苦難」，文學獎是穩拿了。但和稀泥又怎能超越苦難？望月諒子的小說《人蟻之家》是搖山動地而來的龐然大物，劍指鄉愿，對加害者沒在客氣，逼視受害者令人難堪的厚顏病容更不留餘地。

書中一連串殺人案，始於周刊自由記者美智子追查的小案子：便當工廠屢遭客訴勒索。「三榮事件本身是輕罪，說起來只算是隨處可見的小坑洞。沒人想像得到，踏穿那個洞，裡頭竟有著偌大的空間，充滿了蠕動的人群，他們生活在其中，自成一個生態系，那模樣是同質而緊密的，令人聯想到蟻窩。」

便當工廠經常遭客訴誣賴以索賠。廠長爲怕被追究會失業、被離婚、失去房子、淪爲街友，只好借錢來賠。爲什麼他不報警，反而花錢消災？

記者踩進了蟻窩。

一位二十七歲的單親媽媽，陳屍在超商後巷。家中只有七歲的兒子和三歲的女兒，等不到媽媽回來，餓了便到超市行竊。超市店長和警衛進公寓興師問罪，只見滿屋垃圾，妹妹抓了麵包狼吞虎嚥，外人這才知道慘況。

店長和警衛踩進了蟻窩。

你目睹腳下踏陷蟻窩，暴露巨大的共犯結構。但這不是第一次，而是已經很多次。但每一次，它都立刻被維穩、就地掩埋，像是沒有存在過。

●

這本書透過小報記者追咬蟻窩不放的奮戰，反襯主流媒體的怠惰腐敗。電視、報紙、雜誌不去挖掘貧窮根源，反而拿虛假的同情敷衍搪塞，靠不實揣測消費情緒。窮人末男即使遭受鄰里歧視、母親怒罵；他最無法忍受的，還是彬彬有禮的貓哭耗子假慈悲。

「社會變得井井有條、清潔而富於功能性，空隙就會消失。原本生活在空隙的人會被排擠出去。人權家將這些人拉到檯面上，設法救濟，但貧窮的結構複雜糾結，不是說些冠冕堂皇的漂亮話就能解決。」

書中媒體報導命案，原先聯合隱瞞死者從娼，美化為「少女夢想當配音員」、「單親媽媽拚了命賺錢養活自己和孩子」；無視死者實際上既無緣擁有夢想、也不管小孩。報導假裝反歧視、骨子裡還是歧視，見死不救。媒體就像書中病態人格的富家子長谷川翼，只說別人想聽的話，就看哪一種道理對他有利，他就說哪一種道理來支持自己。鄉愿和投機，掩蓋了巨惡。世人踩到蟻窩後，假慈悲就用廉價的正義KO它。即使今天處決凶手，仍斷送了社會察覺真相的契機。

末男如果不仇恨、憤怒，就無法重歸依戀、悲憫。同樣地，社會要接納窮人，須先承認受困者「本來就是和我們不一樣的人」，「貧窮和貧困不一樣，窮只是沒錢，貧困就像是住在沒有生活基礎設施的荒蕪土地」，「講不出道理，不會簡單計算，不曾受正眼對待，意志得不到尊重……無法培養出想像力」。先承認蟻窩是嚴苛、極端的能力剝奪狀態，限制了窮人的選項，才能歸還能力。所以記者必須深入蟻窩。新聞有力量，是因爲眞相能改變社會。

●

本書作者深刻理解貧窮，宣告精神疾患、單親、虐兒、青少年黑幫犯罪、未成年從娼、職場霸凌、白領犯罪等社會問題的傳統分類架構失效，點出這些壓迫互爲因果，若切割單獨應對，就保證解決不了、只會惡化。《窮忙》、《下一個家在何方》、《社會不平等》等貧窮研究都說明，貧窮有多重原因彼此增強，盤根錯節。就像多頭怪獸，砍一個頭又長回三個，砍不勝砍，所以致貧容易脫貧難。《人蟻之家》就問題每個環節，一個咬出一個，對誰也不放過。

末男兒時從狹窄巷弄、地底公寓的頂上仰望藍天，以爲只要爬上階梯，任何人都能走到藍天底下享受幸福。成年後卻發現，只有自己總是從那裡的幸福世界被除外。

人爲什麼會落入貧窮困境？主流怪窮人太笨或太懶。大家起跑點平等，只要努力都有機會成功。失敗只因爲窮人缺乏毅力，無法延遲滿足，急於吃掉棉花糖，所以無法有所成就。扯其他原因都是藉口，不值得同情。要是同情窮人，他們只想把你拖垮。要是有救濟金可領，誰會努力工作？歐美政府財政就是被窮人吃福利拖垮，台灣千萬不能走歪路，也別讓自家孩子被窮小孩帶壞。以上就是我們從小被灌輸的階級歧視。

這種歧視，保障了上層富人對窮人的圈租。「不管世上發生任何事，都能相信絕對威脅不到自己頭上，是穩定的社會賦予生活在其中的市民的特權。」實際上，敲詐勒索都能相信它絕對威脅不到自己頭上，是社會賦予上層市民的特權。富家子長谷川翼，是那個甩鍋給別人擔的階級。翼上名校慶應大學做志工，趁機招攬少女從娼牟利，相信「只要說句『一時鬼迷心竅』或『遭人設計』，社會大眾就會原諒我們。地下社會的人，和我這樣的人，社會大眾當然相信我」。所以翼用免洗手機，免洗帳戶、車手取款，自我安慰「反正全都會變成你幹的」。窮人就是富人犯罪的免洗筷。

不但貧富的起點不平等，而且全程不平等。末男，是那個被別人甩鍋的階級。童年他去朋友家，朋友住在比馬路低兩層樓的谷地，得要從陰濕幽暗中爬兩層樓高的梯子上馬路。全書就是末男攀爬階級階梯想脫貧、脫黑，以抵達普通人的起點爲終點，卻達不到。雖然他不笨不懶，聰明又勤奮；但無論怎樣拚命，別人犯的錯，都隨著地心引力，全落到末男頭上要他承擔。

心理學者安娜·佛洛伊德《自我與防衛機制》指出，受害者出於防衛，會用自己被害的方式去攻擊弱勢。因此他每接近普通人的世界時，就會被身邊的人一巴掌打飛，永遠看得到吃不到。反而他和地獄只有一層木板之隔，隨時會掉下去沒命。

●

爲什麼末男這樣的受虐者常重複受虐？作者在此探入黑暗核心，藉三個性工作者的家庭，呈現虐待循環導致貧窮世襲，反覆陳辯困境，細膩突顯差異。描繪如此詭譎殘酷眞實，令人坐立難安。

便當工廠的廠長付賠償保住工作，似乎很正常。但小說後半揭露公司上下內外的結構原因，並點出「每次他都會乖乖付錢，所以被挑上」。總務部長不付錢也不報警，堅持「我沒做錯」。人事部長則對外抱怨「我現在才知道」、「廠長沒往上報」。兩位部長和廠長，又像是翼和他身邊的免洗筷夥伴們。作者精心刻畫施虐者和受虐者的哀愁共生，「那模樣是同質而緊密的」。

廠長像工廠員工美樹的爸爸內向寡言，被媽媽數落就會毆妻；但爸爸替女兒綁頭髮，大手是溫厚笨拙的。爸爸是加害者，也是受害者。愛情、親情全都如此糾結兩難。

這些窮人有許多不合理、可恨的行爲：

末男的母親賣身是爲養家，爲什麼反而借債陪男人打小鋼珠？甚至她根本不喜歡打小鋼珠。

末男的妹妹坐檯是爲還債，爲什麼反而借債養牛郎？

妹妹爲什麼要把債務推給末男，末男又爲什麼要承擔？

翼譏諷同伴女孩愛里賤賣肉體，愛里怒稱：「那是人家的興趣。」愛里對受虐已麻木、難得動氣，爲什麼對此動氣？

人們否決奢侈消費時會說「那是想要，不是需要」，從娼少女爲什麼把錢花在精品服飾、美食？學者研究，表面上窮人明明沒錢竟然買龍蝦吃，其實窮人面對日常險惡、需要龍蝦治療恐慌。看似不理性消費，背後是心理高壓在推動。嫖客和牛郎就是她們的龍蝦。從娼是需要錢，但也需要人的溫暖。從娼是需要錢，但主要是需要人的溫暖。

本書沿途令人椎心刺骨。但在外冷內熱的冷硬派女偵探美智子如鷹撲襲下，結束於疲憊滄桑，對事主滿懷感同身受的哀憐、相濡以沫。至此它寫到了上乘的境界，就是讀者理解一切後迷惘混亂的無言。

書中美智子追查一對父母，每天把一個孩子關在兔籠，正常圍桌吃飯。這孩子死了，其他孩子也沒有怕父母，還全家去公園玩。這些適應的孩子，其實都已經得了心病。她問，痛苦根源在哪，是父母、家庭，還是有這種人存在的事實？

社會幸福的契機，必須從那痛苦混亂的自問中分娩而來。

本文作者簡介

盧郁佳，曾任《自由時報》主編、台北之音電台主持人、《Premiere首映》雜誌總編輯、《明日報》主編、《蘋果日報》主編、金石堂書店行銷總監，現全職寫作。曾獲《聯合報》等文學獎，著有《帽田雪人》、《愛比死更冷》等書。

Prologue

吉澤末男生於一九九一年的東京都板橋。

此一地區道路盤根錯節，房屋相對而建，二樓陽台幾乎彼此相觸。每一戶皆屋牆污黑，鐵皮屋頂鏽跡斑斑。這個町過去位於谷底，谷地上下有著三層樓的高低差。僅有大人肩膀寬的窄巷盡頭，連接一條必須仰望的陡急階梯。

巷弄中擺著瓦斯桶、藍色塑膠垃圾桶，掛著許多把雨傘。這裡也是組合屋密聚之處，亦有建在崖邊岌岌可危的屋子。末男就是在這樣的巷弄中，宛如奔竄的貓般自由自在地穿梭成長。

組合屋從崖上朝谷底建得密密麻麻。這一帶整體呈現紅褐色，感覺一靠近就會聞到鐵鏽味。此處有頭大黑狗，經過的時候得握著雨傘戒備，甚至必須揮舞著雨傘前進。住在地區邊陲的朋友家是雙層建築，但在路面上只能看見屋頂，得從路邊走下如工作梯般的金屬梯子，才能到達玄關。沿途陡急狹窄且黑暗，彷彿進入井底。

屋子裡總是坐著朋友年老的祖母和幼小的妹妹，末男從來沒看過其他人。抬頭望著他的老奶奶，夏天穿著襯衣和百褶長裙，軟軟地癱坐在起毛的榻榻米上，像一坨剛搗好的年糕。稀疏的頭髮在腦門緊緊紮成圓髻，但因爲髮量少，只有一顆櫻桃大小。從襯衣腋下的開口可看見下垂的乳房。

谷底的那個家幾乎沒有日照可言。老奶奶背對著勉強射入的微光，抬頭面向末男，一動不動，好似一尊小神像，或某種不祥的生物，總之讓人聯想到不屬於這個世界的事物。妹妹約莫三歲，不發一語，只是纏著哥哥。末男覺得她比起幼童，更像小動物。

末男躺在潮濕的榻榻米上，翻著讀過上千遍的漫畫打發時間，然後再抓著梯子的鐵桿，爬上路面。那梯子恍若從地底伸出，前方只有勉強能容一輛自行車通過的巷子，但抬頭一看，上方豁然一塊藍天。

巷弄狹隘，卻不髒亂，也沒有垃圾或異味。雖然有些地方掉落著空瓶罐，零食袋被風吹聚，充塞著甜膩、偶爾催人欲吐的臭氣，但這種地方並不多。

穿過密集的住宅區，是一條大商店街。商店街很長，生意熱鬧滾滾，大人們大白天就坐在圓凳子上喝酒。

每到傍晚，末男這些孩子的遊樂園便從巷弄移轉到商店街。

天黑以後，朋友都回家了，末男仍留在商店街。

接近打烊時刻，各店老闆會豪爽地打折拋售賣剩的商品。只要耐性十足地站在那裡，就會有人賞飯吃。

「你媽呢？」

「不知道。」

「不在家嗎？」

「在。」

末男隨口敷衍過去。

母親有時在家，有時不在。如果不在，他就一個人開燈看電視。母親要是心情好，會放些吃的在桌上。見桌上沒有食物，他便挖出零食果腹。但即使母親在家，家裡若有不認識的人，末男就得待在外頭，直到那人離開。

他有時待在公園，有時待在路邊。

母親若是在家，偶爾會叫外送，但非常難得，多半是把外面買來的熟食擺成一桌。母親很少下廚，所以末男會煮烏龍麵。看到等待烏龍麵煮好的母親，他覺得自己成了她的依靠，欣慰極了。不管好吃難吃、涼了還是吃不飽，和母親一起圍著小桌子吃飯，他感到十分幸福。縱然是這樣的日子，吃完飯後，母親就會和別人講電話講個不停，接著出門，三更半夜才喝得醉醺醺回來。

有時母親會喃喃自語：「我一個女人要養孩子，太辛苦了。」

因此，末男會在外頭待到很晚，在商店街要東西吃，察覺家裡有母親以外的人的時候，就在家門前的公園靜靜等到陌生人離開，即使母親表現得彷彿末男根本不存在，他也絕無怨言。

母親曾經兩次介紹「父親」給末男。男人在家的期間，母親都會待在家裡，洗衣煮飯。明明是自己的家，末男卻覺得像闖進陌生人家，很不舒服，但這種情況總是不長久。兩個「父親」都和母親發生口角，甚至扭打起來，在大小爭吵反覆上演當中，不知不覺又回到只有末男和母親兩個人的生活。

末男喜歡和母親兩個人的日子，所以即使母親怨懟地說「我一個女人要養孩子，太辛苦了」，他對母親也沒有半點恨意。

剛上小學，母親買了筆盒、筆記本和書包等文具給末男，就和其他朋友一樣。上學十分快樂，末男成績也挺好。末男七歲那年，母親生下妹妹。

嬰兒一餓就會哭。母親心血來潮會關愛妹妹，感到麻煩就忘了她。妹妹開心的時候，母親又抱又哄，但見她哭鬧就不耐煩。

末男很怕嬰兒啼哭。
嬰兒只要得不到滿足就會哭，但在這個家裡，以哭泣表達不滿不知道會發生什麼事。或許會挨揍。或許會被擰。或許會被拋棄。
末男拚命安撫妹妹。他學會怎麼泡奶粉，替母親去買紙尿布和奶粉。
到了這個年紀，末男已明白母親和來家裡的男人在做些什麼，理解到男人丟在桌上的一萬圓鈔票，是他們母子唯一的現金收入來源。
末男帶妹妹去公園消磨時間、努力照顧妹妹，全是爲了不想破壞偶一有之、難能可貴的一點天倫之樂。

下雨的日子，末男會帶妹妹到覆有拱頂的商店街消磨時間，肚子餓就偷店裡的東西。摸走三根烤雞串遭店家報警的時候，到場的是末男認識的巡查（註）。巡查對他露出從未見過的表情，既像放棄，也像同情。
商店街裡充斥著食物，他們身在其中，卻饑腸轆轆。反正這些商品最後都會被低價拋售，他們拿走的只是九牛一毛——如果不小心掉到地上，就會直接報廢的量。
妹妹似乎不懂別人是怎麼說他們的。母親五天前就不見人影，但末男沒有辯解「妹妹餓了，所以我才偷的」。即使如此辯解，又能有什麼幫助？
上國中以後，母親叫末男去賺錢。末男說要去送報，被母親揍了一頓。母親大吼，叫他去車站前的停車場偷自行車，不然就去商店街偷東西。
車站前停滿了自行車。物色好下手的目標後，拿鉗子剪斷防盜鎖，再若無其事地騎走。

末男沒有染髮，也沒有穿耳洞，這樣一個國中生，即使在自行車旁邊徘徊，也不會啓人疑竇。進出家裡的男人，會把末男偷來的自行車拆了變賣。末男每天偷一輛，第十天母親帶著他和妹妹去附近的燒烤店吃飯。母親心情很好，妹妹也開心得手舞足蹈。

末男只要認眞讀書，就會被同夥戲弄地戳來戳去。在這個時期，末男發現人渣的特徵，便是要旁人跟他們一樣人渣才甘心。所以，聽到末男說要去送報，母親才會暴跳如雷。

末男謊稱偷不到，整整十天沒偷自行車。於是，母親的男人把他帶到超市前面，叫他偷十盒鰻魚，然後帶他去書店，叫他偷十本書。「帶你妹妹一起去，就不會引人懷疑。」男子一臉好心地建議。末男帶著妹妹，偷了十盒鰻魚和十本雜誌。

「你不賺錢，家裡的人會餓死！」母親發飆地說：「長男就是要賺錢養家，你幫忙賺個錢會死嗎？」

母親大字不識得幾個，連簡單的加減乘除都不會。母親只會賣春。陪客人一小時，可拿到一萬圓，有些客人會留下兩萬圓。

如果接不到客人，母親常會打末男和妹妹出氣。她會打電話給認識的男人，露骨地說：「我沒錢了，欸，來玩一下嘛。」有錢的時候，母親絕對不會打小孩。

末男瞞著母親報考高中。報考費用連一萬圓都不到。母親沒發現末男考上高中，也沒發現他天天去上學。起先末男都到車站廁所換制服再去學校，但沒多久就露了餡。末男擔心母

註：日本警察制度的階級，由下而上依序爲巡查、巡查長、巡查部長、警部補、警部、警視、警視正、警視長、警視監、警視總監。

親會暴怒，但奇妙的是，母親並未生氣。

「這麼說來，你爸也是大學畢業。」——母親只這麼說。她替末男籌措了幾次學費，接著就不出錢了。

這個時候，末男開始幫忙闖空門，目標是夜裡無人的商業區辦公室。拿鐵槌砸破窗戶，即使一戶收穫不多也無所謂。人手一根鐵槌，以量取勝。拿毛巾蒙臉，戴上護目鏡及三層工作手套，免得遭四散的碎玻璃刺傷。他們直接抓著鐵槌砸下去，毫不在意會發出巨響。踹開碎裂的玻璃，打開門鎖，侵入室內。電腦、電話、影印紙，只要是搬得走的東西，全部堆上車子。從破窗侵入到離開，只有短短十分鐘。即使沒有戰利品，十分鐘一到就離開現場。

漸漸地，一夥人愈來愈大膽，把腦筋動到通勤圈上。他們的目標是獨居老人。住家和辦公室不同，晚上有人睡在屋裡。只要敲破窗戶，幾乎所有住戶都會屏息不敢出聲。如果遇上住戶就恐嚇「敢吵就放火燒你們全家」，臨去前再撂下狠話「要是我們被抓，出獄後一定會回來放火」。

末男知道自己不可能上大學。不是錢的問題，也不是學力的問題。

而是我這個人生錯了地方。

好想上大學。

好想要不用偷竊的生活。

爲了這個願望，末男敲破別人家的窗，侵門踏戶。

會破窗侵門踏戶的人，不可能與拾金不昧送交派出所的人並肩走在一起。

末男靠著這段時期得到的錢，從高中畢業。雖然曾被警方輔導，但級任導師熱心替他找工作，畢業後他進入一家做螺絲的小型金屬加工廠。

末男工作認眞，學得又快。他敬重前輩，不多廢話，一早就到公司將每個角落打掃得乾乾淨淨。「値得嘉許，不過別太勉強自己。」工廠裡的人說。

「這不算什麼，在家裡都是我負責打掃。」

這是事實。打掃、洗衣、洗碗，全是末男的工作。最重要的是，他希望重新找到屬於自己的規律。

發薪日，他買了禮物給妹妹。

半年後的某一天，兩名男子找到公寓來。兩人都很年輕，感覺吊兒郎當。

母親已三十五歲，以她的客人而言，實在過於年輕。

其中一人對母親說：「差不多該還錢了吧？」另一人輕蔑地接著說：「所以當初就說了嘛，借那麼多眞的沒問題嗎？」然後，他們對末男說：「你媽爲了還債，向地下錢莊借錢，又爲了還地下錢莊的債，來跟我們借錢。以債養債，很會喔。」

末男當場質問母親。母親說，錢跟男人打小鋼珠都花掉了。

旁觀母子倆對話的討債人，問末男要不要幫忙他們的工作。

「你媽欠的債，三兩下就可以還清了。」

——要不要加入我們？高中學費那點錢，一眨眼就能籌到。

跟持鐵槌破窗行竊的那夥人邀末男的說詞一模一樣。

就在這時候，末男任職的工廠的手提式保險箱失竊。工廠從未發生過這種情況，於是新來的末男蒙上嫌疑。

這麼說來，他每天早上都第一個進工廠嘛。

是不是假裝打掃，在四處探路？

公寓前面有一座小公園。末男曾帶著妹妹在那裡消磨時間。他坐在公園長椅上思考。

如果查不出竊賊，就會變成是我幹的吧。順手牽羊，竊盜。我接受警方輔導的理由，都跟錢有關。

不管怎樣，除非還清母親的債務，否則家裡成天有人來討債的事，遲早會傳進工廠的人耳裡。再這麼下去，我還是沒辦法繼續留在工廠。

妹妹才十一歲。

第一章

1

梅雨季過去了。

東京碧空如洗，連日火傘高張，灑下刺眼的陽光。

蒲田署刑事課的牆壁上方，接近天花板交界處裝了一個正方形褐色廣播喇叭，就像小學教室裡常見的那種。

七月十六日凌晨，再過四個多小時便能結束值班的時候，廣播喇叭傳來清亮的年輕女聲：

「收到警視廳來電，警視廳通令各部門。」

刑警辦公室裡所有人都定在原地。走廊上的人停下腳步，講電話的人中斷談話，將話筒移開，直盯著半空。電話響起，但沒有人接，鍵盤打字聲不約而同停歇。

「四點三十五分，蒲田署轄區發生疑似他殺命案。」

瞬間，蒲田署一陣騷動。

蒲田署轄區內的犯罪案件並不少，但幾乎都是順手牽羊、竊取車中物品、偷自行車、商店扒手、打架等等，殺人命案一年不到一件。

前天凌晨，位於川崎的身心障礙養護院，才剛發生男子殺害十九名院生的慘案。這陣子，世界各地隨時都有人犯下屠殺案，凶犯都是對自身境遇不滿的人。他們在腦中將自己形塑爲「憂國志士」，把自己的行爲當成「一種政治活動」或「社會現象」。這類屠殺案在世界各地時有所聞，但直到這一刻以前，對蒲田署來說都事不關己。

「警視廳呼叫蒲田3。」

廣播喇叭傳來「噗滋」接通聲，渾厚的男聲應答：

「這裡是蒲田3，請說。」

「警視廳通令蒲田署，接獲來電通報仲六鄉四丁目，六鄉高爾夫球俱樂部與多摩川中間的樹林地帶疑似發現屍體。目前正在一一〇線上詢問男性發現者狀況。請盡速派員至現場附近，保存現場完整。」

刑事課巡查與生活安全課巡查部長丟開手上的工作，火速跳上警車。

「現場是高爾夫球場，車子進得去嗎？」

「從國道前面進去，可以接到高爾夫球場外圍的路。」

高爾夫球場位在河岸，外圍沒有稱得上馬路的正規道路，只是一條被車子輾平的通道，半途就消失了。

高爾夫球場盡頭出現旋轉的紅燈。「是那邊。」「沒錯，就是那邊。」兩人互相確認，小心翼翼駛過河岸道路。

率先抵達並打開紅色警示燈的，是接獲無線電通報趕來的西六鄉派出所警車。附近圍出了人牆，中央明晃晃地亮著燈。

警車的車窗全開，不停傳出無線電的呼叫聲。前方一名巡查抓著印有「禁止進入」字樣的黃帶子，正在安撫疑似報案的男子。

兩輛機動搜查隊的偽裝警車陸續抵達，終於看到鑑識課的車子後，又有新的警車張揚地旋轉著紅色警示燈停下。高爾夫球場盡頭，有六輛車子旋轉放射著赤紅的燈光。

通過橋上的十五號線的人行道上擠滿了群眾，報案男子朝著派出所巡查叫囂：

「我只是看到而已！我再也不要報什麼警了！」

這一帶有許多私自搭建的違章棚屋，有些甚至牽了小耳朵天線。從男子憤憤不平的樣子來看，自稱正在遛狗的他，應該就是非法占據這一帶而居的棚屋居民。

屍體的臉變得稀巴爛。傳來鑑識人員說「死後不到五小時」的聲音。那張臉上貼滿了蒼蠅。

男性死者仰躺在地，乍看之下沒有扭打的跡象。死者身材矮小，理平頭，穿著比合身尺寸大了兩號的夾克，是那種上世紀的飆車族喜愛的質地光亮、鏽有金字的款式，但由於濺上了血跡，無法清楚確認。

死者右手擱在腹部，左手在地面抬至肩膀的高度，雙腳鬆軟地左右打開，彷彿在大熱天裡午睡。只有臉部變成一團有如石榴的爛肉。看起來像是用大石頭砸上去後，便直接拿起來。

機動搜查隊的刑警在周圍滴水不漏地進行搜索，比起被害者或凶手掉落的物品、腳印和血跡，恐怕更著重於尋找那塊砸爛臉部的石頭。

在生活安全課巡查部長的呼喚下，刑事課巡查回到警車上。

警車不斷接到無線電的聯絡。聽到有命案發生，會計和總務人員很關心是否要設置搜查總部。因爲一旦決定設置搜查總部，不光是處理茶水和便當，他們還得安排寢具、傳眞機和電話等各種設備的租賃事宜。此刻，池上署和大森署一定也正煩人地追問負責管轄的蒲田署狀況，所以副署長才會不停聯絡現場。巡查部長爲了應付上司，實在分身乏術。

「狀況如何？」

「約莫是午夜時分遇害，聽鑑識人員說死後不到五小時。」

「會不會是川崎那邊的不良分子，跑來我們轄區打架鬧事？」

「打架會把臉砸成那樣嗎？」

「嘿，沒腦的白痴打架，誰曉得會幹出什麼蠢事。搞不好不是故意要砸臉，而是朝對方扔石頭，歪打正著砸在臉上。」

不知是從哪裡得到消息，人群中出現了攝影師。看熱鬧的民眾拿手機對著命案現場錄影。

旭日東升。白茫朦朧的朝陽緩緩爬上多摩川的天空。

無獨有偶，就在同一天，中野區東中野有人發現一名女子遭到殺害。

位於柏木的7-Eleven後方巷弄，一名年輕女子躺在地上，滿臉是血。接獲這起報案的時間，是蒲田署轄區內的六鄉河岸發現男屍的七小時前，七月十五日晚上九點四十三分。

報案民眾很害怕，說女子臉上都是血花，額頭開了個洞，雙目圓睜。

女屍穿著運動長褲和洗舊了的T恤，趿著橡膠拖鞋，身上只帶零錢包。體型微胖，乾燥受損的頭髮染成接近金色的褐色，長度約至背部中間。眉毛剃到只剩三公分，指甲小而長。發現地點是距離超商兩百公尺的巷弄，死者沒帶鑰匙或手機等任何可供辨識身分的物品，疑似洗完澡後短暫出門去超商。髮根還是濕的，手中的超商塑膠袋裡裝著三支冰棒、兩袋零食，及兩罐發泡酒（註）。

女屍的眉心開出直徑約一公分的洞孔。臉部濺滿了血花，宛如紅色雨水，後腦碎裂。乾燥的褐色長髮呈扇形散開，眉毛稀疏的女子呆呆地張著嘴巴，躺在血泊中定定注視著東京的天空。

四天後，七月十九日下午三點，東中野又發現一具女屍。

鄰近住戶抗議臭不可聞，房東以爲是屋中堆積太多廚餘垃圾，於是以備份鑰匙打開玄關的門。開門的瞬間，惡臭一湧而出，嚇得房東當場打電話到中野署報警。

這陣子連日氣溫超過三十五度，屋裡瀰漫著令人窒息的惡臭。到場的警察深入這片惡臭之中，在浴室發現一具漆黑的物體。

形成物體的黑色粒子每一顆都在蠕動。警察靠近一步，那些黑點隨即「嘩」一聲飛散開來。

是大量的蒼蠅。蒼蠅飛走後，只留下坐在浴缸裡呈人形的氣球——膨脹到幾乎快破裂的屍體。周圍有無數的蛆在爬行，假睫毛貼在融化的肉片上。屍體坐在放滿水的浴缸裡，額頭有一記彈痕。

公寓該戶的簽約住戶是一名二十二歲的女子，神崎玉緒。「她雖然穿著打扮招搖，可是人很不錯。她還送過我家鄉寄來的柿子，房租也從來不曾遲繳。」房東渾身顫抖地說著，魂不附體地連續播打神崎玉緒的手機號碼。

註：麥芽比例未達三分之二的發泡性酒類，口味與啤酒相近。

機動搜查隊的年輕隊員，眼角餘光掃過汗流浹背地按著手機號碼的房東，注意到屋裡完全沒有響起手機鈴聲。

屋裡的格局是和室附有小廚房。西向窗掛著廉價窗簾，有一半空間都被床鋪占據。剩下的一半中央擺了張折疊式小矮桌，上面放著別了粉紅色大蝴蝶結的布製提包。

隊員戴著白手套伸進蝴蝶結布包，抓出水鑽貼得琳琅滿目的手機。水鑽貼成凱蒂貓圖案，活像年節飾品的毽子板。

手機是開機狀態，卻沒有接到來電的反應。

——房東打的不是這隻手機。也就是說，這隻手機和包包，都不是神崎玉緒的東西。

那麼，那具屍體——可能不是神崎玉緒。

玄關有個繫紅色緞帶、印著米妮圖案的大行李箱，塞滿全套生活用品。錢包裡裝有各種集點卡，幾乎快撐爆。透過這些卡片，查到了物主的身分。

座間聖羅，二十二歲。在交友網站上賣春的女子。

這時，房東總算接到神崎玉緒的回電。

神崎玉緒得知噩耗，哀叫一聲，痛罵起座間聖羅。

2

據說，歷經雨量極少的「空梅雨」，夏季會特別酷熱。今年進入梅雨前，一直是豔陽高照，進入梅雨季後，浮在藍天上的白雲亦多日毫無動靜。幾場劇烈的大雨後，氣象播報員突然宣布「梅雨結束了」，接著夏季到來，幾乎融化身體的熱浪覆蓋天空。

她走出住處，打開房門，接受熱浪的洗禮。搭電梯來到地面，短短三分鐘就習慣了這片暑熱。月台的燠熱超乎常軌，到站電車的車廂冷氣讓人重新活了過來。

如果電車和大樓從東京消失，到底還有多少人能在這裡活下去？或者，少了電車與大樓，這要人命的暑熱也會跟著消退？

木部美智子是一名獨立記者。

雜誌賣不出去，人們不再閱讀，不只是記者，這時代對所有與鉛字有關的人而言，都是難熬的寒冬。電視沒人要看，報紙沒人要讀，聽到的全是些令人難受的消息。但木部美智子的每一天依舊沒有太大的改變。美智子是雜誌《前鋒》的招牌記者，只要《前鋒》不倒，她就不愁沒工作。

七月二十日。

木部美智子坐上熟悉的電車，走過熟悉的道路，前往《前鋒》編輯部。

《前鋒》所在的大樓前面有個大型十字路口，等紅燈的行人聚集在一處，就像一灘黑色的水。沒多久紅燈轉綠，隨著引導視障者的音樂旋律，黑色水灘蠕動著慢慢填滿白色斑馬線，拉成細細長長的一條線。這也是熟悉的光景。

她以眼神向認識的警衛致意，在登記簿填上名字，領取入館證，搭乘電梯，按下「七樓」的按鈕。

昨天她接到編輯中川來電。中川說總編問了兩次：小木什麼時候要過來？並說如果美智子要過去，他會先把改過的稿子準備好。

中川是《前鋒》少數的正職員工，年輕有幹勁，做事很得要領。眞鍋總編輯一叨念起木部美智子的名字，中川便悄悄打電話過來，給她一個到《前鋒》的藉口。能使喚這樣一個人才，實在是眞鍋前輩子修來的福氣。但中川儘管做牛做馬，卻沒有因工作量過多或壓力過大而面容憔悴，反倒理直氣壯地展現出「瞧我多精明能幹」的態度。

《前鋒》編輯部也變得安靜整潔許多。沒有響個不停的電話鈴聲，沒有傳眞機嘎嘎作聲，也沒有二手菸，辦公室空氣一片清新，彷彿是小時候在二十一世紀預測圖中看到的那種近未來式的寂靜。

在這片知性的寂靜當中，眞鍋正在講電話。那神態與處在二手菸煙霧繚繞、電話鈴聲及粗魯喧鬧聲籠罩的三十年前完全一樣，旁若無人。

他大剌剌地靠在椅子上，對著四十五度斜上方說話。

美智子悄悄走近中川。中川立刻湊上來：

「木部小姐昨天傳來的稿子，眞鍋總編讚不絕口。」

「忙成這樣，他根本沒細讀吧？」

眞鍋的耳尖應該是一種職業病。對著斜上方的臉冷不防轉向中川，接著注意到站在他後面的美智子。眞鍋啞聲恫嚇著電話另一頭，愉快地揮揮手叫美智子過去。

在現代職場，那種說話口吻會被認定爲權勢騷擾。不過，眞鍋的話，想必會轉移焦點說：「你以爲不運用權勢，有辦法搞定工作嗎？」

眞鍋的生命線是銷量。在目前，《前鋒》是模範生。

在遙遠的過去，《前鋒》由於立場過度偏左，儘管具有權威，銷售卻年年下滑，是眞鍋重建起它的軸心骨。即使公司下了禁菸令、另設抽菸室，他照樣在座位抽菸，把要求請育嬰假的男員工調到分社。看見服裝太透明、衣領太開的女員工，則是吐出近似性騷擾的言詞：「穿成那樣，就算夜晚在路上被拖去強暴，也是自找的。」

「眞鍋總編找我有什麼事？」美智子問中川。

「妳猜不到嗎？」

「猜不到。食品公司的客訴案件還不到可以寫成報導的程度。」

「喔，妳說川崎那件事。」中川應道，美智子訂正：「是蒲田。」

「那個叫野川愛里的女生怎麼樣了？」

「找不到。只帶著一隻手機四處跑的人，只要關掉手機，半點痕跡都不會留下。」

這時，眞鍋敷衍地說「好、好，麻煩了」，掛掉電話，於是美智子走到眞鍋的座位旁。中川裝成自己也被叫去的模樣跟上來。

「不愧是木部大記者，寫得太棒了。」

眞鍋放在桌上翻閱的，是美智子昨天寄來的稿子。

未婚生子的小媽媽太過年輕，拋下母職，成天和男人泡在一起，由於受不了礙事的小孩，以「未必故意」的行爲害死小孩，一般都會視爲虐待，但這種情況，母親反而是利用「虐待」這個詞，做出超出虐待範圍的行爲。

以前美智子追查過一樁案件，是父母每天把孩子關在兔籠裡，導致孩子死亡的命案。死去的孩子還有其他手足，一家人把其中一個孩子塞在小籠子裡，圍在餐桌旁一起吃飯。其他孩子沒有發抖害怕說「哥哥好可憐」，也沒有因爲看到兄弟遭到這種對待而害怕父母。他們任由手足之一被關在籠子裡，全家去公園玩耍。戶外陽光燦爛，抑或傍晚暮色逐漸逼近，獨自被關在籠子裡的孩子實在太可憐了。但如此一來，這樁案件便暗示了不只有父母異常而已。如果父母異常，其他不以爲怪的孩子也是異常的，亦即整個家庭都是異常的，既然如此，死去的孩子或許也是異常的。被害者與加害者是同質的，不再是「絕對的被害者」。要是把這個孩子放出來，或許會有其他手足被關進去，而被放出來的孩子應該絲毫不會同情代替他被關進去的手足有多痛苦，照樣和家人一起出去玩吧。問題的根源究竟在哪裡？是父母？是家庭？還是有這種人存在的事實？

美智子以這樁案件是「尋常普遍的」、「只要走錯一步，任何父母都可能做出這種事」的角度，完成一篇報導。

「可是，」眞鍋信手翻動美智子的稿子，「這種題材也膩了呢。到畠山鈴香（註）都還有點反應，民眾會想知道這女人到底是怎麼回事，所以會把她當人看，但最近的實在是太超過了。」

眞鍋說的「最近的」，是指被塞進垃圾桶死亡的嬰兒、在寒冬中以接近赤裸的狀態被綁在陽台而衰弱死亡的孩童等案例。

「乾脆別唱高調，原原本本報導出來如何？」中川插話。語調、音量、時機，他恰到好處地溜了進來，絲毫不打斷談話。這就是中川的特色。

眞鍋直盯著稿子，突然「嘿」地一笑：

「這種人跟我們不一樣，對於做出這種事毫無罪惡感——是嗎？人有絕對不能跨越的一線，也可說是必須遵守的原則。現在這世界如同一片乾燥的牧草地，只要丟下一丁點歧視發言的火種，一眨眼就會烈火燎原。讀者的嗅覺比我們想像中更靈敏，但又沒有我們期待的那麼聰明。像十五日發生的川崎的身心障礙養護院案件，凶手也不認爲自己做了什麼壞事啊。在這種時代，你敢白紙黑字寫下『被虐待的小孩跟我們本來就是不一樣的人』試試……」一名編輯拿著清涼寫眞頁的校樣過來，眞鍋草草瀏覽了一下，點點頭塞還回去。「馬上會有一堆無腦的傢伙，窮凶惡極地撲咬上來。因爲他們總是虎視眈眈，隨時準備要打落水狗。從前貧窮不是什麼可恥的事，就算只有國中學歷，本人或許覺得自卑，但有時候那樣的人才是最善良的。儘管是單親家庭的小孩，也是在父親或母親加倍疼愛中長大。所謂的規範意識，會讓一個人學會自尊自重，要是用白紙黑字做出粉碎那種自尊心的事，就完蛋了。」

中川似乎無法信服。美智子沒辦法，只好接過話：

「換句話說，如果拿幾個鬧上新聞的例子，讓世人認爲是普遍的狀況，社會上的這種成見將會壓迫到某些族群。即使是低學歷、結過三次婚的年輕小媽媽，有些人還是很疼小孩，全心全意養育。就算是說話難聽、亂戳小孩的頭、眉毛剃光的母親，帶著在店裡亂跑、戳破生鮮食品保鮮膜哈哈大笑的小孩，這樣的家庭也可能會扶弱抑強、充滿愛與正義感。雖然也有並非如此的情形啦。」

確實，輕率劃分界線，會帶來不當貶抑某些族群的危險。而受到不當貶抑的族群自尊心一旦被摧毀，將會喪失規範意識。所以，眞鍋的意思是，報導的前提應該是「發生在與我們相同的人身上的事」，他絕對不會偏離這個原則。

註：二〇〇六年發生的秋田兒童連續命案的凶手，她殺害親生女兒後，又殺死鄰居男童。

但美智子無法只是據實描述，有更切實的理由。一旦深入追查案件，在某個時間點，對孩子的同情便會倏地從她的內心消失。

幼兒是父母人生的一部分，獨立於父母的另一個人格——自我尚未確立。父母會對孩子付出愛情，是因爲父母與孩子原本就非各別獨立。所以，三歲孩童沒飯吃餓死，固然令人同情，但其中並無人們想像的被害者，只有惡意與殘忍。沒有爲自己的死抱憾的自我意識，也沒有爲孩子的死感到遺憾的父母。美智子無法眞心投入這類案件，不是基於眞鍋那樣的倫理觀，而是認清了這樣的虛無。

「中野那裡有沒有什麼消息？」

眞鍋唐突地改變話題，就像在河面的飛石之間跳躍。看來，話題從美智子的稿子轉移到中野發生的兩起命案了。其中一名死者身分不詳，另一名則是賣春女子。

「沒有。」

眞鍋點點頭，憂愁地自言自語：

「槍殺耶，眞是太可怕了。」

第一起命案發生後，整起事件便散發出不祥的氛圍。被害者是年輕女子，地點在超商後方，凶器是手槍。女子不像會遭職業殺手殺害的特殊人士，但一般人要報私仇，實在不可能動用手槍。如果不是職業殺手，也不是仇殺，就是無差別殺人了。

第一名死者的姓氏尚未查出。警方似乎沒接到家人沒回家或員工未出勤的通報。女子沒帶鑰匙，表示她可以不上鎖就出門，應該不是獨居。女子光顧的超商店員記得她，說看過她幾次，約莫住在附近，至少是冰淇淋不會融化的距離。但過了五天，依然未能查出女子的身分。

超商監視器拍到女子拿起架上角落的漫畫又放回去的身影。警察從購物袋裡的商品回溯收銀機紀錄，查到付款時間，十五日晚上九點三十六分。緊接著，店外監視器拍到女子走出商店的身影。那裡距離遇害現場約兩百公尺。機動搜查隊的警車抵達現場時，屍體還是溫的。

據說彈孔就在眉心，不偏不倚地在額頭上開了個洞。血噴了滿臉，在後腦形成血泊。但沒人聽到女子的慘叫，只有幾個人聽到「清脆的砰一聲」，時間點幾乎相同。由此推測出來的狀況，是女子眼前赫然冒出槍口，還來不及尖叫，腦袋就開花了。

仔細想想，犯案手法極為大膽。

第二名被害者座間聖羅被發現時，死後已過七十二小時。意即她遇害的時間，是中野超商後方的命案發生隔日，七月十六日的白天。

「關於第二名被害者，有個記者來向我兜售情報，聲稱在中野署有熟識的刑警。內容是收留被害者的女子和母親的證詞。」

聽到眞鍋這話，中川從附近拉來一張空椅坐下說：

「座間聖羅是在交友網站接客的賣春女子。死亡現場是朋友的公寓浴室。聽說收留她的朋友氣炸了。朋友說：我只是一片好心讓她住在這裡而已，每次她來過夜都會有東西不見，又會隨便拿我的衣服穿。可是我還是讓她借住，她居然給我死在浴室，根本是恩將仇報。」

「這……」美智子停頓了一下，「很不錯的開頭。」

中川點點頭，繼續道：

「由於可能是搞錯人，其實凶手要殺的是該戶的住戶神崎玉緒，所以一課（註）進行了很詳細的訊問。一般會以為這兩個女生應該半斤八兩吧？可是，神崎玉緒是個很正經的二十二歲女生。她對刑警滔滔不絕地說個不停。」

神崎玉緒就讀高中的時候，父母和老師問她以後想當什麼，其實她想當配音員，卻不敢說出口，搪塞說想當幼教老師，讀了短大，但不幸抱小孩扭傷了腰，只好放棄這一行。她拜託父母出錢讓她去彩妝專門學校，畢業後依然找不到工作，在美容院當櫃檯小姐，久站的工作又讓她傷了腰，再度離職。父母責怪她花錢上了兩所學校，卻一事無成。目前她在居酒屋打工，因為想學美髮自食其力，也在深夜營業的美髮沙龍工作。

「神崎玉緒從事各種行業，認識了許多女生。深夜營業的廉價美髮沙龍有許多酒廊小姐光顧，她就是透過這些小姐認識座間聖羅。座間聖羅本來應該自己租房子，不知為何到處借住朋友家。最近沒人願意收留她，所以神崎玉緒讓她進家裡，她卻賴著不走。神崎玉緒想趕走她，但也知道她無處可去。過去神崎玉緒常受到朋友幫助，而且也常有朋友來借住——她就是出於這樣的考量收留座間聖羅。」

「這段證詞完全說明了座間聖羅的生活樣貌與為人。」

「總編，這是在挖苦嗎？根本沒有半點引人同情之處。」

眞鍋點點頭，「所以，當座間聖羅變成連臉孔都無法辨識的屍體在浴室被發現，神崎玉緒才會理智斷線。」

「她說：浴室的清潔費誰要付？最重要的是，我要睡哪裡？」

「這是很現實的問題。」眞鍋說。

「她哭訴不敢進房間。」

「愈來愈同情她了。」

「座間聖羅手機上的即時通訊軟體ＬＩＮＥ有超過兩千名朋友。訊息多的時候，一天有三十則。神崎玉緒告訴刑警，那些不是朋友，是客人。交換兩、三則訊息，提出金額，雙方同意就決定時間和地點。由於不停重複這樣的對話，通訊量很大。座間聖羅工作的風俗店有做全套，她從十四歲開始就在幹這行。後來她迷上泡男公關店，為了供養男公關，就像洗碗機洗碗那樣，男人一個換一個，從他們身上撈錢。她發生過很多與男人有關的糾紛，也三不五時跟別的女人搶男公關。據說，她身上的債務多達兩千萬還是五千萬圓。此外，她只要借了東西，不管是衣服或錢都不會還。而且借住在別人家，房裡所有物品全當成自己的用。要是沒錢也就罷了，但有錢供養男公關，卻連五千圓都不肯還，每個幫過她的人都很生氣。這些是神崎玉緒告訴警方的內容。」

美智子嘆了一口氣。

「座間聖羅工作的店，是乃木坂一家所謂的粉紅沙龍，一星期只要上班兩天。店長說座間聖羅經常遲到，手腳不乾淨，成天製造麻煩。店裡有貼出小姐的照片，但座間聖羅用的是別人的照片，店長要她拿自己的照片來，她堅稱照片裡的人就是她。」

中川說著，從手機螢幕上點出一張照片。

照片上的年輕女子雖然稱不上特別漂亮，但看起來溫柔婉約。

註：指東京都警視廳的搜查一課，專門偵辦重大凶案。

「有她本人的近照嗎？」

中川掏出一張照片。約莫是放大團體照，畫質粗糙，照片中的女子膚色偏黑，染了一頭金髮，眼睛細小，顴骨和雙頰突出。

「她大概不喜歡自己的臉，幾乎沒拍什麼照，給客人看的好像也是用這張別人的照片。」

兩張照片簡直有天壤之別。站在男客的角度，等於是找來一看，根本是另一個女人。這樣的生活形同一開始就埋下糾紛的種子。

「那麼，這張照片上的女人是誰？」美智子問。

「不知道。」中川回答。

座間聖羅在板橋區的私立高中讀了一年就退學。根據板橋署生活安全課的紀錄，她在國中二年級時賣春遭警方拘留，五年前也在警方破獲違法賣春店時受到拘捕。四年前，板橋署轄區發生一群未成年的少年對同樣未成年的少女施暴的案件，座間聖羅被警方找去問案。區公所的資料顯示，她有個兩歲的孩子，由板橋區的安置機構收容。保護安置的名目是虐童造成營養不良。孩子在出生半年後被送進機構，沒有任何她去探視孩子的紀錄。附帶一提，座間聖羅沒結過婚。

座間聖羅的母親與女兒沒有聯絡，連她的手機號碼都不知道。不僅如此，她甚至不知道有個被送進安置機構的外孫。案發後刑警前往拜訪，座間聖羅的母親表示，如果真的是她女兒就直接火葬。

「至於被送進安置機構的外孫，她不屑地說兩個垃圾生下的孩子，不可能是什麼好東

嘛，這情報你買了嗎？」美智子問。

員。那個記者拿這些當餌，要我讓他寫稿。他以為在中野署有門路就能寫，可
找一行都不會登。」

源是個問題，更重要的是，座間聖羅是被害者。」中川補充道。

—」眞鍋看著中川，「那傢伙會繼續來推銷吧。」
消息嗎？」

：「我才不收。警方會質疑我在他們那裡裝了竊聽器。」

鍋望向美智子寫的虐待幼童的報導：

小木妳這篇報導的延伸嘛。在虐待和暴力中倖存的孩子，結果還是會和父母一
，繼續虐待，然後被人宰掉。這樣根本無法引起同情。奇妙的是，社會大眾對
並不怎麼感到恐慌。有人持槍殺害兩名女子，至今仍逍遙法外呢。是不是同一
是結果尚未出來，但如果凶手不是同一個人，事情會更棘手吧？」

完全沒有使用「槍殺」一詞，聽說是媒體高層下達了某些指令。約莫是警方高
是槍殺卻禁止寫出來，等於是要媒體裝聾作啞。這種情況，一般會慢慢釋出被
料，觀望輿論風向，但這次的被害者整個被沉入名為禁忌的泥沼當中。

煩了。」眞鍋喃喃道：「居然沒半點東西可寫。」

在交友網站上接客的個體戶賣春女子——如果釋出這樣的背景，輿論立刻會變
認才會被殺」，最後邏輯跳躍成「被殺是活該」。於是，會有一定數目的人將

之理解爲「原來這種女人被殺是活該」，倘若容許這樣的觀點，犯罪行爲的社會門檻肯定會降低，造成道德敗壞，也可說是治安敗壞。所以，無條件停留在「犯法的人是不對的」範圍內，才符合公共道德。因此，被害者應該永遠都是「絕對的受害者」。

雜誌是不滿足於這種單一觀點的人付錢買的讀物，但這些人在某方面卻又具備不願袒護非人道行爲的心理。如果在案發後立刻刊出被害者是賣春女子的報導，等於是故意和讀者唱反調。因此，這類報導必須吊足胃口，直到讀者渴望讀到相關內容。

現階段《前鋒》不乏題材可寫。如今這時代，網路媒體膚淺而廣泛地吃遍所有話題，愈來愈多紙本媒體陷入苦戰，但《前鋒》總是詳實求證，端出深入表層之下的報導，成功抓牢了自己的客群。即使是政治議題，眞鍋也不流於立場之爭，而是只報導有如油膩劣質油品般的政壇八卦，或是精挑細選的事實。眞鍋深知意識型態就是惡質的玩具，他的信念是「幸福就在平凡中」，能夠耽溺於人性的喜怒哀樂，是幸福的條件。他很清楚雜誌的角色終究是彈劾千夫所指的事物，簡單地說，就是站在多數人的一方，順應多數人的希望，寫下多數人想看的內容。

「有沒有什麼新奇的題材？」眞鍋問，美智子回答「只有核電廠收賄爭議」。只見眞鍋開心地瞇起眼說：

「喔，不錯啊。這條新聞可硬可軟，又眞假難辨，怎麼扯都行，而且每個人都愛看。」

不愧是小木，一記好球——這話聽起來不全是客套。

「那麼，要寫哪邊的？」

「要寫的話，就寫伊方核電廠吧。東電（東京電力公司）臭到爛了。」

如果眞的要寫，先交份企畫書過來吧，公司會出採訪費——眞鍋又說。

回程的電車裡，美智子收到中川的電子郵件。

郵件附上座間聖羅堅稱是自己的照片，及整理過的毛遂自薦的記者捎來的情報內容。

隔天，二十一日上午十點。

中野區柏木的一家超級市場，警衛發現一名男童獨自在賣場遊蕩。

那名約莫正値學齡——六到八歲的男童，分別拿了幾罐果汁、麵包和零食放進推車。他沒有停下推車等人，或是東張西望找人的樣子，而是看著商品架，抓起想要的東西不停丟入推車。推車裝滿約三分之二的時候，也許是注意到快滿了，男童把拿起來的零食放了回去。接著，他使勁推著推車，從收銀台旁邊的通道走出賣場，前往裝袋區。

警衛走近男童，按住他的手。「你沒付錢吧？」

男童一臉茫然，彷彿不知道警衛在說什麼。

「你媽媽在哪裡？」

男童瞬間露出生氣的表情，但那表情隨即消失，就像坐在電影院裡般，對警衛的問話再也沒有反應。

警衛尋找附近是否有陪同的大人。若是一時起意偷竊，孩童是不會用推車的。眞要偷的話，會塞進口袋或藏在衣服底下。警衛猜想大人應該是在外面等待。

然而，完全沒看到疑似男童父母的人。

店長和警衛把男童帶進辦公室，詢問姓名和年齡。自稱森村叶夢的七歲男童絲毫沒有心虛的神色。警衛和店長都曉得他不是初犯。男童有個三歲的妹妹，兩人總是像野孩子一樣在店裡亂跑，也不止一、兩次直接在店裡拆開商品吃起來。如果提醒母親，母親會惱羞成怒說「我付錢就是了」，並反過來責罵：「就是有你們這種對孩童不友善的人，少子化的情形才會這麼嚴重！」

可是，這是男童第一次試圖搬走這麼多商品。

店長和警衛下定決心，把男童偷竊的商品裝進袋子裡，叫他帶他們回家。

男童溫馴地點點頭，領著兩人走出辦公室。

長到七歲，應該已能分辨是非善惡，他怎能這麼滿不在乎？店長相當訝異，但警衛一點都不驚訝，他知道這孩子習慣了這種事。

走了約十分鐘後，男童拐進巷子，將兩人領至一棟老公寓。

那是屋齡約莫超過四十年的老公寓。玄關沒鎖，開門之後，是一個滿地垃圾的小房間，一名年約三歲的女童坐在那裡盯著玄關。

看到兩名大人，女童露出狐疑的表情，但注意到他們手上超市的袋子，便大步走過來，一把搶走。

兄妹倆抓出袋子裡的麵包，當場撕破包裝吃了起來。屋內瀰漫著垃圾的臭味。格局是廚房及一間三坪和室，角落的垃圾袋堆得像沙包一樣高，廚房水槽成爲置物籃，塞滿泡麵和冰淇淋容器、鍋子、筷子、牛奶紙盒等等。

店長和警衛流輪詢問母親在哪裡，但兩人都不答話。他們彷彿忘了警戒，專心一意地從袋子裡抓出麵包，搶奪瓶裝果汁，狼吞虎嚥地吃喝。

下午一點，店長和警衛向中野警署報案。

留在屋內的手機中，除了那對兄妹以外，還有六天前在中野的路上遭槍擊眉心死亡的女子照片。

森村由南，二十七歲。她也在風俗店上班，從事賣春工作。

二十一日，美智子在前往蒲田的電車裡接到這個消息。

下午三點，中川傳了電子郵件給她。信上提到中野命案第一名被害者的身分已查出，並附上詳情。

「這下就確定是以賣春女子爲目標的連續殺人案。」

信件最後這麼寫道。

儘管早有預期，一旦成爲現實，依然衝擊性十足。

美智子一邊走下月台，從手機的聯絡名單中點出「濱口」，一穿過驗票口，便按下通話鍵並尋找計程車乘車處。濱口長年在新聞節目製作公司擔任組長。

「我想向你打聽一下中野的命案，第一名被害者的身分是不是查出來了？」

濱口訝異地反問：

「是嗎？查到了嗎？妳問這個做什麼？」

美智子本來想從濱口那裡探出消息，沒想到打草驚蛇了。濱口不僅不知情，還反過來讓他得知《前鋒》掌握了這個消息。美智子暗想搞砸了，但反正濱口遲早會知道，而且他緊咬不放，非要問出個究竟不可。

在圓環移動的車子反射著午後的陽光，整個廣場散發出黃色的刺眼光芒。

「查到姓名了。二十七歲，是賣春的特種行業女子。」

籠罩廣場的熱浪令人頭暈目眩。那股燠熱彷彿上帝意圖要燒死人類。電話另一頭，濱口明顯倒吞了一口氣。這時，美智子察覺自己會打電話，不是爲了打聽情報，而是想要與別人分擔不安。

「死者叫森村由南，住在命案現場附近的公寓。她有兩個孩子，七歲和三歲，大兒子在超市偷東西被抓。家中壁櫃塞著暴露的黑色坦克背心，和剪到會露出屁股的短牛仔褲，及女高中生常穿的長襪。森村由南的母親已確認那是親生女兒，而且森村由南和座間聖羅不一樣，只是額頭開了個洞，因此身分正式確定。聽說母親接到女兒的死訊，劈頭就表示她不會收養外孫和外孫女，要警方送去安置機構。」

美智子的眼前浮現躺在冰冷不鏽鋼台上的屍體。女子躺在銀色的金屬板上，面色蒼白如蠟，嘴唇張開，額頭開了個珍珠大小的窟窿。

「太厲害了。」濱口低喃：「那不是筆錄內容嗎？」

「原來你不是對案情驚訝。」

「我是對能直接得知筆錄內容感到興奮。妳是從哪裡弄到的？」

接著，濱口稍微壓低聲音問：

「知道槍是哪裡來的嗎？」

「沒聽說。」

濱口吁了一口氣，「確定是針對賣春女子下手的連續命案，而且凶手有槍——眞恐怖。」

眼前，陽光依舊不規則地四處反射，美智子彷彿置身銀鋁世界。樹木的青翠不僅無法緩和這片燠熱，反倒像遭到蠶食鯨吞。

「眞鍋總編要用這條新聞？」

這麼大的案件，不可能不報。因爲社會案件之於媒體，宛如巨型動物的死屍之於食物鏈中層的動物。所有人爭相搶奪，屍體的餘澤會不斷向下釋放。這一點濱口也心知肚明。

「妳覺得還會有犧牲者嗎？」濱口不等美智子回覆，接著又問：「今天要不要去新橋喝一杯？」

在計程車乘車處等待客人的計程車，從剛才就完全沒有移動。領頭的司機彷彿厭倦了夏季毒辣的陽光，神色迷茫地看著窗外。

「我沒追中野的命案，沒有別的情報能給你。」

「那妳在追什麼？」

「之前不是跟你提過嗎？蒲田食品工廠的客訴案件。」

「在這種節骨眼，妳居然要寫那種雞毛蒜皮的案件？」

美智子一說要掛電話，濱口便說「我賭一百披索妳在撒謊」。美智子稱讚新來的主播不會大放厥詞，滿不錯的，於是濱口突然想起來似地侃侃而談：那主播實在太嫩啦，只是不會讀錯稿、笑容小清新罷了，連問題在哪裡都不知道，所以也不曉得該在哪裡用力，就是提心吊膽地用力，看起來才像蹩腳戲，他很快就會明白，當主播如同演歌舞伎，即使蹩腳，仍得擺出高談闊論的態度，才會顯得有氣勢。可是，收視率卻沒有什麼不同，觀眾到底在想什麼

「啊？那麼，晚點再聯絡我吧。我們用公司的錢喝酒去。」

美智子攔了計程車，掛斷電話。

3

誠如濱口形容為「那種雞毛蒜皮的案件」，其中沒有謎團，也沒有愛恨情仇，遠遠不及中野槍殺案勁爆聳動。所謂的蒲田客訴案件，就是有不法之徒盯上便當製造工廠軟弱的廠長，不斷恐嚇勒索，牟取小利。

食品公司會接到各種客訴。有些是抗議，但也有為了牟利而蓄意刁難的情況，甚至有人不惜造假。這種人除非達到目的，否則不會罷休。

三榮食品工業六鄉北工廠接到客訴時，起初製作成書面報告，向總公司呈報，視情況請總公司裁奪，但每次總公司都要廠長自行應對。「改善問題癥結」——總公司這樣的指示，意謂問題不是出在客戶，而是出在工廠身上，於是叫廠長負起全責解決。因此，廠長漸漸不把客訴往上呈報。惡質的客訴持續了三年，廠長已停止呈報總公司，自掏腰包應付。

有足以查出恐嚇者身分的證據。廠長多次匯款到對方指定的帳戶，也曾在指定的地點直接交付金錢給對方。只要報警，警方應該能立刻展開偵辦。

即使如此，廠長還是沒有報警。

美智子會知道三榮食品客訴案件，是在四個月前採訪超商的防盜講習會時，聽到來自蒲田的超商店長提及此事。

「偷竊很糟糕，但也有向特定廠商進行客訴的惡質客人。」

店長說，對方只針對「三榮食品」出貨的便當提出客訴。

「大概是只要能拿到錢，哪裡都無所謂。三榮八成是予取予求吧。漸漸地，那夥人買便當的時候，都會特地翻過來看後面的標籤，應該是在查看三榮食品的六鄉北工廠的出貨號碼，簡直是特地買來當勒索材料的。這種像孩童的霸凌行爲，實在令人很不舒服。」

這樣的話，極可能有熟悉業界情況的人參與其中，刻意針對六鄉北工廠下手。

「一開始是向我們店裡客訴，但後來都直接向工廠客訴，廠長似乎到現在都還在付錢。我曾勸他去報警，可是他不願意。」

太匪夷所思了。勒索的一方固然惡質，但任憑予取予求的一方也有問題。

美智子原先預定將超商的雇傭形態與社會問題連結在一起寫成報導。超商的工作內容五花八門，代收代付各項費用，週末如同早市一樣陳列當地生產的蔬果，還與宅配業者合作。超商雖然是營利企業，卻開始帶有公共性質。儘管這類報導並不引人入勝，但可先保留起來，在沒有重大案件時拿來充版面。從充版面的報導水準，可一窺該媒體的品質，因此頗受器重。

美智子決定訪問「三榮食品」的廠長。

「三榮食品」六鄉北工廠的廠長三十多歲，身材圓胖，是個沉默寡言又缺乏表情的男子，說話的時候不看對方眼睛。只要是從他的口中說出來，再怎麼駭人聽聞的事，八成也會變得平凡無奇，不管是引人同情或令人莞爾的事，聽起來恐怕都沒有差別。

綜合他吶吶述說的內容來看，不斷客訴的那夥人，除了寄來摻入異物的便當照片做爲證據以外，還附上羅列工廠內部醜聞的信。「三榮食品」是一家黑心又血汗的公司。只要上網搜尋，可找到一大串揭發老鳥工時人員作威作福、霸凌新人，及正職員工無能的留言文章。如果信上內容與網路上的留言幾乎吻合，廠長說「即使有些誇張渲染，但並非無憑無據」。如果不付錢，廠長怕對方會告到總公司去，害他被追究督導不周的責任，只好依對方的要求付錢。

「一旦遭到開除，我就沒有後路了。」

所以，去年一整年，廠長付出了五十三萬圓的代價。

廠長上一份工作是小鋼珠店店長，最高學歷是中段大學。已婚，有個六歲的女兒。神情陰沉、難以引起共鳴的廠長，客觀分析自身的價值。丟掉這個飯碗，接下來如果能找到約聘的工作，或許就該謝天謝地。那樣一來，恐怕會被家人拋棄。萬一離婚，妻子會拿走所有財產，等失業保險金領完，他只能搬出公寓。張開大口等待著他的，是街友生活的世界。

對廠長而言，那個世界與他彷彿只有一線之隔。

但正職員工與打工的主婦搞上，主婦仗著這層關係狐假虎威，一副自己也是正職員工的態度，還有外籍計時員工在廠裡打架等等，這些網路上流傳的小八卦，眞的能成爲天大的醜聞，把一個人逼到那種地步嗎？

廠長將所有客訴資料都保存下來。超過十封的褐色信封上手寫著「三榮食品工業六鄉北工廠　廠長收」，也有寫著「植村誠先生收」的。照片有二十張左右，包括便當裡有蟲的照片、摻進生鏽鐵釘的照片、米飯發霉的照片。

信封上的筆跡幾乎都一樣。雖然也有用平假名寫廠長名字的信，但那些字就像是把文字拆開後再撿回來拼湊而成，宛如蒙眼拼五官的遊戲，一旦失去內容的脈絡，根本無法解讀。是不愛念書的女高中生，或是同類的年輕女孩的字。

美智子見到廠長的時候，還是春天的陽光搔人鼻癢的季節，到處都有櫻花盛開。在草木萌芽的季節蠢蠢欲動，應該是人天性的本能。這更突顯了廠長陰鬱的表情。

那股陰鬱實在是太典型了，彷彿是精心營造出的氣質，是不偏不倚的「憂鬱」，一個弄不好，就會顯得滑稽。廠長的全副心神都放在自身的處境上，其他什麼都看不見。不管是電車裡乘客的表情、窗外的景色、櫻花的色彩，想必他都視若無睹。坐在春季的站前咖啡廳，他卻宛如一個人置身荒野，或是洞穴。

社會上不斷發生虐童、大屠殺、滅門血案等慘案，但在植村廠長眼中，恐怕都顯得微不足道。

進入七月以後，客訴者對三榮食品工業六鄉北工廠要求兩百萬圓的「贖金」。

這起案件實在太離奇。不，甚至稱不上案件，應該說只是接到古怪的電話，及一張照片。

六鄉北工廠在七月二日接到這通電話。對方在電話中說「我綁架了你們工時人員的女兒，準備兩百萬圓」，隨即掛斷。

廠長一頭霧水。他連被綁架的工時人員女兒是誰都不知道，也沒有員工說什麼。他向總公司報告，總公司要他別理會。後來，工廠又接到兩通電話。打來的是個年輕男子，口氣非常憤怒。

「他問我錢準備好了嗎？但我無從回答。我請他打電話去總公司，結果……」在老地方的咖啡廳，廠長抬起了目光。他略為俯首，因此變成由下往上窺看的樣子，就像老成的孩子在賣關子。

「他暴跳如雷，吼著：你在扯什麼？王八蛋，這可是綁架！」

廠長把這些通話內容也錄下來了。

三天後，工廠收到一張年輕女子的照片。

女子下巴抬起，雙眼覆著毛巾，宛如戴上眼罩，坐在地上。她披著半透明襯衫，底下是赤裸的。

之後，對方再也沒有聯絡。當時男子指定了匯款帳戶，和以前客訴要求賠償的匯款帳戶一樣。

美智子不明白這是怎麼回事。「贖金」顧名思義，是把人贖回來的錢，會不惜付錢想要人回來的，會是親人——兄弟姊妹或是妻兒。然而，對方卻要求廠長支付陌生女子的贖金，到底是在打什麼算盤？但想想男子在電話中大罵：「你在扯什麼？王八蛋，這可是綁架！」歹徒毫無疑問將此一舉動視為綁架勒贖。

歹徒以為廠長會嚇得面無血色吧。一直以來，連明顯的捏造證據，三榮都乖乖付錢，或許歹徒認定廠長這次也會付錢，沒想到廠長居然不在乎，要他直接找總公司，於是暴怒強調：「王八蛋，這可是綁架！」

接下來，歹徒音訊全無。總公司方面認為對方死心了，廠長記下了對方的來電號碼，便呈報給總公司。

美智子不禁感到好笑。雖然很奇妙，但與植村廠長那怯懦、鑽牛角尖的孤獨所帶來的滑稽，總有些共通之處。

不過，明明已遭到拒絕，卻寄來形同全裸的女人照片，到底有什麼意義？是不願被瞧扁，想表示綁架是眞的嗎？

這樣的案件，美智子並不覺得離奇難解。畢竟犯罪與案件往往都是不合邏輯的。絕大多數的情況，可疑的人就是犯人。幾乎所有案件都是貪念及愛恨情仇引起，通常犯人的動機都在此一範疇內，不是精心策畫，而是情勢使然，或臨時起意而引發的。反倒是植村誠這名廠長與歹徒之間，那種類似相互依賴的關係，更耐人尋味。

爲什麼植村誠無法拒絕歹徒？歹徒爲什麼要糾纏植村誠？兩人好似手牽著手，穿著紅鞋共舞。

歹徒使用的戶頭，戶名是「野川愛里」。

在六鄉北工廠的工時人員名冊裡找到五十五歲的野川美樹，查出她有個叫「愛里」的女兒時，美智子驚訝得說不出話。女兒二十一歲，而野川美樹是在廠裡做了十二年的資深工時人員。

待了十二年，廠內大小事應該都瞭若指掌。比如，廠長膽小怕事，還有畏懼被追究責任不敢聲張等等。

換句話說，這對母女——或許只有其中之一，把公司當成提款機。兩百萬圓的勒索案件，只是從這樣的小惡衍生的插曲。

但接下來就遇上瓶頸。

因爲就像她向中川埋怨的，不管怎麼找，都找不到野川愛里這個人。

住在野川美樹家附近的女人說，很久沒看到愛里。

「她應該已不住在這裡。」

接著，女人壓低聲音問：

「她是不是又捅了什麼漏子？她媽媽每天辛苦賺錢養家，女兒卻是那副德行。怎麼說，最近的小孩都不懂得感恩嗎？雖然野川太太也不是什麼值得稱讚的人啦——」

女人想了想，又說：「野川太太很歇斯底里，動不動就大吼大叫。可是，像町內會的打掃值日，還是丟垃圾的時間之類，她向來都相當守規矩。」

夫妻倆平日會互相叫罵，感情極差。母親疑心病重，而且有潔癖，律己甚嚴，也以相同標準要求別人。相對地，女兒並不是特別叛逆，只是被朋友帶壞了。女兒的個性算是乖巧，有點邋遢，常聽到母親難聽地咒罵女兒的聲音。女兒還小的時候，美樹也常對丈夫大呼小叫，但最近沒怎麼聽到對丈夫的叫罵聲。不過，美樹很愛講電話，從窗外可看見她家走廊的室內電話，「她會在那裡一講就講上兩個小時。大概是在跟職場同事講電話，每次看到她那樣子，就覺得好討厭。反正一定是在講別人壞話，不然就是八卦。野川太太正是那種人。」——絕不稱讚別人，只會揭人瘡疤，讓人看了忍不住心想：一直吃苦的人，是不是都會變成她那種德行？

女人說這陣子都沒看到愛里，最後一次看到她是在兩年前。愛里穿著鑲滿滾邊的粉紅色衣服，和黑色的恨天高鞋，頭髮「燙成蛋捲那樣一根根的直捲髮，就像公主」。雖然打扮得很招搖，但看到女人還是會打招呼說「阿姨好」，跟小時候完全沒變。

野川愛里的母親美樹，是被生活磨耗成勞碌相的女人。她雙手提著塑膠袋，剛要走上通往家門的陡急樓梯。在門前馬路埋伏的美智子叫住了她。

美智子遞出《前鋒》的名片，母親露出疑惑打量的眼神。美智子表示想請教女兒的事，母親反問：「我女兒怎麼了嗎？」她完全不知道女兒的住所。

「她都十八歲成年了，做父母的有義務知道她在哪裡嗎？」

母親看起來很不耐煩。她最後一次見到女兒是今年過年。聯絡都透過簡訊，最後收到女兒的訊息，是一個月以前的事。

「冒昧請教，令嫒在哪邊上班？」

「她都打工啦。」

「怎樣的打工？」

「她沒說。」

這態度顯然是拒人於千里之外。

但反過來說，如果母親知道有關三榮的風波，女兒的戶頭遭人用在收取敲詐所得，恐怕就不會是這種反應。

話說回來，她對女兒怎會如此冷漠？

美智子從母親那裡問到的，只有女兒讀完高中，畢業後沒找到工作，還有她要女兒給生活費，女兒沒多久就不回家了，以及七月二日女兒曾打電話回來。至於通話內容，母親說「不記得」。

「我們父母能做的事都做了。」

母親說家裡沒有女兒的照片時，美智子隱約萌生疑心。

母親是不是知道那張半裸照，所以拒絕提供照片？

此時是晚上八點，藉著戶外的燈光，兩人能看見彼此的臉。在那陰暗的燈光下，母親應該是察覺美智子起疑了，她拋出一句「如果妳不滿意這個回答，自己進來找啊」，讓美智子進了家門。

房子是獨棟透天，蓋在陡急的坡道上，從馬路到家門口的高度相差三公尺。屋外設有金屬梯通往玄關，就像古早公寓常看到的那種樣式，而且布滿鏽斑，宛如棄置的工廠一隅。爬上又窄又陡的樓梯，出現了小的玄關門，一開門就能看到狹窄的走廊和小廚房。廚房貼有花朵圖案的磁磚，格局老舊，爐台周圍一絲不苟地全以鋁箔紙覆蓋起來。門板下方有些腐爛，木頭裂開來。從外牆泛黑的程度來看，屋齡應該有四十年吧。放不下的鞋子和物品堆積在玄關和走廊，予人雜亂的印象，但仔細一看，每一樣都分門別類整理過，也打掃得很乾淨。

愛里的房間是最裡面的四張半榻榻米大的和室，幾乎被床鋪和衣架占領。床上堆滿毯子和布偶，衣架上則覆滿衣物，彷彿一座小山。推到角落的化妝台上，化妝品雜亂放置。發現沾上灰塵、使用過的假睫毛，美智子連同梳子一起放進口袋裡。在壁櫃角落找到高中畢業紀念冊，她也一併借用。

野川愛里的臉圓得像瀕臨破裂的氣球，雙頰突出，黑色的劉海留到眼睛上面，看起來好似貼了一片海苔的球。

直到最後母親都沒有關切女兒出了什麼事。美智子離開前，站在廚房的母親看也不看她，酸言酸語地丟出一句：「雖說子女不能選擇父母，但父母也不能選擇子女。」

美智子靠著借來的高中畢業紀念冊，到處拜訪愛里的同學。愛里的同學幾乎都還住在當地，不是上專門學校，就是靠熟人朋友的門路，在小商家當店員。大部分不是工時人員就是打工族。

她們記憶中的愛里個性陰沉，沒有朋友。她總是試圖加入同學的小圈圈，遭到排擠，卻學不乖。換個說法就是沒神經，硬是要擠進圈子裡。

「她會撒些一聽就知道的謊，比如籃球隊的風雲隊員是她男友，還有她去澀谷學手語之類。我們要她用手語比『明天是運動會』，三次都不一樣，但她仍嘴硬說明明一樣。她會從別人的錢包拿錢，被抓包就哭著說沒偷，最後遭大家痛扁一頓。叫她拿錢來，她就會拿來。明明是賤民，卻到處宣傳她跟我們這一掛是死黨，又被我們痛扁一頓。」

受到勒索的愛里，是怎麼弄到錢的？同學說是援交。

「長得再恐龍，好歹是女高中生，價格開低一點，還是賺得到錢。」

美智子問知不知道愛里目前在哪裡，對方表示認識愛里的人沒一個知道她的下落。

據說高中畢業後，野川愛里四處向朋友吹噓她遇到跟蹤狂騷擾，「我向川崎警署報案了」。別的日子又說「我在電車裡遇到色狼」，或「遇到超小氣的大叔，沒拿到錢」。聽到這些話的朋友都認為，就算報警和想勒索大叔是真的，遇到跟蹤狂和色狼也絕對是掰的。至於援交，「做的完全是賣春」。愛里以澀谷為根據地，利用交友網站，以三十分鐘為單位賺取報酬。儘管知道這些消息，卻沒人知道愛里在哪裡，她彷彿憑空消失。

那張雙眸覆著毛巾，彷彿戴著眼罩的照片，因為看不清長相，根本沒辦法當成線索。

能夠確認的少數物證，只有愛里七月二日傳到ＬＩＮＥ群組的訊息。

「我被綁架了」。

七月二日，是三榮接到綁架勒贖電話的日子。然而，接到愛里求救訊息的風俗店朋友毫無反應。「我們有店裡員工的ＬＩＮＥ群組，可是記者小姐，妳看，沒人回應。有空傳ＬＩＮＥ，幹麼不直接報警？」

「在你看來，野川愛里爲什麼要傳這種訊息？」

「要問她才知道吧？大概是不甘寂寞？」

美智子想調查川崎署獲報的跟蹤狂案，於是點選手機聯絡人裡川崎署的朋友名字，卻又停下手。她發現自己像在乾燥的沙子裡抓撈。

不管怎麼撈，沙子都只是不斷流光。她愈來愈覺得「野川愛里」這女人只是個記號，根本沒有做爲人的實體。

美智子拿起野川愛里的照片。

小團體裡的人化妝，她就跟著化妝，小團體裡的人染髮，她也跟著染。完全不經思考判斷，別人玩什麼便跟著玩。人是憑藉著各種選擇累積起自己的人生，像這樣完全不做選擇地長大的孩子，學生時期有隸屬的團體還好，一旦畢業，與父母疏遠，又沒有工作，連可以服從的對象都失去了。

——應該是不甘寂寞吧？

美智子想起野川愛里的母親那勞碌困倦的臉。

社會變得井井有條、清潔而富功能性，空隙就會消失，原本生活在空隙裡的人會被排擠出去。人權家將這些人拉到檯面上，設法救濟，但弱者的結構複雜糾結，不是說些冠冕堂皇的漂亮話就能解決。

最後，美智子並未聯絡川崎署的朋友，疏遠了三榮案件。

就在久違地前往《前鋒》編輯部的昨天晚上，她不由自主地又被拉回這起案件。

當時，美智子洗完澡、擦過頭髮，用毛巾包著頭正在暢飲冰涼的啤酒。

電視在播報中野命案裡，在浴室遭人殺害的座間聖羅的新聞。報導的內容眞的很零碎，自稱朋友的人遮去面部，聲氣微弱地述說座間聖羅是個積極開朗的好女孩。

職業是在池袋、澀谷一帶賣春。據向《前鋒》毛遂自薦的記者提供的消息指出，搜查一課甚至掌握到，座間聖羅將賣春的價碼從三十分鐘五千圓一點一滴地向下調。這些事不可能在媒體上播報，所以媒體設法找出她的朋友，讓朋友遮著臉上電視。朋友將做事不考慮後果、只會到處惹麻煩的女人形容爲「積極開朗的好女孩」。

座間聖羅的背景與野川愛里實在過於相似，教人不禁懷疑她們是不是同一個人。撒謊成性、居無定所、賤賣肉體。如果要再加上什麼，就是遭家人排斥。美智子盤腿坐在沙發上，任憑電風扇的風直接吹在臉上，想像著野川愛里若是被害者，她的朋友在電視上會怎麼說？腦中浮現「醜八怪」三個字，被消音處理，最後還是沒辦法播出——正當她想到這裡，手機響了。

來電顯示爲「三榮食品植村」。

現在是晚上十點多。

以往過了正常下班時間的五點，廠長就不會打來。美智子直覺出了什麼大事。

然而，植村在電話裡只說希望她過去一趟。
連聲招呼都沒有。植村明確地表示「明天請到工廠來」，接下來便沒有任何說明。
美智子與植村見過四次，地點都是在車站前的咖啡廳。這是他第一次要求在工廠見面。
美智子翻開記事本確定行程。
「下午可以嗎？四點左右。」
「可以，請到工廠來。」
因此，美智子現在正從蒲田站搭上計程車，前往「三榮食品」的六鄉北工廠，應該能準時在四點到達。

三榮食品工業六鄉北工廠位在與川崎市的交界處，擁有大型停車場。早上和傍晚會有漆著「三榮食品」文字的接駁車，載著員工進進出出。植村這樣的少數正職員工，管理著約兩百名的兼職主婦及工讀生。這家工廠專門分裝便當。以輸送帶方式製作便當，在流水線送來的容器裡填入白飯、盛上配菜。
工廠在夏季豔陽下閃閃發亮。
廠長在停車場角落等待美智子。
廠長是個膚色白皙的矮胖男子，頭髮稀疏。這片稀疏的頭髮由於汗水，熨貼地趴在頭皮上。水藍色工作服的腋下形成兩塊潮濕的汗漬。但他會如此大汗淋漓，似乎不全是大熱天的緣故。
因爲廠長避人耳目地把美智子喚到辦公室後，竟鎖上了門。

辦公室角落是簡單的會客沙發區。在美智子對面坐下的廠長，臉上不停冒出豆大的汗珠。

黑框眼鏡被汗水蒸得起霧，在開口說明前，廠長摘下眼鏡三次，擦去霧氣。

「抱歉，昨天那麼晚打電話過去，其實我原本打算昨天早上打給妳。」

廠長說完，從透明檔案夾裡取出一只褐色信封。

美智子接了過去。信封鼓鼓的，收件人寫著「三榮工廠植村誠收」，背面什麼也沒寫。

美智子將信封放回桌上。

「是那個客訴狂吧。」

植村廠長沒有回話，從信封裡取出一張紙，遞給美智子。

百圓商品店賣的那種廉價信箋上，以小學一年級生程度的笨拙字體，分成三行寫著一段文字。

如果不想看到第三名犧牲者，就準備2000萬圓。期限3天。

——第三名犧牲者。

「我是前天收到的，所以明天就到期限。」

「十九日收到，經過三天就是明天二十二日，對吧？」

植村廠長似乎嚇壞了，並未回應美智子。感覺他只能勉強完成想做的事，無暇顧及其他。植村廠長把裝著信箋的褐色信封放到桌上，推向美智子。

「戴上手套可能比較安全。這裡是工廠，所以我戴著手套拆封。」

植村廠長說著，起身拿一副塑膠手套給美智子。

美智子戴上手套，小心翼翼地把手伸進信封。

信封裡有個邊長十公分的正方形夾鍊袋，裝著一束細鐵絲般的東西。拿起來對著光一看，像是掉在美髮院地板的東西——染成褐色的頭髮，美智子放到桌上，再次把手伸進信封，接著拿出的是照片。

照片的畫質很粗糙。地點約莫是在公寓的一個房間，一名肥胖結實的女子坐著。及肩的頭髮全垂落在臉上，彷彿戲劇中常見的女鬼造型，看不清長相。姿勢類似抱膝，雙膝並攏，臉剛好是看著自己的膝蓋的角度。

女子全身赤裸。膝蓋和頭髮遮住乳房，但並攏立起的腳踝間看得到一叢黑色體毛，由此可知是全裸。頭髮有一部分被剪掉。

這畫面實在太醜怪。

美智子取出廠長先前交給她的蒙眼女子照片。

兩張照片的女子臉都被遮住，但年紀和體型很相似。

「我覺得以惡作劇來說，實在太過火，於是向總公司通報。沒想到總務部長回電給我……總務部長是三榮創業時的元老級員工，對外低聲下氣，但在公司裡作風強勢。總務部長親自打電話給我，要我別理會。我詢問是不是應該報警？他說：你沒聽見嗎？我叫你別管！然後掛了電話。」

「意思是，叫你不要報警。」

廠長點點頭。

「如果不想看到第三名犧牲者，就準備2000萬圓。期限3天。」

往右上傾斜的笨拙字體，彷彿暴露出對方毫無理智與不懂常情的幼兒心性。

坐在沙發上的植村廠長，眼神宛如死魚。

美智子將警視廳搜查一課的朋友秋月約了出來。

兩人坐在招牌寫著「咖啡・定食」的老舊餐館角落，美智子說明至今爲止的漫長內情，並將植村廠長交給她的證物在桌上攤開。秋月認爲，三榮不願報警，可能是害怕警方進行調查，會連帶揭發其他醜事。美智子附和「我也這麼猜想」。三榮內部一定有許多見不得光的骯髒事。總務部長掌握了六鄉北工廠的狀況，及廠長不願失去工作的心態，利用他當防波堤。

秋月薰是搜查一課的警部補。從他還任職新宿署的時代，美智子便會與他交換情報。

「不知道這個叫野川愛里的女生在哪裡。只要知道她的下落，事情就簡單了。」

「不過，」秋月拿起照片，「留下這麼多證據，應該不是什麼精心策畫的行動。」

頭髮被剪掉的全裸女子，無力地立起雙膝而坐，彷彿無處容身。

「看著實在不舒服。」

店內高處有一台映像管電視機，約莫是自行裝設調諧器，畫面切割成左右兩邊。目前轉到了新聞台。

九點的新聞節目，是主播在播報台前正襟危坐的傳統形式。

頭條是川崎的十九人屠殺案的後續報導，螢幕上出現凶手布滿刺青的上半身。這起命案幾乎無法公布被害者的姓名，最多播報加害者的資訊，各家電視台都頭疼不已。接著，主播讀出下一條新聞，警方查出了中野連續命案的第一名死者身分。

店長抓起遙控器，調大音量。

「十五日晚間在中野區柏木的路上遭人疑似以手槍殺害的女子，警方查出身分爲住在附近的森村由南，二十七歲，從事餐飲業。由於犯罪手法與隔天十六日，同樣在中野遭到殺害的座間聖羅類似，警方正在追查兩起案子之間的關聯。」

螢幕上出現森村由南的住家公寓。拍到的公寓沿著巷弄而建，外牆像切開的豆腐般樸素，看不出是混凝土還是灰泥牆。新聞換到下一條，秋月的目光從電視機移開。

「對了，蒲田署現在有一具屍體。雖然查出身分，凶手卻毫無眉目，教人一籌莫展。死者身材瘦小，穿著廉價夾克，聽說是那種有金線刺繡的夾克，應該是逞凶鬥狠的小流氓吧。地點就在三榮的工廠旁邊。」

美智子詢問連續客訴是否構成恐嚇罪，秋月表示很難講。「若是妨礙業務，警方會接受報案，但沒有暴力行爲，也不符合恐嚇或恐嚇未遂罪。這三年來，歹徒並未明白地叫他拿錢出來，對吧？」

沒錯。據說歹徒的用詞是「拿出誠意來」，於是廠長自行做出反應，僅僅如此。秋月接著說：

「七月二日勒索兩百萬圓的電話也一樣，廠長拒絕以後，對方就沒再說什麼了吧？況且，三榮並未蒙受任何損害。如果三榮說被非法敲詐金錢，應該算是恐嚇，但三榮不承認遭到恐嚇。那麼，剩下的就是付錢的廠長和收錢的歹徒之間的關係。這邊的話，恐嚇有可能成立，不過也只是這種程度而已。然後，這次勒索的兩千萬圓，和之前兩百萬圓的情況相同，一旦三榮拒絕，歹徒便沒戲唱。」

「是一場大費周章的惡作劇。」

秋月點點頭，附和道：

「恐怕就是吧。所以，完全是植村廠長的問題。如果廠內眞有什麼不恰當的人際關係，代表信上寫的內容是事實，廠長不想讓上頭知道，只得花錢消災。這麼一想，廠長等於是在付封口費。」

不過，這袋頭髮我還是先收下——秋月說。

「我會送去鑑識看看。」

秋月把裝有頭髮的信封隨手塞進胸前口袋，又問美智子還有什麼預定行程。「我接下來都沒事，要不要一起去喝一杯？」

平常秋月不是會正面邀女人喝酒的男人。美智子覺得有些奇怪，但還是答應這個邀約。兩人信步走在新橋的高架橋下。橋下昏暗的紅燈籠一字排開，相較於路寬，燈籠實在太大，不時會與行人的肩膀碰撞，左右搖晃。抬頭一看，屋簷間的高遠之處是夜空。電車的行進聲、震動聲，及漣漪般一波接著一波的人聲。男男女女說著「今天好熱」，愉快地往來。

「中野的命案，那絕對是連續殺人案吧？」

「是槍殺欸，眞是太恐怖了。」

聽到宛如談論天氣的話聲，美智子定睛一看，揹著大包包的兩名襯衫男子匆匆走在前方。

「會不會遲到？」

「放心，來得及。」

他們要在哪裡和什麼人碰面嗎？有時美智子會想，不管世上發生任何事，都能相信絕對威脅不到自己頭上，是穩定的社會賦予生活其中的市民的特權。

秋月穿過一家老餐館的短簾。這家店不像以昏暗的懷舊風格爲賣點，但也稱不上精巧整潔，一看就是中年男性會喜歡的居酒屋。

這種男人會選擇人聲鼎沸的店。肆無忌憚地笑、三不五時迸發的話聲——會在聲音與聲音衝撞之處找到安寧，應該是不想聽見自己的聲音吧。秋月興沖沖地望向貼在牆上的菜單，看到什麼點什麼：柳葉魚、炸豆腐、炸章魚、醋拌海藻。

「還有生啤。」

秋月本來就不抽菸。以前他埋怨過，尤其是在偵訊等情形下，不抽菸缺乏氣勢，很沒面子。後來刑警辦公室全面禁菸，他以爲會舒服許多，今天卻發牢騷：「奇妙的是，空間變得清潔，連氣質都跟著不一樣。」

變得比以前更有菁英分子的感覺。以前就算只是講好聽的，也還有個口號：我們要除暴安良——「但現在派到一課的刑警，甚至有人不去現場。小美，妳懂嗎？只需要蒐集情報，進行邏輯分析就行。所以我在想，一課的工作遲早有一天會被人工智慧取代。在這次的中野命案中，早乙女兄就和兩名死者數量龐大的相關資料格鬥。即使凶手絕不可能在那些資料裡，如果不確定眞的沒有，便沒有合理的理由放棄。」

早乙女警部是這次連續命案的搜查總部部長。聽說是個難得不會大小聲、溫文儒雅而聰慧的人。同時，美智子風聞他評估案情總是步步爲營。依秋月的轉述，由早乙女率領的搜查總部正試著轉換方向，在嫖客以外尋找凶手。

「可是，要從龐大的資料裡挑出逼近眞相的線索，如同大海撈針。目前搜查總部接到三通宣稱目擊到凶手的電話，和好幾件自稱是凶手的聲明。除了細查龐大的資料以外，還得一一查證那些無聊人士的瘋言瘋語。這次一課快要溺死在資訊大海裡了。」

秋月說著，沮喪地深深垂下頭，彷彿在描述自己負責的棘手案件。秋月處於待命狀態，手上沒有案子。如果東京都哪個地方再發生命案，就會輪到秋月等人負責偵辦。

不過，從秋月的話可看出，搜查總部在資料分析方面毫無斬獲。

「十五日晚上，一名女子在路上遇害，隔天又有一名女子在住處的浴缸遇害。但接下來五天過去，風平浪靜。若是瞄準交友網站賣春女子的隨機式殺人，應該還會繼續吧？」美智子說。

「搞不好凶手只有兩發子彈。」

美智子沒理會秋月無聊的笑話，繼續道：

「不過，如果不是嫖客，怎會知道她們在賣春？」

兩名死者都在交友網站上接客。如果不是以嫖客身分與她們接觸，根本無從得知她們在賣春吧？

「確實，連續殺死兩人的人，實在很難想像會立刻銷聲匿跡。只要有那種意思，目標多得是。」

接著，秋月向店員要來菜單，低喃著「可是仔細想想，妓女這一行似乎又觸底反彈了」。

收取金錢、與不特定異性進行性交易的女子，就稱爲妓女。

往昔，女人賣身被視爲一種悲哀的事，家人也難以接受。

更早以前，賣身的女兒被視爲孝順。她們出賣靈肉，拯救因飢荒或父母傷病而陷入困頓的一家人。買下女孩的妓女戶，代替父母監督這些女孩，娼妓們過著自成一格的社會生活。在那個時代，妓女是不幸的。但贖身之後，有些妓女回到故鄉，結婚並擁有家庭。

自從賣春變成違法行爲，「妓女」一詞慢慢成爲過去。然而，近年卻以「援助交際」的名目，再次浮上檯面。如今收取金錢進行性交易，已不再是多大的禁忌。

這就是秋月所謂的「觸底反彈」。

現在的遊民個個都有手機，並注意外表清潔，不承認自己是遊民。同樣地，妓女也不願被當成是「除了賣身以外，一無是處的女人」。

美智子採訪過幾次賣春女子。問到爲何會從事這一行，她們的理由是「很輕鬆」，也有些人認爲這是「短期戀愛」。然而，實際情況與這類灑脫的說詞大相逕庭。

毫不例外，她們全揹了一身債。不是過去那種「弟弟的學費」，或「父母的醫療費」，全是爲自己欠下的債。有時候是爲了購買昂貴的衣物、皮包或美食。這些人大多沒發現，如果沒有賣身得來的錢，她們連吃住都成問題，會淪落到賣身——不管說得再好聽，這根本不是她們能選擇的，而是淪落。因爲這是唯一不需要任何技術就能夠賺錢的方法。

學校沒能讀到畢業，無法建立起朋友圈，家庭也崩壞了。沒有學歷，即使想工作，連打工都輪不到她們。但爲了活下去，還是需要錢。用來付手機費、在超商買食物的錢。

「久等了！」雞軟骨、柳葉魚和熱燗（註）上桌，美智子不經意地想起野川愛里。

「在學校和家裡都不受眷顧的女生，和男性發生關係的年齡會提早。她們對男人感興趣，也想和別人建立起一對一的關係，希望別人把自己當成獨一無二的存在，而不是一大群人裡的一個。進行性行爲的瞬間，在對方眼中，自己是特定的存在，所以她們會輕易和不特定多數男性交往。漸漸地，她們會發現，只是跟男人玩，錢會減少，但賣春的話，一樣是在玩，卻有錢可拿。」

然而，在過去，眞正下海賣身，仍需要莫大的勇氣。她們能夠輕易跨越這個門檻，彷彿任意來去，是由於她們的成長環境——多半是從母親那裡繼承下來的文化。

秋月自行倒了酒，邊啃雞軟骨邊點頭：

「小孩的出現，等於是一種懲罰遊戲。所以，只要丟進安置機關就解決，根本不會去探望。聽說，座間聖羅的母親斬釘截鐵地說，死掉的女兒是瘟神。」

美智子小口啜飲高球雞尾酒（Highball），一面思考。

貧窮和貧困不一樣。窮只是沒錢，貧困就像是住在沒有生活基礎設施的荒蕪土地。

講不出道理、連簡單的計算都不會，從來不曾被人正眼對待，意志也得不到尊重，這樣的人無法培養出想像力，只知道眼前看到的東西。所謂「互相尊重」，是具備想像力的人之間才能成立的。因爲有想像力的人，能自主認識到世上有不同的立場。在一個欠缺尊重他人

註：加熱的清酒。

的風氣的群體當中，價值判斷只有「瞧不起或被瞧不起」二選一，不然就是「對自己有利或不利」。在這種環境裡，小孩是毫無用處的累贅。小孩會被任意搓揉，當成大人心情不好時的咒罵對象，甚至遭到暴力對待。

在這樣的家庭裡，父母會希望小孩快點獨立，小孩在家中原本就沒有容身之處。男生會與朋友成群結黨，女生則是賣身賺取生活費。

座間聖羅的母親也是像這樣長大的吧。因而女兒步上後塵，對於十三歲就賣身毫無抵抗。

性行爲是打發無聊的好方法，這是千古不易的事實。她們不知道出於愛情的性愛。弄個不好，連出於愛情的親子關係、朋友關係都不曾體驗。有什麼具說服力的道理，能夠規勸她們停止賣春嗎？但她們既不期望社會的認同，也沒有足夠的經驗值去描繪幸福的未來。

秋月將裝熱燗的小酒壺倒過來甩了甩，把最後一滴倒進小酒盞，朝店裡招呼：「再來一壺熱燗！」

「殺人這回事，都是跟自己有某些關係才能成立。那兩個女人和凶手的什麼地方有關？」秋月的眼周微微泛紅，醉得陶陶然。「殺人是一種熱情。比方，不管那個野川愛里長得再怎麼醜、腦袋再怎麼蠢，就算會希望她消失，也不會想去殺她吧？只是不會把她當人看，頂多就是趕到一邊去。」

秋月注視著美智子，壓低聲音：

「而且，專殺妓女的心態，是賣春仍合法的那個時代的事。因爲凶手痛恨妓女踐踏男人的浪漫情懷。但被殺的那兩個女人，她們進行性行爲，就像是在以物易物吧？這次是麵包錢、下次是電車錢，接下來的幾次是房租之類。現在還會有人憎恨、輕蔑這種行爲嗎？」

接著，秋月突然冒出一句「不瞞妳說……」，上身微微前傾，聲音壓得更低：

「現場找到的兩顆子彈，膛線吻合。兩起發生在中野的命案正式成爲連續命案。一課可能明天就會升格爲特別搜查總部，加派人力投入偵辦。」

然後，他喘了一口氣，補上一句：

「從明天開始，新聞要熱鬧起來了。」

這時，美智子才明白秋月爲何會對中野命案唏噓不已。

「難道要和早乙女警部合作的，是你們那邊？」

秋月無力地點點頭。

「我被派到前線了。不是一個小組，是包括我在內的主任等三人。所以，我今天才會想找人喝一杯。」

接下來，秋月狂吃痛飲。美智子在桌子底下飛快地輸入簡訊：

「中野命案，子彈膛線吻合。確定爲連續命案，明天將加派人力，設置特別搜查總部。」

而後，她喝光高球雞尾酒，炒熱這場秋月的出征壯行宴。

隔天，二十二日。

如同秋月所說，兩起命案正式宣告爲連續命案，警視廳投入秋月等三名搜查一課的刑警，成立七十五人體制的特別搜查總部。

各家媒體同時盛大報導，恍若能看見水中花（註）放入水中，燦然綻放的刹那。

爲了錯過早上十點新聞的人，下午一點的新聞重複早上十點的新聞；爲了錯過下午一點新聞的人，三點的新聞又重複一點的新聞。至於晚間新聞，主播以訓練有素的一號表情重複著相同的新聞，彷彿是剛接到快訊的熱騰騰新聞。

座間聖羅高中時代遭到霸凌，拒絕上學。這次她被發現陳屍在朋友家中，但她平日便很重視與朋友的交流，應該是高中遭受霸凌的經驗的影響。此外，她有個年幼的孩子，會做起夜間陪酒的工作，約莫是爲了養活自己和孩子——新聞最後以年僅二十二歲便留下幼子離世的遺憾作結。

森村由南則被設定爲，帶著兩個孩子拚命求生的女子。她捨不得離開故鄉，與調到外地工作的丈夫離異。她暫時把孩子交給母親，在澀谷做服務業，半年前才剛把兩個孩子接回來一起住。離婚前，鄰居看過夫妻倆牽著孩子一起在公園玩耍的情景，他們會熱情地向鄰居打招呼，是一對感情不錯的夫妻。

案發當時，森村由南住的公寓裡有兩個孩子。洗完澡，森村由南出門去超商買三個人要吃的冰淇淋，卻在回程遇上死劫。對孩子們來說，母親應該很快就會回家才對。六天後，家裡能吃的東西全吃光了，哥哥跑去超市偷食物。他偷了八個麵包、三瓶果汁、五個冰淇淋和三包零食。意想不到的是，由於男孩偷竊受到警方關切，才發現了背後的案件——說明一結束，名嘴們迫不及待地競相發言：「太可憐了，他們一定非常害怕」、「想必餓壞了」。提到兄妹倆完全不在意警衛的目光，拆開麵包的包裝狼吞虎嚥的段落，鏡頭巧妙地帶到女名嘴悲傷不忍的表情。

畫面切進現場轉播，拍到團團包圍森村由南住的公寓的各家媒體，宛如搶食昆蟲屍體的螞蟻。現場記者指著公寓前面的馬路說：

「順著這條路走下去，在盡頭左轉，約四百公尺遠的地方，就是死者森村由南購物的超商。慢慢走過去，也只要十分鐘左右。」記者面對著鏡頭後退，要攝影師跟上。「那麼，真的只是出門一下而已。」攝影棚的聲音傳過去，汗流浹背的記者用力點頭，以彷彿播報世界級慘案的悲愴表情繼續說：「死者在超商購買兩包零食和三個冰淇淋，還有兩罐發泡酒。」

攝影棚準備了清楚標出超商、森村由南的公寓，及命案現場相關位置的Google地圖，分析是否可能不是隨機選上兩名被害女子，而是由於個人恩怨遭到殺害。「座間聖羅遇害後，房東是用備份鑰匙打開門鎖進去，表示凶手是上鎖才逃離，但屋裡沒有翻箱倒櫃的情形。那麼，凶手極可能是與座間聖羅一起進入屋裡，知道她把鑰匙放在何處。換句話說，凶手與死者關係相當親密——」

美智子停下寫稿的手，冷冷看著名嘴迫切的表情。

同一時刻，一名男子目不轉睛地盯著這則新聞。

男子獨自待在熄燈後的候診室。牆上的大型電視，平常會播放名勝古蹟的影片供病患觀看，但現在轉到了無線電視台。

「那麼，凶手極可能是與座間聖羅一起進入屋裡，知道她把鑰匙放在何處。換句話說，

註：日本傳統工藝品，將紙製的花放入水中，便會呈現出盛開的樣貌。

凶手與死者關係相當親密——」

擔任來賓的專家以洞察一切的表情說著，螢幕上出現標示命案現場、被害者住處及超商地點的地圖。

與其說是站在原地，男子更像是無法動彈。身上的白袍反射出電視螢幕上的五光十色。紅、藍、白、黑——倒映在白袍上的色塊不斷伸縮，目不暇給地變化著。

男子握著遙控器，佇立二十分鐘之久。

螢幕出現滿臉悲傷的名嘴胸前的大珍珠時，白光清晰地照出男子的臉。

他的臉孔猙獰歪曲，一動也不動。看起來就像是雕刻在樹上的面具。

外頭傳來經過的車聲，自行車鈴聲清脆地響起。

這天——二十二日，也是歹徒向三榮指定交付兩千萬圓贖金的「期限」。

然而，並未發生特別的事。

早上十點，一名男子打電話到三榮總公司，但總務部長說「怎麼可能付錢」，直接掛斷電話。

「你白痴啊？」

就只有這樣而已。

4

末男在陰暗的房間裡，瞪著大型液晶螢幕上正在播報的新聞。

標示出超商、森村由南住處和命案現場的地圖旁邊，坐成一排的男女名嘴競相演出悲痛的神情。高畫質電視一清二楚地顯示出他們臉頰的潮紅及時尚的服裝，神色悲傷的美女胸口，碩大的珍珠燦爛生輝。

——你白痴啊？

那個人這樣說。

你以爲世人會在乎賣春的賤女人是死是活嗎？

聽在末男耳裡，就是這個意思。

看來，你不明白這個社會的實情。那種女人就算一口氣死掉一百個，世人也不會有半點興趣。聽說，鐵達尼號讓買最便宜船票的乘客睡在船底，並且鎖上那一區，以免他們跑上甲板。雖然不知道是眞是假，但實際上八成就是如此吧，不管船底淹水或失火，都不可以妨礙上頭的貴賓們欣賞音樂。沒辦法，居住的階級本來就不一樣。想想你們現在的處境，不是很能理解嗎？

腦中的男子這麼說著。

末男握緊拳頭抵在地上，靜靜等待憤怒與悲傷從這塊高級地毯釋放到某處。

屏住呼吸，絞盡全力。

但我們毫無疑問是人渣當中的人渣。不是因爲社會對「人渣」的偏見而混不下去，我們眞的是人渣。我們偷別人的錢，背叛別人的好意。

小時候，商店街串燒店的老闆總會拿食物給我們兄妹吃。我抓起那家店的串燒跑了。每次做壞事，到警署來接我的級任導師，拚命替我道歉求情。我犯下強盜罪被抓時，導師就像我的父親一樣，懇求警方酌情。那個導師四處向人低頭拜託，終於替我找到一份工作，但我只做了半年就擅自離職。

——長谷川翼說「反正全都會變成你幹的」。

翼是就讀慶應大學的型男高材生，開朗謙虛，出手大方，善於聆聽。大學教授對他的印象頗佳，他積極參與社會活動，活得忠於自我。每個人都認爲他是優秀的好青年。

但其實他熱中重訓，擔心每天吃下肚的熱量，不停在腦中計算熱量免得超過，即使和人飲酒作樂，也會記得自己喝了什麼、喝了幾杯。翼的父母都是醫師，妹妹是醫大生，他大言不慚地說「進口車我當然買得起，但開那種車沒人愛」，於是開著時下流行的油電混合車。服裝和身上的配件，皆刻意避免讓人覺得財大氣粗。原本他的長相只算中等，不過，像這樣一點一滴累積形象，加上每天早上精心整理的髮型，令他看起來頗有吸引力。

每天都有人打電話給翼。手機上的社群軟體通知鈴聲沒一刻停過。不管是誰來電，他都開朗親切地應對。語氣切換之露骨，甚至讓人想要叫好。他不厭其煩地聆聽煩惱、安慰對方，提供協助。有時義正辭嚴地勸諫，有時費盡口舌只爲體恤對方的立場。他巧妙避免會透露眞心，或是被惡意曲解的言語，全憑無傷大雅的言語構成對話。只要聽到他講電話的聲音，便能知道他在外頭是如何表現，再看看掛電話之後他的聲音與態度的一百八十度轉變，就很清楚那些外在表現是怎麼精心僞裝出來。

在外面，他嚴絲合縫地戴著黏土捏成的面具生活。

他眞正自由舒展的時候，只有脫下這張面具的時候。比方，和野川愛里在一起的時候，或和山東海人在一起的時候。換句話說，就是與即使暴露眞實的自我，他也不痛不癢的人在一起的時候。他混在這些人裡賭博、敲詐、勒索、恐嚇。

野川愛里是在澀谷的街上認識翼的。

翼在澀谷一帶，與大學同學一起進行義工活動，向夜間在街頭物色援交對象的女生搭話，聆聽她們的煩惱，指導她們課業。課業跟不上，是青少年深夜在外遊蕩的原因之一。他們就是在努力讓少女們的生活據點，從夜晚的街頭回到學校。高中輟學者很容易陷入貧困的輪迴。爲了促使她們社會化，首先應該協助她們從高中畢業。翼與同學從事這樣的活動，並且在研究小組中發表，備受肯定。因此，翼可以堂而皇之地搭訕在外遊蕩的女高中生。

翼沒有讓透過這種方式認識的野川愛里，加入學校研究小組開設的非營利組織補習班。兩人多次在深夜的鬧區相遇。大學生來攀談，愛里覺得很高興，而且據愛里說，翼並未把她視爲在外遊蕩的女生的案例之一觀察，而是對她頗爲關心。

奇妙的是，跟愛里相處，翼並不感到痛苦。

無論是和山東海人，或是和野川愛里待在一起，翼都不感到排斥。他允許兩人進入公寓住所，長時間相處，與他們一同享受一旦曝光，絕對會身敗名裂的犯罪——至少對翼這種出身的人來說，絕對會讓他身敗名裂的犯罪。

末男只是漫不經心地看著。

末男和他們待在一起，痛苦萬分。他純粹是沒有別的地方可去而已。

末男是在野川愛里還在上高中的時候認識她的。末男身在違法邊緣的世界裡，幫忙駕駛犯罪用的車子，或是一起討債、推銷自然健康食品，只要有錢賺，什麼事都幹。那個時候愛里十七歲，不管是交友網站、風俗店，還是路上的男人，她都見一個拉一個。

愛里的容貌比平均值更差。兩顆浮腫的眼泡，眼睛細得像條線。塌鼻子，臉頰猶如麵包般膨脹。乳房只有A罩杯，整個人又肥又胖。但她把制服裙子改得很短，露出兩條腿，肥碩的大腿白得發亮。

野川愛里是不受歡迎的人物，卻非常厚皮臉。她被業界的人驅趕，警告她不許擅自在這一帶拉客，有時會遭到痛毆，腫著一張臉，但絲毫沒有沮喪的樣子，繼續找客人。

有一次，末男遇到愛里遭人糾纏：「死肥豬，銅板價我就買。」末男替她把人趕跑了。愛里連自己被嘲笑都沒發現，還怨恨地瞪著末男。末男沒辦法，塞了兩千圓給她。

「拿去吃東西吧。」

但愛里依然像條笨狗，露出懷疑的眼神。末男察覺只要能拿到錢，或許五百圓她也甘願給人上，不由得心情暗澹。

之後，兩人偶爾會在街上遇到，漸漸熟識，愛里會跟上來，要末男請她喝果汁，或吵著要吃哪裡的可麗餅，精明地敲末男一筆。但愛里討的都是些便宜的東西，約莫她也是知道客氣的，一想到這裡，末男實在無法冰冷地拒絕。

這樣的女人，未來會如何？

末男問過愛里的身世，一聽就知道全是瞎掰。愛里扯什麼她其實是富家女，父親再婚，被繼母虐待，家裡根本待不下去。這種程度的謊還能原諒，但什麼被繼母的兒子、沒有血緣關係的哥哥強暴，就算是謊言，也讓人聽了作嘔。末男不當一回事，沒多久愛里就不小心透露眞正的身世，那是司空見慣的、成績不佳的邊緣學生的經歷。她會從援助交際變成下海賣春，是因爲高中的一群朋友叫她拿錢過去。末男早猜到八成是如此，所以愛里撒的許多謊言，他都不計較。那時候愛里還未離家出走。

「人家喜歡做愛啦。」愛里說。

「妳回家吧。乖乖上學，讀到畢業，好好找份工作，就會有傻男人跟妳結婚。回家跟妳媽道歉，求她讓妳留在家裡。」

末男知道，這些說教根本是對牛彈琴。但這世上也有老師願意一次又一次向人低頭懇求，爲無可救藥的學生找到工作。末男想起高中導師，難受到胸口揪成一團。他不該說什麼教的。

——我媽討厭我。比起認眞工作，賣春划算太多。

愛里說話總是毫無脈絡。

這種女人，往後會有什麼下場？

愛里有時候會叫末男買她，末男會塞兩千圓打發她。他沒和愛里睡過。末男早就決定，絕對不跟賣身的女人睡。因爲母親就靠這個過活，他已看透這些女人是什麼德行、過的是怎樣的生活。

母親不是愛里那種「喜歡做愛」的女人。母親身材纖瘦，給人一種夢幻飄渺的感覺。她喜歡喝酒，一整晚熱鬧到天亮，特別討男人喜愛。這樣的女人生了孩子，沒辦法繼續過著讓客人出錢喝酒、一路睡到傍晚的生活。沒多久，比起在酒家上班，和男人睡覺賺錢成爲主要的收入。因此，母親沒在風俗店上過班，或是站壁拉客。她毫無職業意識，導致麻煩不斷。她分不清客人、朋友、情人之間的界線，如果合拍的時間久一點，對方又有那個意思，立刻就會發展成同居。

母親生了兩個孩子，但父親是不是同一人、到底是哪裡的誰，恐怕她也不清楚。而那提供一半基因的男人，想必也不知道有末男這個兒子。多虧有當地人的照應，末男和妹妹才能活到現在。

愛里這樣的女人，可能在半途被捲入糾紛而喪命，也可能生病死掉，最有可能的是變得宛如遊民，一輩子賣身。

沒有任何人關心。

愛里把無處可去的末男帶到這裡，說是「我朋友的公寓」。

那是五月底的時候，末男籌不到錢，窮途末路，憔悴不堪，坐在行人川流不息的馬路旁的路緣石上，偶然遇到愛里。他們兩年沒見了。愛里和兩年前一模一樣，雖然變得時髦了些，但仍穿著高中制服，於是末男猜到她應該還是在幹老本行。

愛里瘦了些，五官因此稍微顯得端正，腳也沒有以前那麼粗肥，最重要的是，她的神情不再像從前那樣無所依靠。

比起說著「兩千圓就好」，拚命拉客那時候，她的表情更堅定了點。

愛里連末男叫什麼名字都不知道。

愛里應該注意到末男了，定定注視他片刻，若無其事地從前面走過。但中午過後，愛里再次行經，停下腳步問：「好久不見，你在等誰嗎？」

「我無處可去。」

「怎麼會？」

妹妹把債務推到末男身上，和男人跑了，他得暫時躲起來避風頭——他不想說出這些內情。

「無所謂吧？反正就沒地方去。」

末男從路緣石站起身，但他眞的無處可去。他懷著徬徨無依的心情信步前行，愛里不知爲何跟上來。

走一段路後，愛里說：

「你要來嗎？公寓就在附近。」

又走一段路，末男開口：

「妳現在住公寓？」

愛里發出和高中的時候一樣刺耳的大笑，以極粗俗的口氣回了句「不是啦」。

「是我朋友的公寓。」

啊，她和兩年前完全沒變。不想跟這種女人扯上關係。但末男沒有落腳的地方，身上也沒錢。

爬上陡急的石板坡道，他有些上氣不接下氣。

末男從末肩負超過一千萬圓的債務。

事情發生在幾天前。信貸公司打電話找他過去，亮出倉促做成的借據，上面的金額高達一千兩百萬圓。

「之前妳妹向我們借五百萬圓。喔，看在她有那張臉，只要努力一點，要賺五百萬圓不成問題，我們才會核准。你和你妹在板橋的『微笑貸款』共有五百萬圓的債務吧？你妹把那邊的錢結清，轉成這邊的債務。」

「那怎會變成一千兩百萬圓——」

「你知道『紫苑』有個叫阿武的男公關吧？你妹又跟我們借一筆錢，把他身上七百萬圓的債務還清。她的、你的、加上阿武的債務，全部移到我們這邊。然後，這借據上有寫：我哥會負責還清。」

末男腦袋一片空白。

這個時候，他已聯絡不上妹妹。他找過男人和妹妹上班的店，卻查不到消息。兩人將一大筆爛帳丟給末男，遠走高飛。

末男說會還錢，要求多給一點時間，信貸公司的人挖苦地用敬語問：「您打算怎麼還這筆債？」至今為止，末男設法籌到的錢將近一千萬圓，所以在背後被說得不太好聽，像是「別看那傢伙一副老實樣，什麼事情都幹得出來。」「是不是殺了人啊？還是搶劫弄來的錢？」

只要幫忙高風險的工作，報酬自然不少。但太危險的工作可能惹火上身，自取滅亡。一旦答應下來，末男完全不過問內容。他會乖乖當一頭蒙上眼睛的拉車馬。他就像這樣，什麼工作都做，不斷籌錢。所以，末男還債的錢都來自黑道組織。高中畢業以後，他不曾從善良百姓身上拿過一毛錢。

末男和愛里走在一起，滿腦子都在想到底該如何弄到錢才好。

末男從未殺過人，但如今要是在夜晚的路上遇到「紫苑」的阿武，難保不會宰了他。

坡道很陡，往上望去，與天空相連。塗上水藍色顏料般缺乏遠近感的天空，浮著幾朵筆刷畫上般的白雲。行車引擎蓋反射著初夏明亮的陽光，緩緩爬上坡。

看著那雲朵，末男想起兒時的情景。從位於巷弄邊陲，谷底般的自家爬上階梯時，一抬頭，眼前總是有著這樣的藍天白雲——儘管應該並非「總是」，末男想起的卻總是這片天空。從鐵皮屋頂狹縫望見的，通透的藍天。沒有風，雲朵一動不動，陽光明亮柔和地傾灑著。那個時候末男以爲只要爬上眼前的階梯，任何人都能走到藍天底下。路上的行人、青翠的綠葉、閃爍的樹木、引擎蓋閃閃發亮的汽車，地面上的一切都在享受初夏的幸福，只有他被幸福的世界排除在外。現在他早就習慣這份疏離。

末男與愛里一前一後交互走在石板坡道上，愛里忽然停下腳步，指著前方的公寓說：

「這裡。」

公寓裡，翼一身邋遢地看著電視。

翼的出身和學歷無懈可擊，卻以自己的住處當據點，與野川愛里這樣的社會邊緣人廝混，但末男很快就得知理由。

因爲翼欠債。

翼乾脆地承認，那筆債是在地下賭場欠的。大學二年級的時候朋友帶他去玩，他整個人陷進去，賭贏就有錢還，賭輸債款就再往上加，不斷惡性循環，大四才不再涉足。

翼鎮日沉迷於非法賭博，在大學的研究小組卻投入關懷兒童的「消滅貧困非營利組織」

活動，一聽到哪裡發生災害，便第一個趕到當地擔任義工，過著這樣的生活。然後，他將擔任義工的經驗拿來在「消滅貧困非營利組織」中宣揚。擁有當義工的經驗，建立善心人士的形象效果非凡。翼以此博取信任，從不去學校、被家庭拋棄，在夜晚的鬧區遊蕩的無依無靠少女中，挑選長相不錯的，仲介到風俗店。他藉由這麼做，免於被追討不斷積欠的債款——翼賊笑著說出上述內容。

在夜晚的街上一起喝飲料，聆聽牢騷，鼓勵對方，規勸絕對不能踏進特種行業。翼非常清楚這類訓話一點用處都沒有。對於那些需要錢活下去的女孩，他會表示：「既然妳這麼說，我知道可以信賴的店。那家店很保護底下的女生。」仲介她們到高利貸旗下的色情店。高中生不知世事，會把「保護女生的色情店」這種鬼話當眞。當然，這全拜翼爽朗的外表及高學歷之賜。從事消滅貧困義工活動的慶應大學生，同情我的困境，違反信念介紹店家給我——這些女生甚至會爲此感激涕零。接下來，翼會透過社群軟體，傳幾次擔心和關懷的訊息，就此結束。「太容易了。」——翼得意地笑道。翼也替地下賭場物色冤大頭。他會將有錢的學生介紹給那些女生，再讓她們帶有錢的學生去地下賭場。

翼健全的大學生活，及和黑社會若即若離的關係互爲表裡。他甚至很享受這樣的驚險刺激。

像我這種人，即使踏進賭博或人口販子的世界，只要說句「一時鬼迷心竅」或「遭人設計」，社會大眾就會原諒我們。地下社會的人，和我這樣的人，社會大眾當然會相信我的說法。無論什麼謊言我都可以扯到底——這就是翼的「哲學」。

末男聽到這件事，感到驚奇不已：菁英大學的學生，想法居然這麼幼稚？

這傢伙大概沒有自以爲的那麼受歡迎、那麼受到信任。看他完全沒有自覺，過去約莫都沉浸在幻覺裡吧。

翼總讓人無法信任。他散發出一種可疑的氛圍。末男暗忖，在眞正的意義上，翼應該一直是受到圈子排擠的。

從這層意義來說，翼和愛里是一丘之貉。

終於到了求職季節，翼順利考取大型廣告公司，春天就要開始上班。一帆風順。

趁此機會和壞朋友一刀兩斷，金盆洗手，以社會新鮮人的身分展開新生活就行。畢竟他擁有無可挑剔的父母、無可挑剔的工作、無可挑剔的學歷與外表。

只要沒有那兩千萬圓的債務，一切就很順利。

然而，末男第一次踏進公寓的時候，翼卻暴躁不堪，臉色糟糕透頂。

翼把末男當成空氣，卻沒要他離開。末男心身俱疲，所以待在角落，屏聲斂息，宛如貼在樹幹上的蟬。

翼連末男的名字都沒興趣，和末男說話時都叫他「喂」，其他時候則是用「他」、「那個人」代稱。

地下錢莊約莫認爲大學畢業是個期限，於是認眞開始討債。

翼曾腫著一張臉回來。

即使是三更半夜，手機也會突然響起。

每當鈴聲響起，翼就會嚇得全身一抖。

然後，他會冷不防踢打愛里。

公寓裡還有另一個男人進出，類似跑腿打雜的，乾癟寒酸得像窮神。個子矮、胸膛單薄，彎腰駝背，一顆大頭形狀嚴重扭曲。這人口齒不清，而且沒辦法有條有理地說話，只能表達情緒和零碎的資訊。唯一厲害的是，他理了大平頭，利用那變形的大頭造成的恐怖感為武器。瘦弱前屈的身體上，頂著如變形岩石般又大又沉的頭。男人名叫「山東海人」，彷彿是觀光勝地導覽手冊上的創新名詞。

翼、愛里與山東海人，三人從以前就靠客訴便當工廠賺取零用錢。本來是愛里和山東海人偷偷摸摸地幹，是翼將手法系統化，如今翼已成為頭頭。三人似乎十分享受高高在上地戲弄弱者的感覺，只要欺凌便當業者，三人就開心得好似忘了塵世的煩憂。這種陰險霸凌般的恐嚇行為，末男完全不感興趣，山東海人對他冷漠的態度很不爽，四處打聽末男的事，最後單方面認定他是「如假包換的惡棍」、「比我們更精通地下社會」。翼應該是從山東海人那裡聽到這些風評，所以翼只會毆打海人和愛里，愛里就算被翼踢踹，也沒有半點埋怨，但換成海人對她動手腳，她會記恨老半天。兩人為了可笑的階級鬥爭，成天勾心鬥角，鬧個沒完。

翼陰鬱地沉默著，不時對兩人暴力相向。末男問過他：

「你爸媽不是醫生嗎？寫個借條，要他們出錢不就好了？」

當時翼瞪大眼睛，立刻回答：

「什麼辦法都行，就這個不行。」

「為什麼？」

「絕對不行。」

聽說，有一次翼被一群男人拿著老虎鉗追殺。想必是翼只會唬爛，不肯誠實面對問題，終於惹惱高利貸業者了吧。翼不顧一切，赤腳狂奔，男人們卯起來追殺他。由於太害怕對方拿老虎鉗拔掉牙齒，翼被逮住的時候號哭道歉，只是側腹挨了一腳，就全身抖到爬不起來。隔天，翼咒罵那些踢了幾腳便放過他的討債集團是「腦殘」，但真的是嚇破膽了。

到了這步田地，翼仍堅決不肯向父母說出實情。他聲稱一定會籌到錢，高利貸業者也受不了他，但不管怎樣，這個債務人是跑不掉的。要是打死人驚動警察，本來拿得到的錢也會泡湯。

翼在五月底還了三百萬圓。

那筆錢是從父母那裡來的。不是翼開口討求「我欠別人錢，給我錢」，而是以完全不同的方法弄到的。

翼把自己的妹妹帶出去，關進長期找不到買家的輕井澤別墅。據說是派山東海人下的手。山東海人打壞門鎖，從外面拿鎖鏈和掛鎖關起來，拔掉電話線，並拿走妹妹的手機。然後，打電話給父親說：「你的女兒在我手裡，拿出三百萬圓，我就放了她。」三百萬這個數字，應該是翼估算父母不會報警，乖乖付錢的上限。

打電話——從愛里那裡聽到這件事時，末男反射性地問：

「用誰的電話打的？」

愛里似乎不明白末男爲什麼這麼問。「翼的。大概是設成隱藏號碼打去的吧？不是章魚的電話。講電話的是我。」愛里討厭山東海人，都叫他「章魚」。「翼撥電話，接通後把手機拿給我。」

山東海人有一隻工作用的傳統手機——從簽約人那裡買來的人頭機。這是圈養詐騙集團上頭發下來的生財工具。「圈養詐騙」就是將領生活保護金的人圈養在一處，掠奪各種津貼補助。只要犯罪集團持續將通話費匯進名義人的戶頭，就能繼續使用手機。即使不匯錢，在斷話之前還能用上一個月左右。末男原本以爲用的八成是這種手機，沒想到翼把自己的手機設成隱藏號碼打過去。萬一他父親不接未顯示來電，豈不是聯絡無門？

父親將三百萬圓匯進愛里指定的戶頭，同時山東海人打開別墅的掛鎖。妹妹的手機就擺在門外的長椅上。接下來，妹妹會自行返家。就算她嚇得六神無主，只要有手機，起碼可以叫計程車。

「我只是努力去領匯進來的三百萬圓。」

愛里每天早上銀行一開門就光顧，把匯進戶頭的三百萬圓分六天全部領出來。翼拿這筆錢去還債。

但也只是讓兩千萬圓的債務變成一千七百萬圓而已。高利貸業者威脅八月就要找他父母告狀，翼哭求說他已還三百萬圓，請他們寬限到九月，他眞的會籌出錢來。

「長谷川先生，我們又不是要你的命，這是錢就能解決的問題啊。既然你已找到好工作，乖乖向父母拜託，事情不是一下就結了嗎？要任性也該有個限度。如果不扭斷一條胳膊你沒辦法下決心，我們隨時都能動手。右手好，還是左手好？」高利貸業者將大限設在九月。

翼的手法如此粗暴，居然一直沒有驚動警察，實在令人不敢置信。不過，翼的好運氣，到頭來還是將自己逼入困境。沒人給予致命一擊，導致事態演變得愈來愈光怪陸離。速度減慢的骰子，在完全停下來之前，只會不穩定地滾動。

翼啃著指甲，放射出銳利的目光，尋找著出路。

七月二日清早，翼被打得鼻青臉腫回來。

他漱完口，冰敷臉一陣子後，突然對愛里說：

「這次輪到妳了。從妳媽那裡弄錢來。」

是勢在必行的口氣。

愛里立刻回答：

「我家沒錢。」

其實愛里打過好幾次電話給母親，說她被綁架，要求付贖金，如果不付錢她會被殺，但母親沒有一次理過她。據說，母親的回應是：「沒其他事我要掛了。」

電視節目在爲罹患心臟病的兒童募款。主播告訴觀眾，心臟有缺陷的兩歲孩童還缺少一億圓的費用，才能到美國接受治療。畫面上出現一張照片，附有圍欄的床鋪上，躺著身上插管的孩童。主播說明孩童的病情，接著切換成父母的訪問——翼對愛里嗤之以鼻：

「也是，如果妳家有錢，妳就不會賤賣肉體了嘛。」

愛里鮮少動怒，唯獨被指出男人看不上她的時候會生氣。愛里本來癱坐在地上，聞言登時脹紅臉，抬頭轉向翼，反駁：

「這是人家的興趣！」

翼從來沒認眞理會過愛里。對於愛里的一切言行，他都不當一回事，彷彿在身體力行「人類不會跟低等動物認眞」的原則。

「興趣？」

若是平常，翼絕對不會用如此冰冷、打心底瞧不起人的語氣和愛里說話。

末男靜觀其變。

「就是賤價也沒人要買，妳才會跑去歌舞伎町吧？穿得跟沒穿一樣，在路邊拉客，才會被地痞流氓打出去吧？」

愛里氣得滿臉通紅，但也發現翼不太對勁。她總是像老鼠一樣，抽動鼻子察顏觀色，避免正面衝突。因爲她明白一旦發生衝突，會被一掌拍個粉碎的是自己。儘管面紅耳赤，愛里仍隱約察覺可能踩到某些地雷，全身繃得緊緊的。那正常人般的態度，益發爲翼的煩躁火上加油。

「妳這個醜八怪腦殘，少在那裡裝會！」

翼暴吼著，一腳踹飛餐椅站起，一回身就把愛里踢了開去。

愛里來不及護住身體，肚子挨了一記重擊，蜷縮成一團。

很少有人眞的敢一腳踹向毫無防備的人體上沒骨頭的部位。

愛里不喜歡洗澡，有時會散發臭味。以髮膠定型的頭髮，漿糊似地貼在頭上。愛里抱著被翼踢中的肚子，翻滾到一旁，掙扎著試圖逃離。然而，如蝦子般蜷曲，痛苦喘氣的模樣，實在引不起絲毫憐憫之情。

翼像踢足球一樣，雙腳輪流踢著愛里。不管是有肉還是沒肉的部位，都照樣踢下去。

「就算只有零頭，肯付妳錢就該謝天謝地。妳的客人眞是太大方了！」

翼不是隨便亂踢，而是縝密地落腳，無一疏漏。他雙手插在口袋裡，踩住愛里的臉，或輕踹她的後腦勺。愛里放開肚子抱頭就改踢肚子，護住肚子就改踹頭。然後，盯準她放鬆防備的時機，惡狠狠地踹。

「妳這種傢伙，打妳是浪費了我的手！」

翼的表情很奇妙，看起來似笑似哭。恐怕是翼明白明天會被踹的就是自己。不，或許那夥人今天就會過來踹死他。慘遭凌虐的是不久前的自己，這副淒慘的模樣，就是先前討債人看到的自己——翼一把揪住愛里的頭髮，開始拖行。

「打電話回家，說不拿錢出來妳就會被殺，說會被賣掉也行。」

愛里打電話說「我被綁架了，拜託付錢」，兩分鐘就被掛斷。

末男在房間角落抱膝看著這一幕。

——以前母親的男人揍過妹妹。用錢買母親的男人，似乎認為母親的女兒也必須臣服於他。然而，妹妹露出好強的眼神，赤裸裸地表現出對男人的唾棄。男人很不爽，毫無預警地揮起拳頭。妹妹蜷縮起來，末男反射性地護住妹妹。

拳頭陷進末男的肩膀。男人發現眼前不是剛上小學的女孩，而是國中男生，暴跳如雷。把眼神叛逆的小女孩結結實實揍上一頓，等她哭喊著「對不起」，再變本加厲地教訓她一頓，接下來她就會盲目順從男人——男人懷著這種想法嗎？不，或許更單純，認為妓女的女兒沒資格耍什麼叛逆。然而，拳頭沒打到小女孩。男子抓住末男的肩膀，想將他從妹妹身上拉開。末男缺乏足夠的體力制止成年男子毆打妹妹，如果他被拉開，妹妹只能挨揍。末男雙腳拚命踢蹬，踢著踢著，踢中了男人，男人掐住他肩膀的手鬆開。末男扯住妹妹的手，衝到玄關，卻來不及開門。末男靠在牆上，被惡狠狠地不停踢打。男人氣昏了頭，想拉開末男。末男和門板之間夾著嬌小的妹妹。男人無論如何就是要用自己的臂力揍哭小女孩，逼她說出「對不起」三個字，然後繼續痛打說對不起的小女孩。

爲什麼男人以爲他有權利打妹妹？爲什麼妹妹必須被逼著說「對不起」，然後繼續挨揍？爲什麼只是以叛逆的眼神看對方，就必須被扯住頭髮拖來拖去？

男人粗糙的手一把揪住妹妹的頭髮。

末男伸手轉動門把，緊接著一腳踹上彎身的男人胸口。男人發出呻吟，兄妹倆滾出門外。

施展暴力的男人，隔著一道門板，就會換上另一副嘴臉。只要開門，他們便不敢出手。滾出門外的兩人，知道男人不會追上來。末男疼痛的身體倚在通道的牆上，瞪向通道另一頭叉開雙腿站在屋內的男人。

揍我啊！

踢我啊！

走過來啊！

或許當時末男在內心如此挑釁。

男人似乎還打不過癮，渾身發抖地瞪著末男。

末男注視著男人的雙眼，爬起來伸出手，抓住門把，把門關上。

「砰」一聲，男人的身影消失在門後。末男再次頹靠在牆上。

傍晚的寂靜。

某處傳來孩童的嬉鬧聲，車聲時有時無。

妹妹直到最後都沒有哭。

「被拔掉這麼多。」——她小小聲地說，讓末男看頭髮。幾根細柔的、閃閃發亮的褐色髮絲掉到末男的肚子上，彷彿在炫耀：「瞧，我摘了這麼多花。」驚恐的六歲孩子，不知道該如何安慰、感謝代替自己挨揍的哥哥，於是給了他脫落的頭髮。末男抬起頭，妹妹一臉憂心，仍隱約地微笑。在長谷川翼的公寓看著翼毆打愛里，末男憶起這段遙遠的往事。

有句話說「溺水的人連一根稻草都想抓」，不過，那天翼抓到的究竟是什麼？末男至今仍在思考這個問題。

喊著「打妳是浪費我的手」，抬腳踢愛里，接下來遭愛里的母親當場拒絕付錢，翼似乎想不到還能怎麼侮辱愛里了。

「不肯付錢，是因爲你們家不正常。」

翼這麼說，然後突然冒出一句：

「既然如此，叫三榮付吧。」

三榮食品公司是山東海人和愛里找到的客訴恐嚇對象。他們並非一開始就鎖定三榮，只是三榮願意付錢，才變成專找三榮下手。野川愛里的母親剛好是三榮的老員工，愛里把她知道的事全講出來，翼聽到這些內情，才決定針對廠長霸凌。

「既然妳媽不付錢，叫妳媽上班的地方付就是了。」

翼打算要求兩百萬圓。

「他們怎麼可能付？」末男說。儘管神情憔悴，翼的臉頰仍泛出紅暈，雙眼熠熠生輝：

「一般都會付的，這可是救命錢。」

翼是認眞的。

現實中有許多女人如骯髒野狗般受人蔑視，同時也有人高聲宣揚「所有人都擁有人權」。翼透過地下賭場的債務和仿效人口販子，體驗到前者的世界，透過大學的非營利組織活動，學習到後者的理論。在翼的心中，兩者似乎絞纏成一股繩索，他會視情況搬出其中一邊的道理——對他有利的道理。從社會的角度來看，人應該會將「人命」視爲第一優先，所以翼的父母才會毫不猶豫地拿出三百萬圓。愛里的父母無動於衷，是他們不正常。既然如此，把愛里的性命放到適用於正常社會判斷的領域當中就行——翼似乎得出這樣的結論。

大學畢業，思考回路居然是這種水準嗎？末男不禁納悶。

我一直想好好讀書，從人渣弱弱相殘的世界逃離。

但因爲沒有錢，也不知道怎麼賺錢。

翼爲自己想出的點子歡欣鼓舞，在紙上寫下計畫。末男蜷起背靠在牆上，望著他那副模樣。

一直以來，總是行走在日蔭處的末男，從來沒有機會認識翼這樣的人。然而，實際一看，翼幼稚得令人目瞪口呆。即使如此，翼仍擁有正常的父母、富裕的家庭與學歷，如果他出了什麼事，會在全日本掀起軒然大波吧。

翼鐵下心，打電話到三榮宣稱：「我綁架了你們工時人員的女兒，準備兩百萬圓。」

直到這一刻，對末男來說，一切都像行駛中的電車窗外流過的景色。

末男在房間角落蜷背抱膝，宛如浸泡在水中，只是靜靜思考著。

——一千兩百萬圓，要怎麼籌出來？

他一直在想錢的事，此刻也在想錢的事。

夜半會忽然驚醒，心想得籌到錢才行。

爲了帶妹妹脫離這個垃圾世界，我努力賺取兩人的學費與生活費。好不容易終於成功——以爲總算成功，卻……

不管努力多少次，總是在最後關頭摔倒。

末男的母親在他十八歲時失蹤。失蹤前，她與當時交往的年輕男人玩小鋼珠，欠下三百萬圓的債。母親討厭小鋼珠店那種吵鬧的環境。回想起來，末男和妹妹無暇理會母親，讓她感到寂寞了吧。在噪音震耳欲聾的小鋼珠店裡，玩根本不喜歡的小鋼珠，欠了一大筆債。母親應該不想給末男添麻煩，但要求她做出合理的行爲，實在是強人所難。於是，那筆債末男頂下來，而母親默默離家。

當時母親欠下的三百萬圓，末男已一點一滴還清。

債款還清後，遠離這些不法勾當，去當個廚師吧！如果是壽司師傅，在吧檯裡一邊工作一邊聽客人說話，應該很不錯。當不上師傅也無所謂，一直做學徒也無所謂，想在有夥伴的地方安靜地工作。末男始終如此期望。

但末男親手摧毀了這個夢想。他幫忙推銷遊走於法律邊緣的自然食品，被捲款逃跑，又扛了一大筆地下錢莊的債。

當時，看著精疲力盡的末男，妹妹說：

「只要我去夜總會坐檯半年，那筆錢一下就能還清。」

——去夜總會坐檯。

約莫是末男的表情太僵硬，妹妹笑道：

「哥，這年頭沒人把夜總會當成特種行業了啦。如今大學生也會爲了賺零用錢，去夜總會打工啊。」

只是短短一年，繞個遠路而已。哥，你一定要成爲壽司師傅，那很帥耶——剛滿十八歲的妹妹雙眼發亮，好似想像著一年後的光景。

讓妹妹有份正當職業，是我的夢想。希望妹妹和健全家庭出身的男人交往，建立起理所當然的家庭——小時候，每當母親帶男人回家，便無法進入家門。在這樣的夜裡，末男會和妹妹在家門前的公園打發時間。妹妹在路燈下追逐捕捉飛來的蟲子，或在泥土地上畫線玩耍。她用純眞的眼睛看星星，坐在邋鞦韆上擺邋歌唱。遇到開心的事，就張開大大的嘴巴歡笑，遇到不合理的事，就蹬腳抗議不休。兄代母職養育妹妹，末男打心底不願看到妹妹將來跟不正經的男人在一起。所以，末男盡量不讓妹妹和母親獨處，留意防止她因爲母親的工作受到羞辱，保護她遠離壞朋友，並教她念書。

如今，末男靠在翼的公寓牆上，思考自己一直以來的努力究竟算什麼？

他的腦袋深處陣陣作痛。

翼又在踢弄愛里。末男愣愣看著，轉念心想，至少妹妹是和喜歡的男人跑了。如果妹妹能因此脫離特種行業，或許也不壞。這麼一想，眼前浮現妹妹的孩子在明亮的家庭中成長的景象。妹妹絕對不會打孩子，也不會以難聽的話語責罵。她會悉心餵飽孩子，讓他們睡在清潔的被窩裡。

七月五日，兩百萬圓的恐嚇計畫讓翼挨了一記上勾拳。總是卑躬屈膝的廠長居然公事公辦，要他打電話去總公司。「王八蛋，這可是綁架！」翼氣得全身發抖，還是打電話去總公司，卻被掛了電話。

翼的人生當中應該也有過許多不順遂。最大的挫折，恐怕是淪落到遭討債集團追殺，必須下跪哭著求饒。那純粹是任人侮辱。

爲了讓綁架顯得更煞有介事，翼預先吩咐愛里四處傳出「我被綁架了」的訊息，洋洋得意，沒想到，連長期霸凌的三榮廠長都不把他當一回事。翼彷彿目睹船隻翻覆，上下顛倒——或是當頭被潑了一盆水，感到困惑、震驚又憤怒。接下來的幾天，翼渾身顫抖著，好似全身毛髮都倒豎起來。

翼飯也不吃，只是呆坐著。他雙眼圓睜，緊抓著雙肘。

然後，他把愛里的衣物剝光，拍了照片，用屋裡的列印機印出來。

翼的毫不設防，令末男目瞪口呆。

「露臉的照片太危險，而且幹麼寄照片？」末男問。

「如果他們以爲我在唬人，我實在氣不過。」

那麼，難道他要說綁架愛里是事實嗎？

人渣和人渣混在一起，只會攪成一團渾沌。

隔天，翼一跛一跛地回來。八成是先前向地下錢莊誇下海口，說錢已有眉目，最後被教訓了一頓，叫他少唬爛。

翼似乎不死心，坐在電視機前，在新聞頻道之間轉來轉去。當然，他也上網搜尋好幾次，卻沒看到半則三榮遭受恐嚇的新聞。輸入「三榮」，跳出來的第一個候補關鍵字是「血汗」。三榮做爲血汗公司，今天也正常營業。

電視新聞末尾又出現爲心臟病童募款的資訊，「等待社會各界善心人士伸出援手」。

聽到這句話，翼忽然抬頭碎念：

「心臟不好就去死啊，少依賴別人。」

這陣子的翼就像在地獄裡打滾。

末男不明白，請求父母出錢還債，怎會如此困難？

就這樣，不知道經過了幾天。

終於來到七月十五日。

這天，愛里在角落玩電子遊戲。屋裡充滿一觸即發的氣氛，但愛里不曉得是沒察覺，或是已麻木。

翼突然一把搶走愛里的遊戲機，丟到地上。愛里來不及尖叫，翼已一腳踏上椅子，用全身重量把椅子踩爛。愛里面色蒼白，翼破口大罵。例行戲碼上演之際，翼的目光停留在電視新聞上。又是募款訊息，衣冠楚楚的男女主播傾訴著距離目標的兩億圓，還差八千萬圓。

兩歲的屁孩要什麼兩億圓——翼咬起指甲。

「明明我要的只有區區兩千萬圓。」

然後，翼好似靈光一閃，仰望末男，問：「那你家呢？」

骰子一旦出手，就不知道會停在哪一面。旁邊那一面應該寫著「向父母哭求，還清債務」。然而，那一面卻不是上面，這該說是奇異，還是不幸？末男覺得，總之只能說是命運的惡作劇。

那天，第一個女人死了。隔天，另一個女人死了。

是森村由南和座間聖羅。末男很久以前就認識這兩個女人。

森村由南的指甲很小。由南小時候住在北邊的大型集合住宅區，看著賣身給同一區男人的母親長大。客人看到還是小學生的由南，說：「我再付五千圓，讓我玩母女丼。」像這樣長大的由南，每次看到末男就會糾纏說：「你妹也被賣啦！簡直是廢話嘛，母親在家裡接客，女兒怎麼可能不跟著賣？」她把自己的母親稱爲「那婊子」，唾罵「那婊子很小氣，只分我三千圓」。由南不怎麼嫌惡客人，卻對母親恨之入骨。那些憎恨幾乎全來自於母親的暴力，及從她身上榨取的金錢。警方接到母親逼迫由南賣身的報案，由南被送進安置機構。高中畢業後由南回家，出於自己的意願開始賣身，用暴力回報母親以前的對待。但由南還是結了婚，生下兩個孩子。末男幾次看見指甲小巧、個子低矮的那女人，頂著染成褐色的頭髮在逛超市。然而，成長環境惡劣，實在是無可救藥的事。小時候像寵物般可愛的孩子，隨著時間經過，變得愈來愈像自己這個無可救藥的人渣。由南很快領悟到現實的殘酷，後悔生下孩子，對著還不會言語的孩子說「要是你死掉就簡單了」，放棄照顧的責任。

公家機關勸由南把孩子送進安置機構，由南卻假哭說「孩子是我的生命」。這是本人承認的事，千眞萬確。「聽到他們說什麼我養不好孩子，不是很氣人嗎？」由南爲了出一口氣，不肯送走孩子。但由南被公所盯上，只得把孩子丟給母親照料。「妳以前沒好好養我，現在妳要補償。」——然後由南進入色情店，又開始賣春。

對於沒有賣春，也不跟不良少年廝混，乖乖上學還加入社團，考試前認眞念書的末男妹妹，由南不知爲何分外眼紅。她曾埋伏在妹妹放學回家的路上，抓住妹妹的天然褐髮，用剪刀剪掉。甚至偷偷溜進學校，在寄物櫃貼上「雞的女兒也是雞」的紙張。

三個月前，末男再次見到森村由南。她成了個指甲小巧的胖女人。末男問她孩子好嗎？「很礙眼。」她回答。「那送去機關啊？」——父母嫌礙眼的孩子會有什麼遭遇，末男再清楚不過，由南應該比末男更清楚。然而，由南笑也不笑地說：「放在家裡才有錢拿。」接著得意洋洋地笑道：「聽說你妹在做特種行業？」

座間聖羅居無定所，但站壁的地點是固定的。因爲隨便亂站會被趕走。

聖羅的顴骨和雙頰突出，面孔扁平。膚色黝黑，眼睛細小。她喜歡孩子氣的卡通角色，包包上掛滿凱蒂貓、米妮、貝蒂娃娃等吊飾和玩偶。她自稱「亞細亞美女」，但朋友都叫她窮神。她站在固定位置——忠犬八公銅像前的時間，是不適指數飆升的大白天。年輕可愛的女生只在舒適宜人的日子才會出來站，所以，光是待在戶外就會渾身臭汗的夏季大白天，是聖羅賺錢的時間。

忠犬八公像前一如往常，是觀光客與無處可去的人流連之處，既髒亂又危險。

忠犬八公像稍遠處，五台自動販賣機並排的角落，座間聖羅恍若半融的冰淇淋般有氣無力地歪站著——

這兩個女人死了。

然而，三榮的總務部長只丟下一句：「你白痴啊？」

——現在，電視螢幕上全身戴著琳琅滿目飾品的女人，及體面地穿著條紋襯衫的男人，同情著森村由南的一雙孩子。

直到打電話到三榮以前，末男並不認為這些人說的全是謊言。過著正常生活的人只知道正常的孩子，所以會覺得她們的孩子很可憐。許多人——派出所的警察、級任導師、任職的工廠老闆，還有串燒店的老闆，都曾把末男當人看，所以他心中某處一直認為他們或許是真心同情被留下的孩子、憐憫遇害的兩人。

可是，當三榮的人在電話另一頭唾罵「你白痴啊」，惡狠狠地掛斷電話的瞬間，這樣的幻影消失了。

末男覺得，世人全是用一張臉皮裝出微笑的怪物。

5

龜一製菓有限公司，是昭和二十四年（一九四九年）在廣島創業的食品廠商。最早是將在瀨戶內海一起撈上網、不能賣的小蝦米，混進食材裡做成餅乾販賣。當時二戰剛結束，糧食匱乏，社長希望為孩子們多補充一點營養，是基於這樣的心思而開發出的零食。

後來，龜一製菓以照顧兒童與營養為中心理念，持續開發各種零食。即使進入富裕的時代，龜一製菓也沒改變初衷。不管在怎麼偏僻的鄉村、貧窮的巷弄裡，都製作著「與孩子們同在」的零食。

如今，龜一製菓已成長為總公司設在東京都千代田區的上市企業。

七月二十三日早晨，龜一製菓收到一只信封。

信封裡有一張紙、一只裝著細毛的小塑膠袋，及一幀照片。

照片上是一名屈膝而坐的女子。雙手無力地下垂，低頭像在注視自己的膝蓋，頭髮垂落前方，彷彿要遮住臉。肩線飽滿，腰腹也一樣豐腴。屈起雙膝的腳踝之間，深處一片黝黑。

看到信封裡的照片，總務部的女員工尖叫一聲，彈也似地站了起來。

紙上以宛如出自幼童筆下的笨拙字跡，潦草地寫著：

如果不想看到第二名犧牲者，就準備2億圓。

同一天，港區赤坂的TBT、澀谷區神南的NHK、港區六本本的日本電視台，分別收到相同的褐色信封。

三家電視台立刻詢問位於千代田區的龜一製菓總公司狀況，龜一的總務部電話響個不停。

「我們電視台接獲收件人寫著『龜一製菓』的信封，裝有女人的裸照和要求兩億圓的恐嚇信，這到底是怎麼回事？」

接到電話的總務課長人都傻了。

針對收到的恐嚇信，龜一已向神田署報案。而且，副社長和總務部長帶著那只信封去神田署說明，十分鐘前才剛接到兩位準備要回公司的通知。

同樣的照片和恐嚇信，也寄到電視台去了……？

接到電話的總務課長，對來電詢問的各家電視台回答「請立刻通報神田署」，然後顫抖著手打電話告知神田署這件事。

「今早我們收到的照片和恐嚇信，似乎也寄到電視台去了。剛才我們連續接到電視台方面打電話來詢問。」

而後，總務課長在公司玄關等待副社長和總務部長從神田署回來，稟報電視台收到一樣的東西。

副社長和總務部長嚇白了臉，奔上總務部。總務部員工全都不安地望著返回的課長。

室內傳來講電話的聲音：

「是的，沒錯。好像收到和我們一樣的恐嚇信。三家電視台分別向敝公司確認狀況，總務部對他們說無可奉告……是的，三家，日本電視台、ＮＨＫ和ＴＢＴ。

總務部裡，第二台、第三台電話響了起來。

「又有電視台打來——」接起電話的員工聲音空洞地說著，手握話筒，眼神游移不定，像在求助。

要恐嚇食品公司，通常會在食品中摻入異物。龜一製菓方面不知道照片上的女子是誰，根本不明白到底是什麼人、爲什麼要寄這種東西過來。副社長和總務部長茫然無措地呆站著，露出奇妙的表情聆聽響起的電話與應對的聲音。

「——問題是出在股價嗎？還是案件本身？」

日本電視台和ＮＨＫ兩家電視台，私下向警方確認狀況。警視廳要求謹愼應對，兩家電視台決定暫時按兵不動。

總務部長召集總務部及祕書課全體員工，囑咐直到警視廳下達指示之前，對此事嚴格保密。

龜一製菓是信譽良好的食品公司。由於長年來並未上市，不曾暴露在經濟界殘酷無情的寒風中。這是一家純樸正直的公司，員工都深愛自家產品。受到召集的總務部與祕書課員工，臉上都浮現「連對家人都不會洩漏」的決心。

在這當中，只有TBT一家電視台沒有聯絡神田署。

他們收到的似有玄機的女子裸照，及要求兩億圓的恐嚇信戲劇性十足。目前中野的連續槍殺命案沒有新聞可報，只能陳腐地不斷美化被害者。

TBT與報導精神和新聞倫理這些理想疏遠已久。哪裡報什麼就跟著報，哪裡批判什麼就跟著批判，見輿課風向轉為擁護，就改為擁護。如果不知道該怎麼做，只要採取反權威的立場就對了。因為不管再怎麼離譜的批判，只要能主張「我們採取堅定的立場」，便能保住面子。

「第三名犧牲者」這行文字，讓每個人都聯想到中野連續命案。這種情況，電視台能自作主張，決定怎麼做嗎？

長久以來，電視台建構起即使停止思考，表面上也能裝得冠冕堂皇之術，現在收到勒索兩億圓的恐嚇信，連是否該聯絡警方都無法判斷。

新聞報導應該是獨立自主的，卻請示代表國家權力的警方該如何自處，顯示新聞工作者喪失危機感——電視台導播疋田乙一這麼說的時候，沒人提出反駁。

疋田接著誇誇其談：

這或許是魯莽之舉，但追求真相的新聞媒體，是容許魯莽行事的。因此，攝影師才會不顧政府反對，深入戰亂地區，他們拍攝出來的照片，價值也才會得到世人的認同。

「將發生的事眞實呈現，才是新聞報導的初衷。」

於是，電視台將其定位爲中野連續命案衍生的現象之一。他們決定不深入探究和中野連續命案有無直接關聯。

傍晚六點，一如往常由簡短主題音樂開場的新聞節目上，男女主播神情嚴肅，正襟危坐。

他們一本正經地開口：

「今早TBT電視台收到一封寄件人不明的來信，是寄送至龜一製菓的信件複本。信封裡裝著一張女子的照片，及疑似恐嚇勒索的訊息。信上幾乎全以平假名寫著『如果不想看到第三名犧牲者，就準備兩億圓』。照片中的女子身分尙未釐清。」

這時，男主播停頓了一下，看著鏡頭另一頭的觀眾：

「另外，雖然信裡的文字暗示著中野區發生的連續命案，但兩者之間的關聯還不確定。本台經過鄭重考慮，決定將此一消息向社會大眾公開。一有任何最新消息，我們會立即提供給觀眾。」

接下來，主播切換表情，以平常的和樂氣氛主持新聞節目，但攝影棚確實瀰漫著不同以往的緊張感。

這則新聞立即在社群媒體上傳播開來。同時，所謂的「懶人包」網站開始介紹這起案件。

「大概馬上就會被刪，先備份。」

新聞畫面被貼上網路。個人在社群網站複製這些圖片，發布在時間軸上。

「龜一製菓被勒索兩億圓，不給錢就會有『第三名犧牲者』，還附上裸照。」
「那是指在中野遭到槍殺的兩個女人嗎？」
「在中野被槍殺的兩個做餐飲業的女人，都有孩子吧？」
「餐飲業？特種行業啦。兩人都是做全套的性工作者，說白一點就是賣淫的。」

人們在下班回家的電車裡，上網或以社群軟體查看新聞。「龜一製菓遭勒索兩億圓！」的標題出現在頭條，回到家之前、打開電視機之前，車廂裡有一半的人已知道這條新聞。他們在電車裡將這則新聞分享出去，十分鐘後，打開手機的人都看到分享的新聞。接著，看到這則新聞的人，又有幾成再轉發出去。

網路上，TBT的新聞一眨眼便傳播開來。

在回程電車裡，打開手機看到「龜一・兩億圓」新聞的龜一製菓員工，皆遭受莫大的衝擊，心臟幾乎揪成一團。

他們沒想到會遭受這麼大的衝擊。

就像遭到巨大的怪物襲擊、目睹怪物舉起大爪子一把捏碎自豪的象徵，或是被剝個精光，所有隱私不復存在。

他們感受到難以形容的屈辱。

6

還是一樣查不到野川愛里的下落。

夏季的酷熱與徒勞感，讓美智子疲憊不已。

沒有朋友，沒有固定住處，也沒有職場。僅靠電話和網路與社會聯繫的女人，一旦關掉手機電源，彷彿根本不存在於世上。

愛里的電話依然打不通。

爲什麼不接電話？如果不接不認識的號碼，不就沒辦法接客了嗎？

美智子在野川愛里的老家埋伏，拜託回家的母親：「方便用妳的手機打給她嗎？」母親一副受不了她的樣子，仍當場撥出女兒的電話，聽了半晌後，拿到美智子的耳邊。手機傳出通知聲：「您撥的電話未開機，或收不到訊號。」

「妳未免太死纏爛打了吧。不管問那種孩子什麼事，都不可能得到像樣的回答。」

野川愛里二十一歲，小學畢業才過九年，高中畢業只過三年。美智子覺得身爲母親要放棄一個孩子，這時間未免太短。

美智子從皮包取出一張紙，是三榮收到的信封影本之一。上面寫著宛如拆開又拼湊回來的文字，由彷彿會滾走的曲線，及木柴般潦草的直線構成。

「妳認得這些筆跡嗎？」

母親的眼中散發出歇斯底里的嫌惡：

「應該是我女兒的字。筆劃亂七八糟，字不像字。」

如果這是野川愛里的筆跡，表示野川愛里不僅是出借戶頭，還持續寫下寄給三榮的信封長達三年。

「您提到七月二日接到令嬡的電話，她說了什麼？可以請您想一想嗎？」

母親憤憤地說：

「來跟我要錢，詳細內容我記不清楚了。」

母親八成記得對話內容，但就和不想看到她的字一樣，不願想起跟女兒談了什麼。

美智子靜靜等著。

「她說被綁架，要我付錢。我說沒錢，掛了電話。世上有哪個白痴會為錢綁架我女兒？去年她打過兩次電話，說如果我不付錢她會被殺，我沒理她。兩個月後她就跑回家，住兩、三天又走了。」

那是豁出去的眼神：所以怎樣？妳有意見嗎？同時也像是在責怪：妳有什麼權利搞得我這麼不爽？

她應該早就下定決心，絕對不理會女兒索討金錢的要求。或許，她其實不知道該如何是好。她橫下心，承受著天人交戰的糾葛，沒想到兩個月後，女兒竟厚著臉皮回來。憤怒與失望交纏在一起，母親在心中徹底拋棄女兒——美智子彷彿能看見母親這樣的憤怒與困惑。

「您上班的三榮食品工廠似乎長期接到以勒索金錢為目的的客訴，令嬡可能知道這件事。」

和那天一樣，今天兩人也站在路燈下交談。母親的臉逆光，如同雕像般一動都不動，讀不出她的表情。就這樣靜止著，時間彷彿被吸到某處去了。

「妳的意思是，她在勒索三榮嗎？」

考慮到母親的感受，或許美智子應該粉飾帶過「不是的」，但記者的工作說穿了就是傷害人心，窺覷其中。

美智子從皮包裡取出照片。是三榮收到的裸女照。兩張當中，她挑了蒙住雙眼的那一張。因爲在不堪入目的程度上，這張比屈膝而坐的另一張像話一些。

「這是三榮收到的照片。接到恐嚇勒贖的電話後，就收到這張照片。長期寄到三榮、應該是企圖敲詐金錢的客訴信封上的字跡，是剛才給您看過的愛里小姐的手寫字。還有這張照片，我想瞭解內情，所以正在尋找愛里小姐。」

母親放下購物袋，拿起照片。

她目不轉睛地盯著照片，彷彿被吸了進去。

接著，她忽然微微撇開臉，好似下巴被推開，或發現什麼不祥之物。但她的視線依舊黏在照片上，像是以絲線連結在一起。

然後，母親扯斷相連的線，將照片還給美智子。

「應該是我女兒。」

母親沒詳細追問客訴內容，重新提起放在地上的袋子。

「有時候，我實在很想親手掐死她，做個了結。但人都生下來了，也不能用繩子綁住她的脖子。你們一定會想，是父母哪裡做錯，是父母不會教、沒成爲好榜樣。生下孩子以前，我也一直這麼想，到現在還是這麼想，覺得是自己不對。可是，我已沒辦法爲她負責。那個人根本毫無道德心啊，記者小姐。妳這種人是不會懂的。」

這話聽起來像是唾棄，也像是哭泣。

而後，母親雙手抱著大購物袋，頭也不回地爬上樓梯。

回程途中，美智子本來要在蒲田站前的自動販賣機買冰烏龍茶，轉念按下罐裝咖啡的按鈕。整天曝晒在豔陽下的蒲田車站，日落後仍爲高濕籠罩，濕氣彷彿貼附在皮膚上。美智子喝完又濃又難喝的咖啡，坐上電車。

電車裡異常安靜，她感覺到的不是安歇的氣氛，而是疲勞和輕微的失落。流過窗外的風景盡是雜亂。

——三榮的綁架恐嚇案，果然是歹徒的自導自演。三榮的總務部長憑著直覺，識破了其中的不自然吧。

美智子想起野川愛里的母親爬上樓梯時，彷彿腳上綁了鉛的沉重步伐。

安全的社會，或許是沒有躍動感的世界。在這個世界，沒人撫慰想殺掉不成材子女的父母的孤獨。

在這個世界，人迷失了生存的意義。在這個世界，沒有任何期待，只有無盡的忍受。

美智子想去採訪伊方核電廠。蔚藍的大海與陽光普照的大地，加上爲金錢操弄的人們——這樣的世界，應該比如動物般賣身的女人、恨不得掐死孩子向世人道歉的母親，那恍若以灰塵塗抹的封閉世界更有人性吧。

此時，手機接到新聞快訊通知：

「龜一製菓遭勒索兩億圓，與中野命案有關？」

標題這麼寫著。

內文提到龜一製菓收到恐嚇信，歹徒威脅如果不想看到第三名犧牲者，就準備兩億圓。

美智子在疲累到無人開口的夜間電車裡搖晃著，蹙眉注視這些文字。

主震在兩天後襲來。

清晨六點，來自秋月警部補的電話響起。

「小美，抱歉吵醒妳。」

秋月沉著聲音說。

「我剛接到鑑識人員的聯絡。就是妳給我的七月十九日三榮收到的毛髮。」

美智子的腦中浮現廠長的臉。

鼓脹的褐色信封、屈膝而坐的女人照片。毛髮——

美智子的記憶還未追上，秋月的聲音已傳來：

「是座間聖羅的頭髮。」

但座間聖羅是中野連續槍殺命案的被害者，那頭髮應該是野川愛里的才對吧？因爲照片上的女人是野川愛里。可是，野川愛里下落不明——

「座間聖羅？」

到了這時，美智子才悟出爲何秋月會一大清早就打她的手機。

秋月沉聲繼續道：

「用來敲詐三榮的信封裡，裝著中野命案的被害者頭髮，表示三榮案件的歹徒與中野連續槍殺命案有關。」

窗外，太陽毫不留情地放射盛夏的熾熱。美智子茫茫然地看著那片陽光。

這天是七月二十五日。

第二章

1

那天，她在三榮食品六鄉北工廠辦公室裡看到的毛髮，也像是細鐵絲。

廠長維持著詭異的平靜，說「戴上手套可能比較好」，展示完全部的證物後，好似發條徹底鬆弛，渾身虛脫。

原來那是座間聖羅的頭髮？

在東中野的公寓浴室裡遭子彈射穿額頭，經熱浪烘烤七十二小時，腐爛膨脹，被蒼蠅裹成一團漆黑的座間聖羅。

後腦勺破裂的裸女，應該是睜著雙眼坐在浴室裡吧。腦袋無力地歪斜，血色瞬間從臉部褪去。凶手抓住她的劉海，剪下來。

七月十九日，剪下來的頭髮附在向三榮勒索兩千萬圓的恐嚇信裡，寄了出去。四天前，在中野發現第一具屍體。換句話說，歹徒是在中野槍殺女人後，將勒索金額提高到兩千萬圓。

美智子頓時陷入混亂。

縱使前天龜一製菓的新聞報導再怎麼聳動，直到這一刻以前，暗示從三榮波及到龜一的一連串恐嚇案件，與中野連續槍殺命案有關的，只有「第三名犧牲者」這一行文字而已。整件事完全是對龜一的業務防礙，是向三榮恐嚇失敗的歹徒，想搭上轟動社會的連續命案的順風車來牟利，她原本是這樣理解。

但如果信封裡裝的是座間聖羅的頭髮，恐嚇犯就不是搭順風車，而是下手行凶的殺人犯，也等於是透過寄頭髮給三榮，對六天前發生的中野連續命案做出犯罪聲明。

可是，當中出現了絕對的矛盾。因爲三榮的恐嚇犯留下無數的證據，從恐嚇便當工廠搖身變成連續殺人的這起案子，只要交到搜查一課手裡，遲早會查出凶手的身分。

窗外迅速明亮起來。

美智子將廠長交給她的資料影印備份，包括照片、信封、電腦打字的信件、手寫訊息，及廠長的筆記、匯款至指定戶頭的證明。廠長也錄下歹徒打來的兩通電話，美智子將檔案拷貝到隨身碟裡。

其中一通來電，是口齒不清、語尾含糊的男子，以流氓口吻說「你應該拿出誠意來」。那不是一般百姓，顯然是混過黑道的口吻。另一通則是七月五日打來的，對方說：「你在扯什麼？王八蛋，這是綁架啊！」

這聲音年輕、精力充沛，卻帶著一股悲傷。美智子屏住呼吸，繃緊全身，仔細聆聽。與「拿出誠意來」的男聲不同，像慘叫也像悲鳴，摻雜著煩躁、悲傷或憤怒的赤裸裸情感。還有一點，這是個任性的男人。是好強、被慣壞了的男人。智商高，但並不聰明。而且被逼到山窮水盡，是走投無路的男人豁出一切的吶喊……

上午七點，搜查總部的警部補來接美智子。

美智子搭警車到中野署，秋月已在玄關門口等她。

美智子拾級而上，一邊附耳問秋月：

「神崎玉緒曾說『誰要出浴室的清潔費』，是嗎？」

秋月一臉詫異。

「座間聖羅的母親則說，兩個垃圾生下來的小孩，不可能是什麼好東西。」

「妳怎會知道這些細節？」

「向《前鋒》毛遂自薦的記者帶來的消息。他自稱跟中野署的刑警關係很好。」

秋月的神情一僵。

「這表示中野署有警察將內部情報賣給記者謀利。只要鎖定約談神崎玉緒時在場，也參與座間聖羅母親約談的警察，應該就知道是誰。」

「好，我會調查。」

來到搜查總部，美智子將廠長交給她的證物全部攤開在桌上，依序說明恐嚇案件發生至今的原委。

接著，她把蒐集到的相關資訊毫不保留地說出來，像是找不到野川愛里，及野川愛里疑似曾向川崎署報案遭到跟蹤狂騷擾。

指揮搜查總部的搜查一課課長早乙女警部，比秋月年輕十歲左右，是個優雅的菁英型男子。他向美智子行禮說：「非常感謝妳的協助。」

這並非只是形式上道謝而已。美智子感覺得出，早乙女警部是真心感謝她。倒也難怪，畢竟不是凶手的腳印那樣簡單的證物，而是形同寫下凶手是誰的白紙黑字文件。搜查總部正陷溺在數量龐大、「即使不認爲有助於找到凶手，但在百分之百確定之前不能丟開」的情報大海中，不難想像這些情報帶給他們的衝擊，如同頭頂突然開了個洞，射入希望之光。

每當美智子打開信封、出示照片，搜查員便慌張進出。美智子取出梳子和裝在小夾鍊袋裡的假睫毛，說明是愛里房間裡的東西時，搜查員的臉全都一口氣興奮地脹紅。

「寄至三榮的兩張照片，其中一張母親指認是女兒愛里。她說信封上的筆跡也是女兒的。我是在前天訪問到她母親。」

早乙女警部眉頭深鎖，拿起照片，再挪近寫著「三榮工廠植村先生收」的信封。這名優雅的男子貪婪地注視著信封。

「可以讓我看看龜一收到的恐嚇信嗎？」

美智子說著，將三榮收到的信放到桌上。

寄到三榮的恐嚇信，是百圓商店賣的那種便宜信箋，上面分成三行，寫著這段文字：

「如果不想看到第三名犧牲者，就準備2000萬圓。期限3天。」

秋月將龜一收到的恐嚇信擺在旁邊比對。

「如果不想看到第三名犧牲者，就準備2億圓。」

兩封信連字體大小都一模一樣。

「是在寄給三榮的信上，把兩千萬圓的三個『0』和『萬』的部分貼上『億』的紙，『期限3天』用白紙貼掉，再拿去影印吧。所以，『億』比其他字更大，也有些歪斜。」

美智子接著問：

「七月二十二日三榮總公司接到電話時，怎麼回覆對方？」

「總公司的總務部長連對方的話都沒好好聽完，就說『怎麼可能付錢，你白痴啊？』掛斷電話。」

——你白痴啊？

秋月點點頭，壓低聲音：

「我們問三榮的總務部長爲什麼沒將二日和十九日的事情通報警方，他一樣反駁『我沒做錯，這種恐嚇沒必要理會』。他主張：『我們有什麼必要爲素不相識的女人付贖金？那一定是惡作劇嘛。』有的客訴狂還會特地搗爛蟑螂拿去炸，再塞進炸物底下。總務部長認爲『第三名犧牲者』這種話，是任何人都能想到的搭順風車手法。」

「他眞的沒想到，可能與中野連續槍殺命案有關嗎？」美智子問。

「人事部長拚命向警方陪不是，說：『雖然敝公司沒有責任，但做爲企業，還是有道德責任。我現在才知道原來從以前就不斷接到客訴，可是廠長沒呈報上來，我們無從處理。如果和警方合作，接到歹徒的電話時，就能爲辦案提供線索。這麼一想，實在是太過意不去了』。人事部長提及的歹徒來電，是總務部長唾罵『你白痴啊？』掛掉的那通七月二十二日的電話。」

附帶一提，三榮方面看到二十三日TBT播出的新聞後，向蒲田署聯絡表示龜一製菓收到的恐嚇信，與自家公司收到的內容非常類似，並針對恐嚇一事提出受害申報。

「鬧得這麼大，也只能推給沒呈報的廠長，和自作主張應對歹徒電話的總務部長。實際上，人事部長恐怕是眞的不知情。」

秋月點點頭。

「從小鎭熟食鋪起家的三榮，應該經歷過無法爲外人道的辛苦。爲了超越其他公司，想必做過一些骯髒事。總務部長是三榮的元老級員工，一直以來約莫都扮演著黑手套的角色。歹徒照著廠長說的打電話到總公司，沒想到被直接掛電話。」

遇到這種人，任何人都只能是雞蛋碰石頭。

「聽說龜一收到類似體毛的東西，調查過了嗎？」美智子問。

「至少能確定不屬座間聖羅。我們會拿這些假睫毛和梳子進行檢驗比對。」

美智子交給警方的梳子，梳齒根部沾滿污垢，明顯變色，上面纏繞著一層又一層的頭髮，看不見底。這不是搜查小組直接採樣的物品，或許不具證據能力，但對辦案應該有幫助。

「在凶手的劇本中，是不是以爲三榮方面看到恐嚇信寫的『第三名犧牲者』，就會害怕得報警？只要報警，頭髮就會交到警方手上。接著，警方從『第三名犧牲者』這個關鍵字調查與中野命案的關聯，便會發現頭髮是座間聖羅的。然而，凶手的來電卻被一句『你白痴啊』打發。總務部長的這句話很可能刺激了凶手。凶手殺人，並提出要求，卻根本不被當一回事，只好提高目標層級。」

美智子說著，望向桌上的紙張。

如果不想看到第三名犧牲者，就準備2億圓。

「——金額也提高了。」

是認爲要把事情鬧大，需要一個夠震撼的金額嗎？從兩百萬圓到兩千萬圓，從兩千萬圓到兩億圓，凶手一次提高一位數，就像不斷慘輸的賭徒出手。

「看細節或許是如此，但邏輯上還是不通。以報警爲前提的綁架勒索，有什麼意義？」

美智子望向秋月，附和道：

「沒錯。不管從哪個角度分析，最後都無法成立。不死心地重新再思考，又走進死胡同。」

「就像永遠唱不完的歌。」

「什麼意思？」

「要是超長的副歌結尾和開頭一樣，就能永遠唱下去啦。」

早乙女輕笑一聲，客氣得像在偷吐西瓜籽。

相較之下，眞鍋總編似乎一時無法領會。三榮的客訴恐嚇犯附上的毛髮，是中野連續槍殺命案被害者座間聖羅的頭髮——接到美智子從中野署打來的電話，眞鍋「咦」了一聲，半晌無法回話。

「什麼意思？」

接著，他停頓了一拍，才說：

「這可是個驚人的頭條。」

《前鋒》編輯部一陣兵荒馬亂。

位於七樓的《前鋒》編輯部會議室，眞鍋、中川、另一名編輯，加上熟識的攝影師和美智子坐下後，便閉門開起會。

事情不得了啦——眞鍋興奮不已。他說著「凶手到底在想什麼」，又說「落網只是遲早的問題吧」，然後問：「小木，妳早一步採訪了，對不對？可以搶先警方吧？」美智子回答：「這是重大凶案，我全面協助警方。」

「妳該不會把手上的資料全交給搜查總部了吧？」

「我手上的資料，只要搜查一課傾全力，半天就能查出，沒什麼好隱瞞的。」

「可是，擁有搜查總部未公開證物的，只有小木吧？」

眞鍋說著，朝美智子看過來，美智子筆直迎視，應道：

「掌握到野川愛里這名人物的，目前只有我們。」

眞鍋聞言，深深點頭，似乎就要捲袖上陣。

「好，請告訴我們案子的來龍去脈吧，木部大記者。」

中川在後方搬運紙張、麥克筆、隨身碟等等，匆忙來去。每次進出，門便發出開開關關的聲響。

搞不好會讓眞鍋空歡喜一場，美智子有點過意不去，但以現實的眼光來看，一旦新聞報導公開連續槍殺命案與三榮恐嚇案件的關聯，各家媒體也能輕易查到野川愛里的名字。警方亦有可能釋出這項情報，以轉移媒體承受的壓力。但美智子從廠長那裡拿到接近裸照的兩張照片、出自野川愛里筆下的信封字跡、諸多騷擾信件，及附上的便當照片，除非警方公開，沒人能拿到。因爲廠長並未留下副本，正本全給了美智子。這些證物將會在凶手落網的同時公開，確實稱得上是一座寶山。匯款單上以片假名書寫的「野川愛里」等文字，倘若眞的是中野連續命案凶手一夥人使用的戶頭，由於都是尋常可見的物品，更顯得格外駭人。

「小木，妳應該明白吧？這是我們的獨家新聞。」

眞鍋特別提醒。願意這樣低聲下氣的眞鍋，美智子實在討厭不起來。

但讓美智子的情緒躁動不安的，不是文字或照片，而是凶手的聲音。不是口齒不清的那次，而是歇斯底里的那句：「你在扯什麼？王八蛋，這是綁架啊！」

那是不知何謂忍耐的幼稚聲音，當中可窺見一個撞上現實高牆、氣急敗壞的男人。

美智子現在很懷疑，會發出那種聲音的人，有膽子動手殺人嗎？在隨時會有人經過的路上，正面開槍。稍一遲疑，目標對象可能會尖叫或逃跑，沒辦法一槍貫穿額頭。如果有人經過，可能會被看到臉。與其說是強烈的意志或沸騰的殺意，美智子還是只能想到「大膽」兩個字。沒人目擊奔離現場的男人，所以凶手是好整以暇地徒步離去。美智子無法將這樣的行動，與電話中那氣急敗壞的聲音連結在一起。

中川將B４白紙放到桌上，整理目前所知的狀況：

「首先七月二日，歹徒聲稱綁架工廠工時人員的女兒，勒索兩百萬圓。然而，三榮不知道歹徒指的是誰，置之不理。於是七月八日，歹徒寄來一張只披了件薄襯衫的女人照片，彷彿想藉此洩憤。就是像戴眼罩般，臉上覆著毛巾的這張照片。」

中川說著，將照片放到B４白紙上，拿原子筆簡單注記狀況。照片是美智子在交給搜查總部前彩色影印下來的。會議室裡的氣氛儼然就像搜查總部。

「之後，歹徒暫無動作。七月十九日，歹徒再次寄信到三榮，將金額提高到兩千萬圓，三榮仍不理會。這次寄來的信封裡附上的毛髮，是中野連續槍殺命案的被害者之一，座間聖羅的頭髮。換句話說，歹徒做出了犯罪聲明，宣告中野的命案是他幹的。信封裡還另外附上這張屈膝而坐的照片。」

中川在女子屈膝而坐的照片底下拉出箭頭，標上「七月十九日」。

「七月十九日勒索兩千萬圓，設下二十二日的期限，三榮再次置之不理。隔天二十三日早上，電視台與龜一收到金額提高到兩億圓的恐嚇信和照片。並且，歹徒附上新的毛髮。」

如同秋月說的，不難想像，三榮的總務部長早就被惡質的客訴搞得火冒三丈。顧客要求折扣，便得提供低到不行的折扣；面對子虛烏有的指控，只能一個勁地低頭賠罪。置身在這樣的環境裡，他想必打從心底憎恨顧客的惡意刁難，及貪圖小利的劣根性。總務部長那幾近神經過敏的反應，背後約莫有著扭曲的憤怒。

「歹徒想方設法要從三榮那裡撈一筆，三榮卻徹底忽視。因此，這回歹徒將金額提高到兩億圓，找上了龜一，完全就像是惡作劇的延長。到這裡都算釐清了，只是……」中川歪起頭，「有必要爲此殺害兩名陌生女子嗎？」

「這種手法，三兩下就會被抓到，絕對會判死刑。」眞鍋說。

「不過，那句『你白痴啊』實在滿狠的。雖然是眞的很白痴。」中川應道。

「被戳中眞相，殺傷力最大，這是世間的眞理。」編輯說。

「可是，一般會爲了賭氣就殺掉兩個人嗎？」眞鍋質疑。

「有道上的傢伙牽扯在內吧？」編輯問美智子。

「以前廠長曾在附近的公園交付現金幾次，那時候收錢的男子凶神惡煞，看起來像混過黑道。」

會議室的桌上，兩張照片與中川寫下說明的白紙擺在一起。照片上的女子，兩張都看不到相貌，但年紀和體型很相近。

「歹徒威脅不給錢，下一個被殺的就是這個女人，但野川愛里不是歹徒的同夥嗎？」

眞鍋提出質疑，編輯附和道：

「綁架誰也不認識的女人當肉票，這一點首先就讓人不解。」

照片還有二十張左右。

其中一張是感覺會用在菜單上的便當照片。白飯配上薄薄一片鮭魚，一小撮海藻，加上一塊煎蛋。煎蛋旁邊以油性筆畫了個圈，圓圈中央是一顆透明的硬物——玻璃碎片。

「這麼明顯，不可能是不小心摻進去的吧。」眞鍋說。

「怎麼看都是自己放的。」中川說。

兩張女子的照片是在同一個房間拍的。木頭地板，角落拍到的桌腳，一看就知道不是量販店的便宜貨。屈膝而坐的那張照片還拍到大型觀葉植物盆栽。地板上鋪著名爲Gabbeh的厚實高級波斯地毯。

「這應該是房租不便宜的高級公寓。這個女人看起來不像有生命危險。」眾人的目光聚集到攝影師身上，只見他自言自語：「她並無抗拒的反應。」

美智子注視著兩張照片——從某些角度來看，也像是觀賞用的成人色情照。

如果想恐嚇不付錢就會出現「第三名犧牲者」，應該會寄來遇害的其中一名女子——座間聖羅或森村由南的照片才對吧？起初，歹徒確實想利用野川愛里進行勒索。因爲他在電話中明確地說「綁架三榮工廠工時人員的女兒」。然而，事情發展到這種地步，卻再度寄來野川愛里的照片，意圖實在費解。

「總之，既然有這麼多證據，歹徒落網只是時間的問題。」

眞鍋說著，抬起頭：

「我估計《前鋒》九月號推出時，歹徒應該已落網。盡量蒐集相關人士的背景資料吧。各家媒體都會搶著報導座間聖羅和森村由南，等九月號上架，能報導的早就報導完了。我們的重點放在加害者那邊。野川愛里和她的母親，還有三榮，一旦出現新的涉案人士，隨時蒐集相關資料。查到多少是多少。」

中川注視著眞鍋的雙眼，輕微但堅定地點點頭。

「那個在中野署有門路的記者怎麼辦？」

中川問眞鍋，美智子接過話：

「請他回去吧。他再也拿不到比我們更多的消息，只能把手上的材料拿去別處兜售而已。」

「什麼意思？」

「我告訴搜查一課的刑警有人在洩漏內部情報。中野署約談神崎玉緒和座間聖羅的母親時，兩次都在場的刑警只有一個。他已被調離。」

中川和眞鍋愣愣望著美智子。

「我只是對熟識的警部補盡一點江湖道義罷了。有情報販子進出情報保管庫的搜查一課，對我也不是件好事。」

中川邊想邊接著說：

「所以，妳排除閒雜人等，只讓自己可以進出……？」

簡單地說，就是這麼回事。

如果有刑警和記者爲了小利，任意洩漏情報，對辦案造成妨礙，這種人在附近晃來晃去，不僅礙眼，而且危險。她私下告訴秋月的內容，或是秋月應該要私下透露給她的內容，不知道會走漏到哪裡。不懂規矩的情報販子，會變成絆腳石。

因爲這起案子已屬於我的領域。

眞鍋笑道：「眞可怕。」

——潛伏在案子裡的事物，需要嗅覺與耐性，才能在混雜的氣味中，分辨出本體散發的氣味。有時案子會挑起人這樣的耐性。歹徒那孩子氣的叫聲，與在夜晚的中野和大白天悶熱的公寓裡，一槍射穿女子眉心的人——美智子覺得兩者之間的乖離，似乎隱約散發出某種氣味。

此刻，秋月和早乙女想必就像訓練有素的獵犬，正伏低身軀，鎖定要一口咬上去的對象吧。

大塊腐肉會散發出強烈的惡臭。現下案子就充滿大塊腐肉散發出來的惡臭。那個眼神銳利的菁英刑警，及僅有滿腔熱血和正義感的男人，有辦法嗅出那筋絡般纖細又堅硬的氣味嗎？

依稀帶有酸餿味的腐臭。

那是唯有眞相才擁有的、毫無雜質的熟成氣味。

美智子將被害者的照片拉過來。加上野川愛里的兩張照片，桌上共有四張照片。

是厚顏無恥與貪婪，啃蝕了她們討人喜愛的一切元素嗎？這三個女人都有著從未受人重視、也不曾得到關愛的臉。

隔天，七月二十六日。

郵差把車子停在TBT電視台後門，抓起郵件箱，送往櫃檯。

警衛將郵件分到各部門的小型收件匣裡。送到新聞室的信件，有寫收件人姓名的放到本人的辦公桌，沒有收件人姓名的全擺在室長桌上。

新聞室長注意到其中一封信。電腦打字的收件人資料，用漿糊隨便貼著。新聞室長盯著片刻，臉色一陣鐵青。

他當場抓起內線電話的話筒。

「可能又收到了。」

摸摸信封，裝著橡皮擦大小的東西。

疋田乙一立刻飛奔而至。

「拆信之前，先拿去郵件管理室過一下X光照可能比較妥當。」

室長說完，拿著信封要離開辦公室，疋田卻一把抄過信封，當場拆開。

信封裡又裝著一個小信封。上面寫著郵遞區號和住址，收件人是「龜一製菓社長」。橡皮擦大小的東西就裝在信封裡。

疋田一拆開信封後，發現裡面是寄給龜一製菓的信封，辦公桌周圍頓時聚集出人牆。

疋田是個信奉現實主義的電視人，總是穿著豎起領子的運動衫，對自己有利的人，他可以一路陪酒到早上，對於無益於己的人，則會露骨地拒絕往來，把時間拿去慢跑重訓。他一看到鼓起的信封，瞬間瞪大雙眼。

三天前，疋田力排眾議，決定播出龜一製菓收到恐嚇信的新聞。當時他篤定立刻會有後續發展，演變成一樁大事件。如果搶先其他電視台做出獨家報導，就能創下驚異的收視率。他會決定報導，是認定絕對能得到令人眼花繚亂的驚人成果。然而，接下來的發展卻陷入停滯，沒有任何後續消息，也沒有其他電視台跟進。這六十二小時如同待在地獄般漫長，感覺公司裡的人都在背地裡嘲笑他是「綜藝線出身的小丑」。若再過幾天都沒有動靜，他將遭到究責。

就在這時候，這封信送來了。

如果沒有後續報導，虎頭蛇尾的那條新聞，將危及疋田的地位。但如果案子鬧大，搶先報導就成爲當機立斷的決策。

新聞室長提議是不是應該報警？疋田反駁，要是警方制止，豈不是就不能播出？

「現在請示警方，等於承認三天前播出新聞是錯的。」

就算你無所謂，我也絕對免談。

疋田撕開歹徒寄給龜一製菓的信封。

裡面是一張紙，和一個隨身碟。

紙上印著銀行名稱、帳號，及片假名拼成的「野川愛里」這個名字。一條原子筆畫出的箭頭指著帳號，起點是一行手寫字：

「**兩億圓匯到這裡喔**」。

筆跡像幼童的字一樣笨拙——和三天前收到的信筆跡一樣。

疋田把隨身碟插進電腦。

隨身碟要求開啓檔案。

「如果是病毒就完了。」有人在背後說。

疋田點選「開啓」。

彈出安全性警告視窗，提醒檔案可能有害。

疋田再次選點「開啓」。

下一瞬間，螢幕被粗糙的粒子填滿，讓人聯想到映像管電視時代的雜訊。

新聞室裡，所有人都倒抽一口氣。

螢幕上播放的，是不到一分鐘的影片。

和三天前收到的照片是相同的房間。

一名裸女在房間裡哭泣，對著鏡頭嚷嚷。

鏡頭前伸出一隻手，揪住女人的頭髮。接著腳伸了出去，作勢要踢女人的肚子。女人俯身抱住身體，想逃離攝影者。女人的動作緩慢，似乎精疲力盡，抬起頭後，一邊哭著，嘴巴彷彿在強烈的憤怒驅使下開開闔闔，像在對鏡頭抗議或恫嚇。那模樣讓人聯想到遭受體罰、哭著向父母頂嘴的孩童。女人的臉上涕淚縱橫，髒兮兮的。接著，鏡頭再次拍到倒在地上的裸女。女人蜷成一團，好似要保護身體，頭髮亂甩，腳不停踹地毯，身體緩緩移動。

宛如蜷縮的毛蟲在蠕動。

最後女人站起，昂首走向攝影者。乳房和陰毛全暴露在鏡頭中。然後，在盛怒之下——或是在恐懼驅使下嚷嚷的女人，那張臉瞬間填滿鏡頭，幾乎超出畫面。

影片唐突地結束。

寂靜無聲的室內，有誰的手機在響。

「——這不能播，牽涉到倫理問題。」

倫理，這個詞聽在疋田耳裡實在迂腐。

在綜藝節目的製作現場，爲了拍出衝擊性十足的畫面，他逼迫來賓捨命演出。外包的製作公司裡，年輕派遣員工連續熬夜工作，被迫吞下各種無理要求，每一個都得了憂鬱症。現場助導被罵得狗血淋頭，有時還會挨揍。這些全是爲了收視率。做到這種地步也拿不到的收視率，這支裸女影片或許能爲他們爭取到，卻要眼睜睜放棄天賜良機，豈不是太對不起被迫捨身演出的來賓、做牛做馬的派遣員工，和毫無過錯卻挨揍的助導了嗎？在這裡，「倫理」是只會出現在稿子上的詞。只是一個被推來推去、醜陋哭泣的裸女，又怎麼了？

「你忘了嗎？我們電視台已表明播報到底的立場，如今才畏首畏尾，又能怎樣？」

疋田直接指示助導：

「不能播的地方打上馬賽克，剪成二十秒。在十一點的新聞播出。」

「這不能在中午的新聞播出！」新聞室長反對，疋田心想：要是等上七個小時，誰知道這段期間會不會被別台搶先？這傢伙是白痴嗎？

「事後總有辦法開脫。一直以來都是如此，不是嗎？」

要是我們不播，歹徒會把影片上傳到網路。一旦落後，根本沒人會聽什麼道德仁義考量，這就是現場啊！

疋田站著寫起播報稿。

「在十一點的新聞播出。播出三分鐘前通知警方。」

助導隨即跑出攝影棚。

這天早上，在龜一製菓的幹部室裡，看到寄來公司的隨身碟影片，包括社長在內的管理階層人員都僵在原地。

「這是什麼？」

「女人。」

「這我知道！」

怎會捲進這種鳥事？到底發生什麼事？龜一製菓的社長彷彿置身迷霧中。

一片靜寂的室內，電話響起。

總務部長直覺是警視廳來電。因爲龜一通報收到歹徒來信，警方應該正派人趕往這裡。然而，接電話的總務課員工聲音緊張萬分，說打來的男子自稱他就是寄來影片的人。

總務部長都嚇得臉色蒼白。

鴉雀無聲的室內，總務部長的年輕部下細聲提醒：

「錄音。」

聽到這句話，部長似乎振奮起來，按下錄音鍵，做出指示：

「接過來。」

常務從旁伸手，按下擴音鍵。

電話另一頭，聲音徐緩地傳出：

「即使是垃圾般的女人，人命就是人命吧？救救她啊。」

是年輕男子的聲音。

「你們還把這些女人當人吧？但她們才不是人，她們的腦容量頂多只有兔子大。」

總務部長茫然聽著這段話。

「錢記得匯進帳戶。」

帳戶——紙上印著銀行名稱、帳號及片假名拼成的名字「野川愛里」。旁邊拉出箭頭，寫著「兩億圓匯到這裡喔」。總務部長注視著這些文字，低沉而明確地說：

「我們拿不出兩億圓。」

男子反問：

「你們看到影片了吧？」

男子似乎想到什麼好玩的點子，又說：

「替她募款如何？」

緊接著男子補上一段話：

「這種女人，就算救了她，對社會也不會有半點貢獻。只會生下孩子來虐待、賣春，到處客訴，最後靠生活津貼過日子。雖然是只會浪費錢的爛貨，不過人命就是人命吧？」

中間停頓了短暫的一秒。

「總之，明天我會再送份禮。」

電話掛斷了。

而後，搜查總部的刑警才抵達。

《前鋒》雜誌社所在的大樓還有其他出版社的編輯部，和員工餐廳。員工餐廳上方設有大型電視機，以小音量播放著新聞。

十一點，中川在員工餐廳看到那段影片。

想早點用午餐而來到餐廳的中川，緊盯著電視上的影片。他抓起手機，按下《前鋒》編輯部的號碼。

「我是中川，請轉到ＴＢＴ，立刻。」

編輯部角落有一台六十吋的大型電視。接到電話的編輯，從中川的口吻聽出事情非同小可，反射性地抓起遙控器。

電視螢幕上出現粗糙的影像。

沒有聲音，影像極爲模糊。

一名裸女哭著對鏡頭嚷嚷。

影片是黑白的。打了馬賽克，而且像是從母帶拷貝多次，影像偶爾會左右拉出橫條，但仍看得出是一個裸女。

裸女在地上翻滾蠕動。

她一下抱著肚子，一下驚慌地抱頭，宛如蝦子般蜷成一團，又跳起來逃到角落。

那是個驚恐得四處逃竄的女人。

影片結束，畫面切回新聞攝影棚。

「這是寄至本台新聞室的影片，總共有五十秒，經剪輯後爲十八秒。」

女主播說到這裡，停頓了一下，表情凝重地對著鏡頭訴說：

「今天早上，ＴＢＴ新聞台再次收到一只信封。裡面是收件人爲龜一製菓社長的信封，裝有儲存剛才那段影片的隨身碟，及勒索金錢的信件。本台認爲此事與二十三日播放的新聞有關，考慮到對社會的重要性，決定向大眾公開。」

《前鋒》編輯部鴉雀無聲。

在這之前，位在三榮案件延長線上的龜一恐嚇勒索案，總帶有一股稚拙感。漫無計畫，證物幾乎是免費大放送。對龜一製菓的恐嚇，只是三榮客訴敲詐的延伸，畢竟不脫惡作劇的範疇。無人同情的兩起女屍命案亦缺乏眞實感，只有植村廠長聽到的「王八蛋，這可是綁架！」這句話，賦予這樁犯罪一點人味。原本是這樣一樁案子。

然而，現在看到女人哭得又髒又醜的臉，有什麼東西垮掉了。

每個人都麻木似地沉默不語。

眞鍋直盯著電視，喃喃自語：

「看來，歹徒是眞心要把兩億圓弄到手。」

野川愛里的母親野川美樹，在自家廚房看到這段十八秒的影片。

昨天，公司要她在家聽候指示。二十三日，三榮向警方申報遭到恐嚇，並聲稱美樹的女兒愛里與此事有關，叫她「不用來公司」，拒絕她來上班。

美樹非常火大。我到底犯了什麼錯？愛里已成年，不管她做出任何事，跟我都沒關係吧——美樹對總公司派來的代理廠長叫囂，卻在所有工時人員面前被臭罵一頓：還不知道妳給公司惹了多大的麻煩嗎？

早上，她和平常一樣吃完飯，卻無事可做，只好打開電視。

這十八秒彷彿永無止境。

接下來，一如休假日，美樹洗衣、打掃、採買。

把肉品放進購物籃的時候，排隊結帳的時候，赤裸翻滾的女人身影都不曾離開腦海。

美樹做著往常假日會做的事。沒有買錯東西，也沒有走錯回家的路。收據放進長夾最旁邊的夾層，零錢收進有拉鍊的袋子。皮夾裡塞滿折價券和集點卡。

在商店街，烈日毫不留情地當頭傾瀉而下。乾燥的馬路，刺眼地反射著陽光的招牌。家門前，有人鬼鬼祟祟，彷彿躲躲藏藏，又像東張西望。從昨天開始，六鄉北工廠就有手拿筆記本和錄音機的陌生男女出沒，一個個叫住離開工廠的員工，向他們提出問題。美樹提著購物袋走上樓梯，那些人以攝影機對著她，朝手機通報：「三榮要求在家聽候指示的女員工回家了。」背後有人追上來說「可以請妳談一談嗎」，美樹急急走進家裡，關上屋門。

街坊鄰居正豎起耳朵，觀察我家的情況吧。

美樹坐到廚房的椅子上。

是結婚的時候買的合板椅子。

電風扇左右搖擺送出風來，她的腋下、額頭、大腿全冒著汗。

野川美樹三十多歲才結婚。丈夫認眞上班，但薪水不多。在家裡什麼話都不說。

美樹的父親會家暴、酗酒。原本滴酒不沾的父親，爲了避免在職場被排擠，硬是學會喝酒。父親個性懦弱，只能在家裡發洩外頭的憋屈。母親性情強悍，挨打會還手。她代替收入微薄的父親做買賣貼補家計。每次吵架，母親就搬出這件事，沒完沒了地數落父親賺得少、沒出息，父親無法反駁，便動手打人，但兩人仍在形式上維持著夫妻關係。母親不在的時候，父親就不會抓狂，這種時候的父親溫馴得連孩子都覺得可憐。

有一次，父親幫美樹綁頭髮。她到現在都還記得父親粗厚的手、笨拙的動作，及專注的神情。

美樹的丈夫缺乏父親那種溫情。兩人之間沒有互毆，也沒有對話。丈夫完全無視家人，只會上班、回家、躺著看電視，然後從冰箱拿酒喝，喝完丟到廚房，上床睡覺。美樹去工廠做工時人員，下班在路上採買，回家收進晾晒的衣物，煮飯，洗衣服，趁夜裡晾好，洗碗盤，最後一個洗澡，清理浴室，出來後折好衣物。總算能上床睡覺時，餐桌上擺著丈夫扔下的杯盤。

丈夫從來不關心美樹。即使她發燒臥床，也照樣跨過她的被褥。

他看不到我嗎？

美樹為栽培女兒費盡心思。小時候，讓女兒做能做的家事換取零用錢。聽說上幼稚園對兒童發展比較好，就勉強自己去做工時人員，供女兒進幼稚園。即使開銷變多，丈夫的薪水還是那樣少。沒錢沒閒的美樹，漸漸無暇看顧女兒。注意到的時候，女兒變得宛如丈夫的翻版，成為既魯鈍又自私的人。而女兒也一樣表現得彷彿美樹不存在。

美樹看著自己的父母長大，所以從未打過女兒。但不管怎麼苦勸，女兒都把她的話當成耳邊風。那不是反抗，而是視若無睹。

從什麼時候開始，美樹只把丈夫和女兒當成住在一起的室友？一想到得為了室友拚死拚活，她不禁怒火中燒。任憑她叫囂、怒罵，對方卻充耳不聞，徹底忽視，又令她暴跳如雷。

女兒愛里把僅有的錢全拿去買化妝品，打扮成一看就很廉價的醜惡洋娃娃。浮腫的眼皮貼上假睫毛，穿上會讓兩條粗蘿蔔腿畢露的迷你裙。不讀書，連洗澡都懶，髒兮兮的頭髮燙成怵目驚心的形狀。連九九乘法都不會背、二位數加法都不會，卻貪婪地沉迷於十八禁淑女漫畫。

女兒自從上高中後，就成了與丈夫一樣令美樹嫌惡的對象。

不，比丈夫更噁心。

女兒不肯回家，或許是我大聲吼她的關係。愛里在外流連不回家，美樹感到如釋重負。只要愛里在家，她就有氣。一旦生氣，只能罵人，不然就是無視。不只是這樣而已，女兒生性淫蕩。那自作賤的生活，即使不願意也會看在眼裡。美樹好幾次都想乾脆揍死她算了。

殺掉丈夫和女兒，放火燒毀這個家。

那天晚上，那個叫木部的雜誌女記者又來打聽愛里的事。女記者問愛里知不知道六鄉北工廠的內部狀況，美樹忍不住尋思，但立刻發現根本用不著想。

愛里當然知道。

我喘息的管道，只有講電話。因爲電話另一頭會回應我，不管是兩小時或三小時，我都能講。話題什麼都好，只要講對方想聊的事就行。講電話的對象只有六鄉北工廠的同事，是交心的好友，同時也是惹她們不高興就會很麻煩的對象。我迎合她們，講個不停。只要聽我講電話，就能瞭解絕大部分的情形。而這樣的電話，我講了十年之久。愛里一定知道六鄉北工廠的內情。

《前鋒》的記者還問我們有沒有住過板橋。連去都沒去過，我這麼回答。記者又窮追不捨地問我們跟那裡有沒有什麼關係。

「我從和歌山的高中畢業，就去大阪工作。後來公司倒閉，靠著親友的門路，搬到川崎這裡。我在賽船場的小賣店做了很久，在那裡經由別人介紹，和外子結婚。」

丈夫是新潟人，我們兩人在東京都沒有親戚。結婚在此落戶後，一次都沒有搬過家。我只知道這些——我這麼說。

看著那個記者，一股近似憤怒的情緒油然而生。

她是個彬彬有禮的女人。是聰明、上進，努力活得正確的女人。穿著灰色長褲、白色短袖襯衫，全是便宜貨，可丟進洗衣機洗，她活得質樸而清潔。

看著那個女人，就讓我對自己的存在感到憤怒。

記者不是美女。脂粉薄施，指甲只是用指甲剪隨便剪短，連個戒指都沒戴。那模樣讓我從體內深處湧出怒意。一想到我的努力到底空耗到哪裡去了、一想到我這種女人和她畢竟不是同類……

記者最後讓我看電視上播的影片。她拿出筆記型電腦，在玄關門口放給我看。

是早上十一點看到的那段畫質粗糙的影片。裸女抗拒著，試圖逃離什麼。女人哭嚷著。即使沒有聲音，也看得出這些情狀。

最後，裸女站起來，衝向鏡頭，朝攝影者激烈叫罵。裸女披頭散髮，而且畫質極差，辨認不出相貌。

我看著影片，想起好久沒正眼仔細端詳愛里的臉。

但十六年來，我們住在同一個屋簷下。讀小學的時候，她常幫忙家務。她會幫忙清洗浴室、買東西、洗米。她會幫忙晒衣服、收衣服、折衣服。

所以，我知道這是不是我女兒。

「是愛里。」美樹回答。「只要給她一百萬圓，這點事在她眼裡根本不算什麼。不管是愛里或她那些朋友，都會搶著做。」

女記者目不轉睛地注視著我。

「這群人是人渣。」

爲什麼?女記者問。

「他們不把撒謊當一回事。遇到會揍人的人，就巴結討好。對他們好，就得尺進寸。他們對弱者毫不留情，所以當自己也變成弱者，不管被整得多慘，都不覺得有什麼。」

工廠的勞動環境很糟糕。腳尖冰冷，手指凍僵，連想上廁所，都得舉手報告，才能離開流水線。美樹不斷站在流水線上，領取低廉的時薪，支付房租，供愛里上私立學校。

「她從十五歲就開始賣春。她和她朋友都一樣。她們沒有出賣靈肉給男人的自覺。從小就沒人理她們，所以做那種事讓她們樂在其中吧。」

不管再怎麼打罵、勸說，都是白費力氣。

從幼稚園的時候，就沒人要當愛里的朋友，她總是硬擠進玩得很開心的孩子圈裡，隨即被踢出去。女兒抓著骯髒的大象布偶，一頭熱地貼上去，然後被趕走，但美樹覺得只是小孩子玩鬧，沒放在心上。剛進小學的一段時間，女兒黏在一群同學周圍，繞來繞去地回家，美樹還以爲她和朋友處得不錯。工廠裡淨是些狗屁倒灶的糾紛，發生過爲了增加新的工時人員，舊的工時人員的時數差點被砍的事。那是廠方扶植的老大，與美樹這些老鳥拱出來的老大之間的戰爭。在這樣的戰爭裡，如果不清楚表明立場，不管哪一方得勝，結果分曉後都會遭到冷落。但如果明確支持哪一方，追隨的老大落敗之後，排班就會減少，並遭到各種騷擾，教人幾乎待不下去。美樹等人的老大無所不用其極地刁難對方，掌握流水線的實權。工廠現場失去秩序，陷入混亂，美樹等人受到倚重，老大也變得蠻橫霸道起來，「友愛與協調」全被拋諸腦後。那是刺激而醜陋的每一天。

整個人沉浸在那樣的環境裡，美樹的體力和心力都不勝負荷。家中經濟原本就捉襟見肘。她覺得即使愛里成績不好，只要能畢業就夠了。晚上愛里在外遊蕩不歸，她也覺得只是暫時性的。看到女兒居然化妝去上國中，她還曾衝去學校，責怪老師為何坐視女兒素行不良。

後來有兩、三次，她真的動手打女兒。女兒鼻青臉腫，全身是瘀青。有一次甚至打斷一根肋骨。醫院方面問她為什麼打女兒，美樹說是女兒太叛逆，遭到規勸「暴力是一種虐待」。好的，我不會再這樣，美樹對醫師說。

從那個時候，她就放棄女兒了。

我只照顧她到高中畢業為止。我和女兒是母女，卻是不相干的兩個人，我對她無能為力。

不管她是在街上遊蕩、出賣肉體、得了病還是懷孕、染上毒癮還是殺人，我都無能為力。

聽說，龜一的恐嚇勒索案中，用的是愛里的戶頭。聽說，恐嚇龜一的嫌犯，就是恐嚇三榮的人。這些事在記者告訴她以前，美樹早就知道。只要待在工廠，什麼事情都會傳進耳裡。

美樹曉得廠長為什麼不願驚動警察。三榮食品工廠會把賣剩的商品重新包裝，印上新的賞味期限。負責幹這種事的員工，被迫簽下保密文件。這就是魯鈍的廠長沒辦法告訴任何人眞相的理由吧。美樹從未告訴別人，但她向那個叫木部的女記者全盤托出。

後來，刑警上門，她也一樣告訴他們。

女兒的裸體影片上了電視。是被踢來打去，頂著髒兮兮的臉大吼大叫的影片。可是，那又怎樣？就算不認識的人看到我和女兒，我也不覺得有什麼好丟臉的。認識我和女兒的人，即使看了這段影片，根本不會覺得有什麼好奇怪的吧。

——畢竟能丟的臉，早就全丟光了。

2

——只要給她一百萬圓，這點事在她眼裡根本不算什麼。不管是愛里或她那些朋友，都會搶著做。

美智子離開野川愛里的母親住處，打電話向《前鋒》報告後，直接繞到濱口的節目製作公司。

濱口這些節目製作人員，一看就知道從二十五日以後一直住在公司，連睡覺的時間也沒有。接待區沙發上，靠墊和毛毯皺巴巴地捲成一團，角落堆著骯髒的坐墊，桌上到處都是喝到一半的保特瓶和罐裝咖啡，只剩下湯汁的杯麵旁邊扔著文字腳本。

濱田屁股坐在沙發上，腳擱在桌面，以難說是坐還是躺的姿勢看著腿上的筆電。一聽到美智子告知野川愛里的母親承認影片裡的女人是女兒，他彷彿被雷劈中似地坐直身體，筆電丟到桌上。

「妳拿去給野川愛里的母親看？」

「就算我不給她看，搜查一課也會這麼做。」

「野川愛里不是歹徒的同夥嗎？」

眞鍋在電話另一頭說過一樣的話。美智子重複對眞鍋的說明：

「母親說，女兒認爲只要有錢拿，做這點事不算什麼。女兒不把撒謊當一回事，會巴結揍人的人，給一點顏色就得寸進尺。野川愛里的母親對女兒非常尖酸刻薄，甚至說如果能夠，她眞想掐死女兒。」

濱口沉默片刻。

涼掉的咖啡在桌上泛黑，濱口機械式地送至嘴邊，但應該是注意到那混濁的黑，又放回桌上，出聲道：

「決定播出影片的是一個叫疋田的，從綜藝線轉到新聞線的導播。新聞線的人很排斥他，但目前收視率還算不錯。據說，他的強勢作風在電視台裡相當出名。因爲不是本行，才敢這麼幹吧。」

「我聽過這個人。不管是好是壞，上頭都是相中他的強勢，才把他調過來。就他而言，只是做了符合上頭期望的事吧。」

美智子問有沒有什麼進展，濱口說搜查總部似乎已拋棄嫖客這條線。

「搜查總部滴水不漏地調查兩人通聯紀錄裡的每一個對象，目前確定沒有能串起兩人關係的人。如果拋棄嫖客這條線，案情就會陷入膠著。但警方仍決定拋棄，想必還有什麼線索。」

「手槍那邊呢？」

「是舊型手槍，只曉得可能是馬卡洛夫。二十年前俄羅斯有一大批流入國內，不是現在市場上流通的貨。」

「與其說是買來的，更可能是本來就持有，或是別人給的、搶來的？」

濱口點點頭：

「還有，一課有動作了。他們從昨天就一直盯著世田谷一家診所。院長叫長谷川透，是一名五十七歲的醫生。」

「盯著那裡？」

「對，警方在調查他。另外，TBT播出那條新聞後，龜一總公司接到歹徒的來電。有電信公司的車子開到搜查總部，約莫是留下歹徒的電話號碼了吧。」

「或許是從野川愛里那裡查到線索。」

濱口露出疑惑的神情，但美智子並未理會，逕自問：

「長谷川透是嗎？」

濱口點點頭，「我們也派了攝影師過去。」

這表示濱口確信長谷川透被警方列爲涉案人士。

「有什麼發現，你會告訴我吧？」

濱口一笑，「鑑定出座間聖羅頭髮的秋月警部補，加入搜查總部了吧？情報的話，他那邊不會給妳嗎？」

「怎能要負責案子的警部補透露偵辦內幕給我？」

濱口聞言又笑了。

「長谷川透那裡，我們也可以追嗎？」美智子問。

「可以啊。木部小姐要查嗎？還是交到《前鋒》那裡？」

「眞鍋總編認爲歹徒留下的證據太多，下一期的出刊日前應該就會落網，已把方向轉爲蒐集相關人士的資料。那個叫長谷川的應該能用在這部分，我想通知中川。」

濱口點點頭。

業界的核心比人們想像中更傳統。無論資訊的流通變得再怎麼廣泛、複雜，核心依舊十分講究人情義理。有借有還，彼此摸索著大量流入的資訊的意義與價值。

美智子把手上關於三榮的資料全交給濱口，這下等於賣了濱口一大筆人情。

濱口的製作公司裡只有一台四十吋電視，平常幾乎都關著，但今天也不得不轉到新聞台，播放著早已看膩的兩名女性死者的消息。

森村由南是獨自扶養兩個孩子的堅強母親，座間聖羅的夢想是成爲配音員。主持人認爲殘害這樣的弱者，天理難容，傾訴年輕犧牲者的憾恨，最後說：「爲了留下來的孩子，希望警方早日將殘忍的凶嫌逮捕歸案。」

然而，濱口進行調查後，發現報導內容與實情相差十萬八千里。

安置森村由南的孩子的兒童諮商所表示，兩個孩子滿口蛀牙，身上有疑似虐待的傷。附近鄰居說，丈夫還在的時候，看過一家四口去公園，妻子是個染頭髮的胖女人，丈夫是個看起來很老實的瘦竹竿。兩人遇到鄰居會打招呼。但從那個時候開始，孩子就有問題行爲。一雙孩子不管是清晨或三更半夜，都會亂按別人家的門鈴。他們會闖進鄰居家裡，賴到晚飯時間，還會隨便開冰箱，把裡面的食物拿回家。明顯是典型的疏於管教和養育。如果抗議，由南會鄭重其事地上門道歉，不然就是「見笑轉生氣」。

至於座間聖羅，沒有查到任何她立志當配音員的事。或許是和命案現場的租屋人搞混了。聖羅的母親三十八歲，她十五歲前都和母親住在一起。家裡經常遭到斷電。沒有父親。從能夠查到的紀錄來看，座間聖羅從十三歲就透過性交易賺錢，十五歲在池袋攬客。朋友們因爲她窮酸的外表，都叫她「窮神」。

濱口面前放著座間聖羅的照片。是成人式的照片，穿和服的三個女生笑著比出勝利手勢，後方是頭髮插滿招搖髮飾的座間聖羅，雙手也比著勝利手勢。前方的三人應該不知道她擠進鏡頭。那死皮賴臉的行徑，讓美智子聯想到硬擠進小圈子又被踢出去的野川愛里。

「這照片不錯啊，足以引起觀眾對被害者的同情。」

「同情？」

濱口反問，用電腦打開推特（twitter）畫面。

找到「中野連續槍殺命案」的標籤，底下是一連串貼文。

「少扯了。明明就是賣的」。

「賣淫」。

「自作自受」。

「還奢望什麼同情？」

離開濱口的製作公司後，美智子接到秋月的來電。晚上十一點多了，她覺得秋月八成是從早工作到現在，毫無喘息的空閒。她這麼想著，接起電話。

不料對方劈頭就問「妳在哪裡」，她回答：「咦，你是我老公嗎？」

一陣乾燥的呼吸聲，似乎是秋月警部補在笑。

「有件事要告訴妳，希望妳馬上過來。申請不到計程車錢，想說派警車去接妳。」

美智子鄭重婉拒警車接送，搭計程車抵達中野署，隨即被帶到二樓搜查總部的一個房間。

秋月坐在那裡，一副神思不屬的模樣。是沉著冷靜，還是心不在焉？仔細想想，秋月的疲勞困倦，實在不是自己能夠相比的。

坐在秋月旁邊的兩名刑警一看就是滿臉倦容，唯獨雙眼綻放神采。如果在電車裡遇到這樣的男人，她只想敬而遠之。而這些也都是偵辦過程來到分水嶺時，或多或少會出現的跡象。

桌上擺著一台錄音機。

「妳能幫忙聽聽看嗎？」

秋月說著，按下播放鍵。

——即使是垃圾般的女人，人命就是人命吧？救救她啊。

錄音機傳出年輕男子的聲音。

——你們還把這些女人當人吧？但她們才不是人，她們的腦容量頂多只有兔子大。

——錢記得匯進帳戶。

接著，傳來格外清晰的另一道男聲：

「我們拿不出兩億圓。」

年輕男子的聲音再度出現：

——你們看到影片了吧？

而後，他彷彿想到好玩的點子，說：

——替她募款如何？

——這種女人，就算救了她，對社會也不會有半點貢獻。只會生下孩子來虐待、賣春，到處客訴，最後靠生活津貼過日子。雖然是只會浪費錢的爛貨，不過人命就是人命吧？

那聲音帶著侮蔑與冷笑。

停頓了短暫的一秒：

——總之，明天我會再送份禮。

接下來都是雜音。秋月聽完那段雜音，按下停止鍵。

「今天TBT收到的東西，龜一製菓也收到了。十點四十二分，歹徒估計應該已送達，打電話到龜一製菓。就是那通電話的錄音。年輕男子說的戶頭，是野川愛里的戶頭。他指示兩億圓匯到那裡。」

秋月將一張影印紙放到桌上。

上面印有野川愛里的銀行帳號，一條箭頭拉到那裡，起點輕浮地寫著「匯到這裡喔」。

「妳認得這聲音嗎？或是這些字？什麼都好，妳有任何線索嗎？」

二十五日早上，美智子反覆聽了好幾次廠長錄下來的通話內容。七月五日的男聲比較高亢，而這名男子的聲音很節制。

是不同人。

美智子覺得歹徒彷彿站在身邊，一陣毛骨悚然。同時，她發現兩名刑警像夜行性動物般，雙眼炯炯地注視著她。

「雖然在調查三榮的案子，但我並未接觸到歹徒。不管是聲音或筆跡，我知道的都不比搜查總部更多。」

秋月只是盯著美智子。

「七月五日的男子說的話太少，不足以聽出特徵。」

「這我們知道。」

秋月等不及聲紋比對的結果。

「我認爲不是打電話到三榮的那個人。」

美智子靜靜地接著道：

「七月五日的電話裡，對方說：『你在扯什麼？王八蛋，這可是綁架啊！』聲音走了調，而且比較高。氣急敗壞的時候和立下決心的時候，聲音高低本來就不一樣，但這不是單純的高低問題。剛才聽到的聲音，和七月五日的聲音印象不同。這聲音是從丹田發出來的，不是輕率的發言。」然後，她注視著秋月。「感覺說話的人是截然不同的類型。」

秋月應該有相同的想法。如果是不同人，就是出乎意料的狀況。連續發生了秋月出乎意料的狀況。

「這裡的字，和過去信封上寫收件人的女性筆跡明顯不同。還有，『匯到這裡喔』和

『如果不想看到第三名犧牲者，就準備2000萬圓』，雖然相似，但我覺得不一樣。」

秋月聽完美智子的分析後，把紙遞到她的面前。

這是七月二十一日，三榮廠長從信封裡拿出來的信。

如果不想看到第三名犧牲者，就準備2000萬圓。

兩者都有的文字，是「に」與「れ」。三榮收到的信，「れ」的第一個折角與直線確實地重疊在一起，但「匯款到這裡喔」（ここに入れてね）的「れ」，折角卻從直線微微錯開。然而，只憑這些，無法下任何定論。

「收到的東西全送到鑑識課那邊了。我也覺得只有這句『匯到這裡喔』，筆跡和先前的都不一樣。」

接著，他抬起空洞的目光說：

「命案的主謀只有一個。」

眼眶凹陷，臉頰變得有點突出，只有瞳仁在深處發光，但就連那雙眼睛也因爲疲憊而暗淡混濁。美智子說：

「十九日對三榮的勒索，二十三日對龜一的威脅，是當初三榮兩百萬圓恐嚇案的延續。但最早在七月二日，是打電話勒索金錢。文字恐嚇信是從十九日開始的。意即，也可看成連續槍殺命案曝光後，是在模仿七月二日以前的手法。」

其中有新加入者的影子若隱若現。

秋月靜靜看著美智子——就像被她吸引般，目不轉睛地看著。

美智子問：「你覺得明天的禮物會是什麼？」

秋月輕笑，「我可不想收到指頭之類的東西。」

那混濁的眼睛稍稍恢復了神采。

接著，秋月向兩名刑警微微頷首，和美智子帶著錄音機離開。

美智子認爲，如果要寄手指，應該會在更早的階段寄出。更進一步說，毫不猶豫地殺害兩名女子的凶手，在收取金錢上怎會如此粗枝大葉？

「直接收取三榮賠償金的，那個凶神惡煞的男子查到了嗎？」

只要徹查野川愛里的通聯紀錄，應該能找到。

秋月清醒過來似地換了副語調，回答：

「野川愛里的通聯紀錄一樣數量龐大。在網路賣淫的女生，都會留下數量龐大的紀錄。」

「對三榮的恐嚇自三年前持續至今，那個收錢的男子是共犯，我認爲不難從只聯絡一次的嫖客裡分辨出來。」

美智子一瞪，秋月不禁沉默。

「有一個可疑的人物，但手機簽約人的住址是澀谷的廉價旅舍。八成是黑道操控的貧窮產業，叫領取生活津貼者去辦的人頭手機。目前正在調查手機用戶。」

警方逐一詢問通聯紀錄中的對象說了些什麼、認爲通話的對象是誰。比方，如果曾用那隻電話預約牙醫，就能查到用戶身分。但如果是人頭機，不一定總是同一個人使用，只能逐一釐清是誰用那隻手機聯絡野川愛里。昨天剛確定中野命案與野川愛里有關，秋月說「正在查」，應該不是蒙混之詞。

「歹徒真的以爲能拿到兩億圓嗎？就算龜一眞的匯款，他要怎麼把錢拿到手？」

「回答妳的第一個問題，龜一的社長表示要他自掏腰包也行。畢竟消費者若一看到龜一的商標就想到那支裸女影片，商譽就全毀了。至於錢要怎麼拿到手，我完全無法想像。」

「我認爲歹徒會指定野川愛里的戶頭，是爲了暗示與恐嚇三榮的集團的關聯。因爲歹徒到處強調『野川愛里』這個名字。」

「可是，將野川愛里推上火線，或誘使警方盯上野川愛里，對歹徒有什麼好處？」

「我實在不認爲敲詐三榮的手法，和一擊斃命的手法，是出自同一個人。」

秋月雙手在下巴交握，洗耳恭聽。

「我很好奇那個混過黑道的收錢男子。聽說是看起來笨頭笨腦、口齒不清的傢伙，如果他在外頭走動，應該會有關於他的消息傳來才對。這種人無法信守承諾，也守不住祕密。」

秋月沉思起來。

如果拋棄嫖客這條線，案情就會陷入膠著。但警方仍決定拋棄，想必還有什麼線索——之前濱口曾這麼說。

「關於龜一收到的影片，野川愛里的母親承認那是她女兒。」美智子說。

「嗯，我們去的時候，母親說《前鋒》的女記者剛走。妳眞是個行動力十足的女人。」

歹徒利用電視，切換成劇場型犯罪的理由是什麼？

將野川愛里推上第一線，吸引目光。

進行實在不可能拿到錢的恐嚇。

發出預告挑釁。

但到底是在挑釁誰，美智子看不出來。

「ＴＢＴ沒有和警方商量，就自作主張播出，這是眞的嗎？」

「他們在播出前一刻才通知。」

半晌後，秋月喃喃道：

「──是在利用媒體，還是在自掘墳墓？」

凶手看似亮出底牌，但這樣想太膚淺。美智子追查三榮的案子很久了。再怎麼細微的線索，她都會抓起來檢視、探究，然而，那些線索卻連結不上任何一處，直接斷了頭。這次中野的連續槍殺命案，把三榮一案像餌般吊在眼前晃動，只要檢調拘泥於追查三榮，恐怕會查不到任何東西。

會就此斷線。

秋月從搶先一步在三榮的案子碰壁的我身上，看出他們的前方可能也是一堵高牆。

儘管向來如此，但案情愈是複雜、愈是消耗體力，秋月的臉上便會浮現一種韌性。那與濱口或眞鍋都不一樣。他們是以腦袋思考，但秋月等人是親身踏入現場辦案。只有礙於蒐集資料停滯不前之際，他們才會卯起來思考。拼圖愈是難解，鬥志愈是旺盛。

秋月爲了刺激我的反應，正在摸索要將情報的哪些地方連結在一起，才能打通血脈。

「長谷川透是從野川愛里的哪個線索查到的？」美智子問。

秋月的表情一僵，彷彿被雷劈個正著。

然後，他瞪著美智子說：

「原來妳早就知道長谷川透這個人？」

美智子忍不住笑道：

「二十五日，我把手上所有情報都交給你。如果我知道長谷川透這個人，當時就會告訴你。我是從媒體朋友那裡聽到，你們在盯世田谷一個叫長谷川透的醫生。剛好是野川愛里的情報出來那時候，所以約莫是我沒查到的情報裡有長谷川透這個人，如此罷了。推測出這些並不難，而且警方現在會撥出人力投入那邊，表示那男人相當接近案件核心。而目前能逼近案件核心的事實，應該與野川愛里有關。可是，野川愛里沒有家庭，也沒有朋友，根本沒有像樣的紀錄。我無法得到、但一課只花半天工夫就能取得，並且確實可信的資料，我猜測是存摺明細。野川愛里的帳戶被拿來當成犯罪用的人頭帳戶，所以與她涉入的犯罪有關的人，名字可能留在她的存摺上。」

秋月的表情頓時凝固。

「不過，從那裡恐怕查不出什麼。凶手殺害兩個人，想必也是賭上了性命。從野川愛里的存摺查得到的東西，不可能是核心線索。」

秋月沉重地開口：

「到底是哪邊？凶手是徹底瞧不起社會，還是有什麼我們還摸不透的企圖？」

秋月薰的眼神似乎仍試圖從美智子的臉上讀出眞相。

「秋月先生，我只是個小記者，從沒想過要超越警方。我是老派的人，認爲協助警方是民眾的義務。所以，我是不敢對秋月警部補大人有任何隱瞞的。」

秋月直視著美智子：

「長年來累積的經驗，告訴我妳在撒謊。」

然後，他輕柔地笑了開來。秋月起身，像要拂去沉重的空氣，指示制服員警開警車送美智子回去，並以穿過居酒屋短門簾般的熟悉態度道別：請妳繼續協助警方嘍。

——總之，明天我會再送份禮。

隔天二十七日，早上十點。

搜查一課的刑警早就準備萬全，守在龜一製菓的總公司。警車遠遠地包圍總公司，社長室和總務部的電話透過各種線材連上機器。因爲昨天歹徒在信封送達後，打了通電話過來。

做好戰鬥準備的龜一製菓，收到那只信封。

澀谷的郵戳。收件人的欄位和昨天一樣，貼著打字的紙。

信封裡裝著密封拉鍊袋。只有這樣東西。

袋子裡裝著長短、種類各異的毛髮。

從疑似頭髮的長毛、疑似陰毛的粗鬈毛，到灰塵般的細毛都有。

感覺就像把一個人全身的毛都裝進去。

龜一製菓的總務課長忍不住別開頭。

社長雙手掩面，僵在原地。

這時，總務部的電話響起。

三名待命的一課刑警圍著電話。三人都單手按住耳機，其中一人對著嘴邊的麥克風說：

「打來了，是直通龜一總務部的外線。」

刑警看著總務部長，用力點頭。總務部長見狀，拿起話筒。

劈頭就傳出一道聲音：

「準備兩億圓。我都殺了兩個女人，這樣一頭母豬，隨時都能動手宰了。」

電話隨即掛斷。

只有短短五秒。

在場刑警一陣錯愕。

接著，耳邊傳來一課的報告：

「從手機打來的，查到號碼了。是野川愛里通聯紀錄中的號碼，簽約人是內村太，地址是板橋的廉價旅舍，應該就是那隻人頭手機。通話發訊基地台是在澀谷區惠比壽，已要求電信局提出該手機號碼的通聯紀錄。」

美智子一直寫稿到早上。醒來的時候已過中午。摸摸滑鼠，寫到一半的稿子浮現在電腦螢幕上。

陽台上，晾晒的衣物隨風晃動。襯衫、內衣褲、睡衣、毛巾、浴巾，如同美智子平常的晾法，井然有序地在夏季的陽光下變得乾燥。陽台上怎會有衣物？一瞬間，美智子茫無頭緒，但很快想起昨天發現待洗衣物堆積如山，半夜丟進洗衣機。雖然失去前後記憶，不過看她連寫到一半的稿子都沒存檔，約莫是寫著寫著就睡著了。

這麼說來，這兩天都沒有回覆電子郵件。

她走到廚房吃了一碗泡麵，然後撥打秋月的手機號碼。

或許秋月不會再接她的電話。就算接了，可能也不會透露任何訊息。

午後的陽光透過窗簾照射進來。

今天感覺也很熱。

秋月接起電話，美智子問：

「歹徒寄了什麼？」

秋月回答「不是手指」。

「又是體毛，大概連睫毛都有。把一個人剃得乾乾淨淨。」

美智子將全副注意力慢慢集中到秋月的聲音上。

「歹徒打電話來了嗎？」

「只有短短五秒——我都殺了兩個女人，這樣一頭母豬，隨時都能動手宰了。」

「只有這一段話？」

「但留下了電話號碼。」

美智子掛了電話。

——到底是哪邊？凶手是徹底瞧不起社會，還是有什麼我們摸不透的企圖？

美智子想處理掉非回覆不可的電子郵件，打鍵盤的手卻一頓。

爲什麼那個小混混般的三榮恐嚇犯會進一步殺人？美智子實在不懂。若是濱口、中川或眞鍋，應該會給出煞有介事的回答。只要把資訊與資訊拼湊起來，就能得出煞有介事的解釋，所以社會記者才日以繼夜地四處嗅聞哪裡有掉落的情報。情報有解釋的餘地，意即情報聚積所具備的意義，只要換個拼湊方式，不管要順接或逆接，都隨解釋者的意。但不是紙上談兵，而是踏入——物理上親身踏入現場的人，沒辦法接受那種浮面的答案。

親身踏入現場、親耳聆聽，及身體感受到的溫度，沒有詮釋的餘地。

木部美智子會從報社記者轉爲獨立記者，就是想將那種沒有詮釋餘地的眞相放在掌心上端詳。

她望著在陽台飄動的衣物，尋思起來。

——爲什麼廠長會如此排斥報警？

追根究柢，三榮一案到底是怎麼回事？

她耗費莫大的時間採訪。三番兩次拜訪野川愛里的母親，打聽出相關的事實。她想到的是廠長那儘管自我封閉，卻並未拒絕他人的態度。歹徒與廠長之間的依存關係令人摸不著頭緒。美智子放在掌心上端詳的是廠長，是野川愛里的母親。美智子想將野川愛里也放到掌心上，卻找不到她，反而在電視螢幕上看見她成爲連續命案的要角之一。

就像把裝水的氣球掉在路上，看著水在乾燥的柏油路面化成黑漬，擴散開來。再也感受不到那份的重量和冰冷的觸感。

美智子注視著手機光滑的液晶螢幕。

對於三榮的恐嚇案，廠長從頭到尾都非常配合採訪。那個謹愼、對攻擊敏感的男子，聽到美智子自稱《前鋒》的記者時，還有看到名片時，雙眼一亮。這反應散發出某種淫靡、敗德的氣味。不管提出任何問題，他都流暢地回答，沒有半分遲疑。那模樣看起來也像是被逼到走投無路的犯人，藉由告解一切來獲得解脫。

但廠長流暢述說的內容當中，卻找不到最重要的、讓人感覺到「淫靡氣味」的事物。恐嚇的手法確實幼稚醜陋，卻無法說明廠長爲何會露出那種表情。他再次散發出自我毀滅的氣味，是在六鄉北工廠見面那一次。

那天，蒲田的計程車乘車處十分閃耀刺眼，宛如坐落在不規則反射的銀鋁世界。發現是以賣春女子爲目標的連續槍殺命案，濱口說「眞恐怖」。兩人重新認識到案情的嚴重性，卻想互相說服這沒有什麼大不了。

當日，最靠近中野連續槍殺命案、感到驚懼萬分的，不是美智子也不是濱口，而是廠長。口拙的廠長完全沒有解釋，因此美智子未能看清他爲何那般緊張、興奮。但廠長讓美智子看了寫有「第三名犧牲者」的那封信後，渾身虛脫，宛如卸下一切的職責。

植村誠爲何那樣喜孜孜地向《前鋒》的記者吐露？還有，爲何他如此排斥報警？

野川愛里的母親說，三榮將賣剩的商品重新印上賞味期限，並要負責執行的員工簽署保密文件。但美智子認爲，這件事無法解釋廠長散發的那股氣味。

美智子注視著手機液晶螢幕上顯示的「三榮食品植村」的名字，點選下去。

來電答鈴響起，片刻之後，傳來含糊不清的聲音：

「喂？」

美智子提出想再見面談談的請求。

廠長以一貫惺忪未醒般的聲音，做出曖昧不明的回答，但美智子不理會，逕自道：

「我現在就過去。」

「到我家嗎？」

「哪裡都行。」

廠長說會在住家前面的公園等候，美智子留下一句「那麼，兩小時後見」，掛斷電話。

將寫到一半的電子郵件存檔後，關掉電腦。她起身盛了杯自來水，放入冰塊一口氣喝完，把晾晒的衣物收進來。

美智子想起自己沒化妝，但也不想再拿出化妝品。

鎖上門後，美智子踏出火傘高張的戶外。

廠長的住家屬於集合住宅，前面有一座公園。

往昔孩童都在住宅密集圍繞的公園玩耍，十分安全。每個人都互相認識，是不需要客氣的時代。從什麼時候開始，「整齊畫一」代表「無趣」？儘管有些時候，整齊畫一就保證了充足。

向晚時分，長椅灼燙，高濕濃重的戶外空氣籠罩整座公園。橘黃色的夕陽直射，油蟬高聲鳴叫，暮蟬淒涼的叫聲則將一切景致塗抹成幻想的氛圍。

儘管面臨失業，廠長的表情卻十分明朗。他很感謝挺身而出、獨自擋下媒體攻擊的總務部長。

「總務部長說，這次的事是體制的問題。」

媒體傾巢而出，爭相採訪中野命案源頭的三榮恐嚇案。他們緊緊咬住三榮總公司的總務部長，但總務部長堅持「我們公司的做法沒有問題」。記者摩拳擦掌，想將三榮塑造成血汗企業，總務部長像頭負傷的野獸，凶猛地將他們擊倒。

電視多次播映出總務部長甩掉記者，及記者緊咬不放的情景。先大量報導三榮的血汗事跡，再接著播出記者追逐總務部長的場面，因此，怎麼看都是總務部長屈居劣勢。六鄉北工廠不只是離職的工時人員，連在職員工都樂意接受採訪，競相對著麥克風說些眞假摻半、大眾愛聽的內容，採訪者儘管心知肚明，卻也不經求證地直接播出。風風火火地成立的川崎十九人命案的採訪小組，如今亦成爲過眼雲煙。看起來也像是想透過追逐三榮一案，釋放媒體和觀眾雙方的壓力。媒體無法揭發兩名死者的眞實面貌，正陷入悶燒鍋般的狀態。

暮蟬發出鈴鐺般的鳴叫聲。

「你握有那麼多的證據，三年來卻不曾向警方求助。明明你手上有恐嚇犯的帳戶、信件，所有的一切。」

美智子多次勸廠長報警，但廠長從來不肯答應，只是低著頭彷彿承受著什麼。

「看你的態度，我覺得你對露骨的客訴敲詐並不感到憤怒。這是爲什麼？」

遠方傳來消音器改裝的機車刺耳的排氣聲。廠長低聲回答：

「因爲我沒想過那是捏造的。」

沒想過那是捏造的——

廠長輕笑道：

「我一直以爲便當裡摻進異物，不是捏造，而是工廠裡有人故意跟我過不去。」

中間停頓了一下，他接著道：

「我一直以爲玻璃片、炸過的蟑螂，都是本來就摻在便當裡的。」

——好久沒看到傍晚天空的橘紅雲朵。我汲汲營營於每一天的生活，長年來都無暇仰望天空。不管是櫻花、煙火，還是眼前夏季的暮色，都遺忘許久。

那個叫木部美智子的記者，是那種在電車裡張望一下，便能找到一、兩個的女人。身高大概一五五公分，身體曲線無法勾起欲望，但並不是說她身材乾癟，只是平凡。同時，亦代表她在電車裡有意識地關掉女性特質。這類女性往往如此，木部美智子散發出清潔感，從這樣的角度看去，會覺得她屹立不搖。她穿的鞋子約莫是光亮無瑕。當她注視著我，感覺像被外務省的口譯員注視著。完全不明白她對我的哪一部感興趣，又是在看哪裡。

在第一次見面的咖啡廳，她自稱記者，想要瞭解客訴的詳情。

我彷彿對著口譯人員說日語，因此努力正確地描述。

說著說著，我覺得原本一個人扛下的事，漸漸傳到了對的地方。類似外務省的地方。雖然不知道是哪裡，總之是應該傳達的地方。有種盤踞在胸口的事物，全部向外釋放的安心感。

東中野有兩名女子被殺害。在工廠收到的恐嚇信裡，看到「第三名犧牲者」這幾個字時，我怎會立刻想到是指什麼？我怎會認爲發生在六鄉一隅，陰險而低級、可鄙的霸凌行爲，肯定與中野的連續槍殺命案有關？

我緩緩想起那天的事。

——七月二十日晚上，撥打她的手機號碼時，我的膝蓋猛烈顫抖，覺悟往後的人生將截然不同。我有了心理準備，知道再也無法過著和昨天以前一樣的生活。

如果可能，我眞想閉上眼睛，當成什麼都不曾發生。收到信後，兩天之間，我痛苦煩惱。木部美智子出現的時候，疲勞、睡眠不足、興奮、能夠傾吐一切的解脫感，及將失去一切的絕望感——種種情緒排山倒海而來。

只是，我終究無法道盡一切。

警方約談我，總務部長也逼問我，但我仍沒說出來。

何以我不認為客訴是捏造的？這個問題，只有瞭解那家工廠內情的人才能領會。如果要解釋這件事，必須將我難堪的一切，全部攤開在陽光底下。形同剖開身體，展示切開的內臟，說：「請看。」人們應該會興致勃勃地觀賞，但我將永遠完蛋。即使斷氣倒地，也沒人關心我的生死吧。他們只會稀罕地觀看我展示的內臟，閒聊著離去。

現在我願意剖開身體，讓這名宛如高性能翻譯機的女子觀看，是由於我認為這台高性能翻譯機在事情辦完後，會由下而上拉起拉鍊，確實關好我的身體。

我會被公司開除。但這名女子一如既往，像第一次見面時那樣，不輕蔑、不憐憫，甚至不會同情。遭到開除，我並不感到後悔。因為我又能真實地去感受夏季的晚霞。

三榮工廠的老鳥女員工，把能幹的新進計時人員一個個逼走。若新人分菜的手腳快，她們就怒吼：「不要打亂大家的步調！」如果新人配合其他人，她們就咒罵：「新人跩什麼跩？」

「每天都有事情可鬧。為了死守地位，老鳥女員工豁出一切。她們挑選新人，決定要接納還是驅逐。對於決定要驅逐的對象，她們不擇手段。在休息室霸凌、在寄物櫃塗鴉、集體咒罵——做出這些行為的人，實際上只有一小撮而已。但沒有這一小撮的人，流水線便無法運作。如果制止這些行為，就會輪到我被盯上。在我裝聾作啞的縱容下，那些女員工變本加厲。就像廠長只是有名無實，工作守則和管理心法，都只是虛有其表罷了。賞味期限都訂得太緊了。如果是一般公司，仍會乖乖遵守，但三榮要到賞味期限超過三天才報廢，所以會撕掉包裝上的期限標籤，拿回工廠。有時候會搞不清楚已超過三天，還是四天了，沒有標籤就會這樣。上頭叫我們現場人員自行判斷還能不能用，我們把這些指示照搬到流水線上跟她們說。正職員工看不出來，老練的工時人員對這些情形瞭然於心，做她們該做的事。食品的新鮮度，都是靠她們目測判斷。工廠的生死大權，其實掌握在老練的工時人員手上。她們的地盤意識很強，能當下判斷誰順從她們、誰跟她們不是一夥，卯足全力消滅異物。裝便當需要熟練的技術，一把捏起炒牛蒡，一克不多也不少，靠的是經驗値。經驗老道的人就能掌控現場。」

她們的冷笑與怒吼，能讓工廠瞬間凍結。

每天早上，當接駁巴士載著工時人員進入工廠，我的胃就隱隱作痛。

我一直覺得，有人要把我踹下這個位置。那風雨欲來之勢令人膽寒。

工時人員和工讀生都戴著塑膠帽和大口罩，罩住整個腦袋，幾乎看不到臉。她們站在流水線旁，盯著手邊，專心一意地裝便當。

這封信是誰發射出來的惡意嗎？——有時會感覺到利箭般的視線。那個人不是恨我，而是看著我面色蒼白、壓力過大而日漸油膩肥胖、遭人疏遠，樂在其中。

「廠長眞的好輕鬆，只要呆站在那裡就沒事了。」粗啞的奚落聲傳來，我躲進辦公室，沉迷於手機遊戲。但流水線依舊順利運作，一箱箱完成的便當安安靜靜地運送出去。

我該做的事，只有把問題吞下去。

「起初是常見的惡質客訴，像是便當裡有蟑螂、有塑膠袋碎片。沒多久，商店開始頻繁來電，說有消費者抗議。那個時候，我眞的以爲有異物混入，是那些女員工故意搞的鬼。」

她們是不是故意製造問題，看著我疲於奔命取樂？

不然，爲什麼在我爲了處理客訴而焦頭爛額時，流水線和休息室就會鬧出問題？——偷竊、吵架、新人哭泣、流水線停擺。

有人故意摻入碎玻璃和蟑螂。

「不管工作守則訂得再怎麼細，只要有那個心，到處是漏洞。而且，自以爲掌控那家工廠的工時人員，哪一個會遵循工廠的守則？會守規矩的，只有沒用的新人。如果照著守則做，處理不完的工作馬上會爆炸，就是那些老鳥視規則爲無物，流水線才維持得下去。」

她們就是明白這一點，才敢那般明目張膽。

因此，長期以來，那些被當成敲詐金錢的惡質客訴，對我是一種救贖。

我害怕當成惡質客訴呈報上頭，最後發現便當裡眞的有異物，會被追究管理不周的責任，調派到倉庫，才瞞著妻子，甚至借錢來息事寧人。我還照著客訴狂的要求，前往指定地點付錢。」

筆直穿過糀谷邊緣的商店街，小學斜對面有一座公園。對方在電話裡指示，公園角落有三架鞦韆，他會在最左邊一架等候，我帶著現金和禮盒過去。那一次的客訴內容是：便當裡的漢堡肉沒熟。

兩星期後，辦公室電話響起：「我買了你們家的便當，裡面居然有牙籤？我已拍照存證，你得拿出誠意來面對。」對方接著說：「有叫食品什麼的政府機關吧？我在考慮是不是要去那裡告狀。」

他們從電視新聞學到「告人可以拿到賠償金」，認爲人有要求賠償金的權利，而賣弄這種權利，是聰明人的發想。但智商不足的人自以爲是地賣弄權利，就拿捏不好分寸了，所以才會恬不知恥、施恩於人地說：「拿出三萬圓就放你一馬。」

「我要把錢送去哪裡？」

「上次的地方。小學斜對面的公園，三架鞦韆左邊那個。」

聽到這裡，我才赫然驚覺。上次的地方？豈不是表示，這個人就是上次的客訴者嗎？

「明天三點，聽到了沒？這個時間也不用開會幹麼的吧。」電話另一頭的男子愉快地說完，掛斷電話。

好半晌，我動彈不得。

「金槍魚不夠了！」工廠傳來嚷嚷聲。「量不會抓好嗎！」怒吼聲，奔跑的腳步聲。

隔天，指定的公園鞦韆上坐著見過的男子。身形瘦小，理著一個大平頭，頭型歪曲。門牙少了一顆，上唇有些外翻。身上是飆車族會穿的那種有金色刺繡的夾克，底下沒穿衣服，單薄的胸膛上掛著骷髏頭項鍊。

缺了門牙的男子賊笑，數著信封裡的鈔票。

「很好，三萬圓整。」

這是怎麼回事？

爲什麼剛好又是這個人買到有問題的便當？

這個人在電話中說便當裡有牙籤，這——

「請問牙籤是在哪裡找到的？」

「還會是哪裡？當然是免洗筷的袋子裡啊。牙籤不裝在免洗筷的袋子裡，要裝在哪裡？」

男子訕笑著。

原來不是眞的有碎玻璃或蟑螂。原來不是工時人員在搞鬼——

「所以我向上司報告，不料——」

總務部人員把植村臭罵了一頓。

「居然被那種混小子騙！」

最後總務部人員說，就算和總公司討論如何處理，也要做好被開除的心理準備。

「他們說，廠長的工作不就是處理這些事嗎？」

結果我只能自己處理。

「然後，我漸漸習慣了。我叫自己什麼都別去想。因爲總公司有時會撥錢，做爲處理客訴的費用。『如果不想看到第三名犧牲者』的文字出現時，我覺得就像一頭栽進冰水。都怪我一直付錢給那種人、都怪我沒有及早正確地處理，才會造成今天這種局面。凶手會愈來愈囂張，都是我縱容的結果。但公司拒絕處理，我只好打電話給木部小姐。我完全無法思考了。」

我完全無法思考了——美智子茫然聽著這句話。

腦中浮現秋月的話。在那家擺著映像管電視機的咖啡定食店聊天的時候，老闆調大電視音量觀看九點的新聞，文質彬彬的主播第一次提到森村由南的名字，電視畫面出現森村由南住的公寓。那是棟老公寓，一直坐落都會區的某個角落，但實在是太熟悉的景象，不會有人去留意。這樣的建築物沐浴在夏季豔陽下，徹底乾燥。

——對了，蒲田署現在有一具屍體。

當時秋月這麼說。

穿著廉價夾克，聽說是那種有金線刺繡的夾克，應該是逞凶鬥狠的小流氓吧。

死在蒲田，逞凶鬥狠的小流氓——

「來拿錢的男子，身材矮小，穿著有金色刺繡的夾克，對嗎？」

廠長點點頭，回答：

「對，沒錯。之後他又來拿錢兩次。是一年前的事，但我記得非常清楚。他坐在鞦韆上，背駝得非常嚴重，惡毒的眼神朝上盯著我。然後，我看出他的頭變形得十分嚴重，就像上面有顆大瘤。他把頭髮理得很短，彷彿在炫耀變形的頭，胸膛很單薄。」

燃燒般的夕陽落下後，周圍逐漸被黑夜塡滿，街燈閃爍幾下，亮了起來。美智子坐在廠長旁邊，從皮包取出手機，打給秋月薰。

「你提過蒲田署有具男屍，雖然知道身分，但凶手毫無頭緒吧？男屍體型瘦小，穿著有金色刺繡的夾克。這具男屍是不是駝背得很嚴重，頭部變形，像長著大瘤？」

秋月沉默一秒，彷彿意外挨了一拳。

「——妳有山東海人的情報？」

「廠長說，三榮以前遭到恐嚇的時候，到糀谷的公園收取現金的男子戴著骷髏頭項鍊，穿著像飆車族的夾克。」

如果在六鄉的河岸遇害的男子就是三榮的恐嚇犯，那麼，無法掌握三榮恐嚇犯的動向，是因爲人早就死了。

「讓三榮的廠長看看蒲田的男屍照片吧。」

那具屍體在蒲田署被稱為「無臉男」。臉被砸爛，所以叫「無臉男」。植村誠廠長在蒲田署看了無臉男的照片。

臉像吃了一記鐵球，呈圓形凹陷。頭蓋骨碎裂，但死因是窒息。據說是口鼻粉碎，導致無法呼吸。劇烈撞擊造成上顎碎裂。廠長沒有別開臉，而是仔細檢視照片。趴著拍攝的照片，後腦左側膨脹突出，好似賣相不佳的馬鈴薯。

廠長盯著那塊突出。接著似乎在某一瞬間，記憶凝結成像，他的神情僵住。

「就是這個頭。他就是來糀谷的公園拿現金的人。」

廠長的雙眼似乎正看著，胸前垂掛著骷髏頭項鍊、坐在鞦韆上的男人。

美智子一路衝下樓梯，同時打電話給濱口。濱口在蒲田署生活安全課有門路，如果是轄區發生的命案，會全署總動員。生活安全課應該已接到消息。

電話接通，一聽到濱口的「喂」，美智子便說：

「蒲田署有一具男屍，叫山東海人。這具屍體和中野連續槍殺命案有關。濱口先生，你能不能打電話給認識的刑警，問一下山東海人被發現時的狀況？順利的話，現在那個刑警可能還不知道山東海人和中野命案有關。一旦他接到通知，就會保密不說了。」

命案發現時的詳細狀況是搜查上的機密。現在是晚上十一點多——美智子仰望剛踏出的蒲田署。

「如果要打聽，只能趁現在。」

濱口直接掛斷電話，彷彿連說「知道了」都嫌浪費時間。

美智子接著打給中川：

「你在哪裡？」

「還在公司。」

「十六日發生在蒲田的命案，被害者名叫山東海人，想請你立刻蒐集他的資料。廠長看到蒲田署保管的屍體照片，確認就是恐嚇三榮的犯人。我剛才也通知濱口先生了。他在蒲田署有門路，如果順利，或許能問出什麼。」

中川完全沒有插嘴，聽到最後。

「警方沸沸揚揚查辦的案子，這年頭網路上一定會有人丟出消息。十六日嗎？」鍵盤喀噠聲傳來，他應該是在進行搜尋。「十六日凌晨發現遺體的案子，對嗎？現場在蒲田仲六鄉，多摩川的堤防上。沒有後續消息。沒看到被害者的姓名。我會查一下社群網站，看看有沒有目擊者。」

「十六日清晨——是森村由南遇害之後。」

「對，森村由南遇害約七小時之後。死者遭到類似石塊的物體殺害，遛狗的民眾發現後報警。應該是鈍器。」

但不是從後方重擊，而是正面。

「打電話到龜一，使用的應該是山東海人的手機。聽說是人頭手機。下手的應該是現在使用那支手機的人。意即凶手殺害兩名女子的同時，也殺害了同夥。」

「這個消息濱口先生也知道嗎？眞鍋總編那裡，我來轉達？」

「好，全部交給你。我要回去警署了。」

鍵盤敲打聲停住。

「回去警署——什麼意思？」

「我帶廠長去蒲田署，幾分鐘前，廠長剛指認男屍就是恐嚇他的歹徒。我是溜出署裡講電話。」

中川停頓了一下，才說：

「——那麼，這是熱騰騰的新聞呢。」

在港區的新聞製作公司，濱口透過電話，從生活安全課的刑警那裡問出山東海人遇害時的情況。死者的臉被砸爛，很快透過指紋查出姓名，但接下來毫無進展。說完，刑警問濱口：

「不過，你打聽無臉男的事幹麼？」

接著，他低喃「咦……怎麼回事」，就此不語，像被電話另一頭別的事情吸引。「咦，你們叫他無臉男啊？」濱口硬是把刑警的注意力拉回電話上。於是，刑警又說了起來：

「臉被砸爛，所以叫無臉男。凶器應該是剛好能把臉砸爛的大石頭，但沒找到凶器。凶手若不是神力超人，就是巨石從天而降，根本是怪奇現象。」接著他壓低聲音，像在說悄悄話：「刑事課很生氣，說副署長幹麼逞能說什麼轄區能自行搞定。拜託，逞強就能破案嗎？明明隔條河就是川崎署，幹麼不死去那邊，再說，趕快丟給一課就好——」對方說到這裡又打住。

什麼？怎麼了？傳來刑警問附近的人的聲音。有人說：「一課——」刑警接著問身邊的人：「什麼？山東海人怎樣？」然後是刑警鸚鵡學舌反問的聲音：「跟中野命案有關？」遠處傳來別的聲音：「三榮的——」

片刻後，刑警重新拿起手機：

「無臉男不得了，沒空跟你說這些。我要掛了，掰。」

濱口打聽到的山東海人的情報，透過美智子傳入《前鋒》編輯部，中川找到在現場錄下影片的民眾。

中川以爲隔天木部美智子會凱旋般來《前鋒》報到，但美智子只是一早打電話來確認各項情報，然後說她今天應該沒辦法過去。「妳要做什麼？」中川問，她回答「我要去池袋」，掛了電話。

從中川那裡聽到這件事的眞鍋，問中川：「她去池袋幹麼？」

「不曉得。要問她去池袋調查什麼嗎？」

眞鍋「嘿」地一笑。

3

池袋鬧區一隅，風俗店如蟻窩般密集。來到這裡的人，目的只有一個，因此沒什麼好扭捏的。這裡就是打造出非日常氣氛的場所。

「花」位在擁擠的大樓角落。兩年前，座間聖羅在這裡做過短短一個月。自稱店長的男子驚訝地說：「來這裡的媒體只有你們家。」看到美智子襯衫的汗漬，店長瞥了戶外的豔陽一眼，請她入內。

店長繫著及膝的白色圍裙，染成亮色的頭髮用髮膠抓得豎直。美智子以爲，風俗店的店長會是魄力懾人的男子，或更老成的中老年人，感覺很奇妙。

「警察來過了吧？」

「座間聖羅在我們這裡只做過短短一個月。警察是有來，但那時候我不在，好像問了小姐們一堆問題就回去了。」

店長說著，裝了杯自來水，丟進冰塊，端到美智子面前。

這名有些幹勁不足的二十六歲受僱店長，對遇害的座間聖羅記得比別人清楚一些。

「她在這一帶算是小有名氣，只是人員流動很快，大家都不記得而已。」店長「呵呵」露出天眞無邪的笑。

「小有名氣？」

「她惹出的問題太多了。工作是會做，但毫無常識可言。」

店長說，座間聖羅連加法和減法都不會。

「這種妹妹不少。做事情都不會想，明明沒錢還去泡男公關店。大概是一天結束後，沒人拍拍秀秀就受不了了吧。像是聖羅，她根本不會喝酒，卻還是泡在男公關店裡。」

美智子問有沒有她本人的照片，店長又露出無邪的笑：「她不用自己的照片。她拿來別人的照片，堅稱那就是她。」

店長從店內拿來的照片，和中川手上的一樣。照片上的年輕女子看起來親切聰慧，一口白牙令人印象深刻。

「照片上的這個妹妹叫小菫，在附近的夜總會上班。」

美智子抬頭問：

「您認識這個人？」

「就『眼鏡蛇』的小菫啊。」

美智子一直以爲，這張照片是從網路上隨便抓來的，根本沒想到會是聖羅生活圈裡眞實存在的女子。

「之前這張照片貼在店頭，有個男的上門來大罵。」

那名男子氣到全身發抖，吼著要他們交出照片上的女人。但店裡根本沒有照片上的女人，店長沒辦法，把座間聖羅推出去說就是她，男子發現是不同人，事情才落幕。但從此以後，聖羅沒辦法再用那張照片，也在差不多的時間離職。

「我本來以爲那是小菫的男朋友，沒想到是愛護妹妹的好哥哥。」

「哥哥——」

店長點點頭。看他一口白牙，就知道他不抽菸。搞不好連酒也不沾。

「那個哥哥在色情店的店頭看到自己妹妹的照片，怒氣沖天地衝進來。他見到聖羅的時候，表情眞是有夠絕的。」店長回想起來，忍不住笑了。「聖羅成天惹出這類麻煩，我實在無法想像會有誰去殺她那種人，揹上殺人罪。」

「座間聖羅爲什麼會用這個叫小董的女生的照片？」
「朋友吧，或是認識。」
「只是這樣就願意出借照片嗎？」
「不告而借吧？或者說偷比較快。」
美智子應著「原來如此」，筆記下來。
「聽說，座間聖羅曾爲了男公關與人發生爭吵？」
聖羅和別人搶奪迷上的男公關，爲此欠下一筆債。
「這件事應該也跟小董有關。小董對聖羅很好。聖羅就是會利用別人的好意。或者說，仔細想想，這女人根本沒有半個朋友，願意理她的搞不好只有小董。所以，聖羅像背後靈似地成天纏著人家。」
店長說聖羅生了張國字臉，膚色黝黑，一看性慾就很強。她喜歡廉價的卡通角色商品，全身佩戴著這類東西，但實在太格格不入，完全就是個笑柄。捉弄聖羅的女生，會把她包包上掛的吊飾拔掉耳朵、扯掉緞帶，或是挖掉眼睛。奇妙的是，聖羅不以爲意。她約莫只是想營造出夢幻少女的樣子，其實對那些角色半點感情也沒有。不管經過多少天，吊飾依然少了耳朵、缺了緞帶。
對方告訴美智子小董上班的夜總會。
就在兩條巷子外的「眼鏡蛇」，好歹有家店鋪的樣子，沒有令人不忍卒睹的雜亂下流。店長爽快地出來接待。沒有染頭髮，沒有留鬍子，也沒戴戒指或耳環。看來，現在的特種行業圈，已不必靠派頭唬人。

「後面有家叫『紫苑』的男公關店，我們家的小菫，跟那裡一個叫阿武的男公關很要好。一開始也不是情啊愛啊那些，但因爲身世相近之類的，小菫都會去幫阿武衝業績，搞到後來就動了眞情。下班後小菫會去『紫苑』，然後那個叫聖羅的跟著去。聖羅什麼都要學小菫，可是，她是個不紅的應召妹，沒錢一直上牛郎店，賒的帳愈積愈多，最後被踢出店裡。但她還是捏著一點錢上門，開始騷擾小菫。聽說就是這樣鬧起來的。」

「不是爭奪男公關啊。」

店長點點頭，接著道：

「阿武是『紫苑』的第三紅牌，小菫是我們店裡的第二、三紅牌。聖羅那種女人，根本沒得比。但小菫會跟那個女人槓上，不光是爲了男人的事。不管是皮包或衣服，只要向小菫借了東西，聖羅從來不還。在『花』工作以前就是如此。聖羅非要纏著小菫不可，兩人吵到扭打起來，那次阿武一把揪住聖羅的衣領，把她甩出去。小菫氣到了，最後跑去向她哥告狀。」

「發現妹妹的照片被盜用，找上『花』罵人的那個哥哥？」

店長想起來似地笑道：

「對，就是那個哥哥。小菫的哥哥找上那女人，把東西全搶回來。小菫的哥哥大她很多歲，兄妹倆都揹著一身債，小菫想辭職也沒辦法。所以哥哥會監視妹妹，以免她被壞男人勾引。站在小菫的立場，撕破嘴也不敢說出她和男公關在一起，所以是偷偷跟阿武交往。就在這時候，發生風俗店的照片風波。看到哥哥那副狠勁，小菫知道無論如何都不能說出她沒有把錢拿去還債，而是都拿去供養男公關。最後，小菫把男公關和自己欠的債全推到哥哥身上，兩個人私奔了。」

美智子寫筆記的手一頓。

店長苦笑，「阿武本來就不適合當男公關。他沒辦法把女生玩弄在掌心，剝削她們。但小董很有義氣，拚命把錢往阿武那裡送。到這裡都還算是昭和舊時代的浪漫愛情故事，但女方再怎麼說都是出生於平成的現代女孩。聽說黑道上門向她哥哥討債，他嚇得臉都綠了。」

「欠了多少？」

「三邊加起來一千兩百萬圓。」

「三邊？」

「哥哥、小董的五百萬圓，和阿武的七百萬圓。」

小董和哥哥在板橋一家叫「微笑貸款」的融資公司各別欠了兩百萬圓和三百萬圓，阿武——本名緒方元喜，在其他金融公司有七百萬圓的債務。小董向澀谷的錢莊借了一千兩百萬圓，還清三邊的債務。但借錢的時候，寫下「由哥哥負還債義務」的切結書。店長說，這是從借出一千兩百萬圓的貸款公司那裡聽來的，錯不了。

「您眞清楚內情。」

店長又笑了，「特種行業多半都仰賴錢莊的鼻息，自然會精通這類消息。」

店長說，如果沒有小武，小董的債務應該早就還清。

「小董和阿武都很頑固，所以談起戀愛也很頑固。小董有希望脫離這個世界，但阿武不行，然而，兩人沒辦法說『既然如此，那就分手』。因爲是兩個認眞的傢伙，在認眞談戀愛。但如果哥哥發現她在跟男公關交往，事情就麻煩了。小董提過，哥哥爲了讓她進入正常的世界，不知道犧牲了多少，還說就算告訴我，我也不可能懂。然而，害小董負債的也是她哥哥，她說如果哥哥知道她跟男公關交往，恐怕會自責到一蹶不振。可是，兩個人都才二十歲，等於是對戀愛毫無免疫力的人，第一次落入情網。阿武不想陪客人睡，跟店裡起衝突。爲了籌錢，他差點要去做危險的勾當，是小董拉住他。要是眞的下海做那種事，就再也無法從地下世界脫身。嗳，眞的是一段幾乎能拿去拍成電影的純愛啊。小董說看到阿武，就像看到哥哥，沒辦法拋下他。只是，她到底在想什麼，才會把債務全部推到哥哥一個人身上，我實在是想不透。」

店長停頓了一下，沉思起來。

「如果她找哥哥商量，哥哥約莫會以和阿武分手爲條件，想辦法處理阿武的債務。然後，阿武會被她哥哥說服，放棄小董。兩人之間的障礙只有阿武是男公關，又揹著債，沒辦法離開這一行。如果兩人一起逃離哥哥，便會遭地下錢莊追殺。小董走投無路，把欠地下錢莊的債全部推到哥哥身上，清算一切跑了。果然是剛滿二十歲的小妹妹，才會做出這種事。」說完，店長抬起頭。

「而且，小董的哥哥似乎是靠著做一些見不得光的打工還債。」

店長認爲，阿武這個人「只是臉長得帥，所以當男公關，其實是個普通的年輕人，由於自暴自棄，才會誤入歧途」，應該是很能勾起母性本能的類型。

「小董說看到他，就像看到哥哥嗎？」

店長點點頭，應道：

「小董的哥哥曾參與竊盜被捕。這是在『花』上班的聖羅說的。小董聽見當場暴怒，飆罵：哥哥是為了我們一家人才那樣做，不要拿來跟一般的小混混相提並論！聖羅反駁『妳哥是膽小鬼，把同夥的名字出賣給警方』，兩人又打起來。那個時候，小菫是眞心把聖羅往死裡打。」

「原來座間聖羅認識小菫的哥哥？」

「小菫和聖羅從小就認識。」

「那麼，小菫也是住在板橋？」

「我不清楚耶。」

「方便告訴我小菫的本名嗎？」

店長聞言進入店內，一會後拿著履歷表出來。

「本名吉澤芽衣，二十歲。」

「怎麼寫？」

「嫩芽的『芽』，衣服的『衣』。」

美智子邊記下來邊問：

「她讀什麼學校？」

「板橋區的小學和國中吧。她的哥哥叫末男。小菫到我們這裡上班的時候還是未成年，所以請她留下哥哥的名字和生日。」

「末男是——」

美智子還沒問怎麼寫，店長就把履歷表遞到她面前：

「妳可以拍下來，抄寫後請把照片刪除。」

美智子很驚訝，但店長也沒有要賣人情的樣子。

「做我們這一行，履歷表這種東西多到堆成山。辭職的時候，從來沒人說要拿回去。本人完全沒有要保密的意思，我覺得很奇妙。」

美智子趁著店長尚未改變心意，迅速拍一張。

「在夜總會上班的妹妹們都有家人、有過學生時代。看到成堆的履歷，我就會想到這些事。雖然打扮得花枝招展，化著千篇一律的妝，弄得人人都一個樣，但有些妹妹很會煮菜，有些妹妹不會喝酒。個性不好的馬上就會辭職走人，留下來的都是好相處的妹妹，所以得知有人淪落到色情店，我都會很難過。」

吉澤芽衣曾就讀板橋區板橋第四小學和第三中學。如同店長說的，父母欄空白，只有哥哥的名字。

末男，底下小小地註記「生日：一九九一年五月二十日」。

「您知道小堇他們會去哪裡嗎？」

「不知道。」

「如果債務——這個叫末男的哥哥沒辦法還清債務，會怎樣？」

「這麼一大筆錢，要不是篤定對方有辦法還，是不可能借的。如果還不了，會叫小堇賣身吧。」

「可是，連她在哪裡都不知道啊……」

「地下社會的人眞心要找，沒有什麼人是找不到的。」

「那麼，如果叫末男的哥哥無法還債，這個叫芽衣的妹妹就必須全數還清嗎？」

「應該吧。」

「到時候就得下海賣身？」

店長淡淡地說：

「應該吧。」

美智子來到大馬路，烈日灼烤著頭頂。濱口傳了一封電子郵件過來，說長谷川透是個正派醫生。

「妻子也是醫生，女兒讀醫大。生活並不奢靡。身材高壯，學生時期是鉛球選手。有兩個孩子，理央和翼，理央是女兒。搜查一課會盯上長谷川透，理由就像妳說的，和金錢有關。我再看看能不能從生活安全課的刑警那裡拐出什麼消息，掰嘍。」

剛看到最後的「掰嘍」，來電鈴聲就響起。是中川打來的。美智子接起電話，渴望找個日蔭處躲太陽。

「最近這兩個月，山東海人都在找不會被追查到的手槍，到處放消息說要商量價錢。還有，兩個月前開始，山東海人就在打聽一個人，名叫吉澤末男。有新消息我會立刻聯絡。」

美智子停住腳步。

「——吉澤末男？」

「對。這是澀谷署的內部情報，山東海人四處打聽『吉澤末男是怎樣的傢伙』。與其說是在找這個人，似乎更想要知道這個人的風評，但我不知道名字怎麼寫。」

「應該是末尾的末，男人的男。」

「——妳知道這個人？」

「我前一刻才聽到這個名字。遇害的座間聖羅的朋友裡，有個叫吉澤芽衣的二十歲女生，她哥哥就是吉澤末男。」

中川沉默了一秒，才說：

「『末男』可不是菜市場名。」

「吉澤兄妹是板橋人，似乎從小就認識座間聖羅。」

中川再度沉默，美智子接著說：

「哥哥末男很熟悉座間聖羅這個人。」

每次妹妹與座間聖羅發生爭吵，吉澤末男就被找去收拾爛攤子，應該對座間聖羅瞭若指掌，也知道她這個人有多糟糕。

這時，手機又響起。來電顯示的名字是「搜查一課　秋月警部補」。

「秋月先生打電話來了，我再回電給你。」

美智子結束與中川的通話，接起秋月的來電——一邊想著遇害的山東海人在調查吉澤末男，代表什麼意義。

秋月以他低沉——魄力十足的嗓音說：

「二十七日寄到龜一製菓的全身毛髮，是野川愛里的。」

美智子的腦中浮現影片裡涕泗縱橫的女人，應道：

「——或許野川愛里也不知道自己到底是被害者，還是加害者。」

「既然野川愛里和中野連續槍殺命案有關，她是被害者還是加害者都無所謂了。」

秋月喘了一口氣，接著說：

「小美，妳提過感覺這個案子有另一個人參與。其實山東海人四處在打探某個人。我在想，妳是不是知道這件事？」

澀谷署的刑警應該沒有惡意，但就像這樣，搜查一課的警部補想當成籌碼的涉案人姓名，其實早就洩漏給雜誌記者。秋月完全沒發現，這個名字已從《前鋒》傳到美智子的耳中。

要說出吉澤末男的名字，探探他的反應嗎？但秋月只會大吃一驚，不會透露任何消息吧。共享情報的時期已過去。主動提出名字，恐怕會引起戒心。

「之前我也說過，不會隱瞞你什麼。我的確是感覺主犯在某個時間點換人，但並無根據，和討論聲音或筆跡相似或相同，是一樣的等級。我只是有這種感覺而已。」

接著，美智子問：

「他在打聽誰？」

「這是搜查機密。」

秋月瀟灑地回答，掛了電話。

秋月約莫只知道吉澤末男是「山東海人在打聽的對象」。

美智子從手機裡調出剛才拍下的吉澤芽衣的履歷表。

吉澤末男二十七歲，和森村由南同齡。

然後加上座間聖羅，三個人以前都住在板橋。

而野川愛里看不出與板橋有任何關聯。

山東海人的屍體在十六日凌晨被人發現後，由蒲田署負責他的命案。如果山東海人與中野命案的兩名被害者有關，應該早就有消息進來。

換句話說，野川愛里與山東海人，都跟兩名死者無關。

山東海人是在兩個月前開始調查吉澤末男。換句話說，直到兩個月前，山東海人並不怎麼認識吉澤末男。這與吉澤末男揹上一千兩百萬圓債務的時期吻合。

烈日當頭，美智子卻站在電線桿旁動彈不得。

——或許我找到了。

她回電給中川：

「剛才說到一半，山東海人打聽吉澤末男，得到怎樣的回答？」

「這很重要嗎？」

「我是沒什麼根據啦。」

「好的，我會蒐集情報。」

「這件事可以先別跟眞鍋總編報告嗎？」

「也先瞞著濱口先生嗎？」

「對，暫時只有我們兩個知道就好。另外——」

美智子邊想邊補充：

「吉澤末男高中的時候曾參與竊盜集團被捕，或許上過當地報紙。他是一九九一年出生，所以是二〇〇六年到二〇〇九年之間的竊盜案。少年犯罪的話，應該有律師。能不能查到那時候的律師？」

中川豎耳聆聽，而後回道：

「查到是哪一起案子後，會請我們的顧問律師去查。不過，這樣一來，就瞞不住眞鍋總編了。」

「我知道。」

掛斷電話後，美智子在心中反覆思忖。

——即使是垃圾般的女人，人命就是人命吧？

——她們的腦容量頂多只有兔子大。

凶手打心底憎恨賣淫女子——妓女。但就像秋月說的，不是將她們視爲污穢的事物厭惡，其中帶有像是憎恨或憐憫的情緒。從「眼鏡蛇」的店長身上，也能看到相同的感情。凶手很熟悉這類女人。

——但小董會跟那個女人槓上，不光是爲了男人的事而已。不管是皮包還是衣服，只要向小董借東西，她從來不還……小董也是氣到了，最後跑去向她哥告狀。

自行車從面前竄過，顯示吉澤芽衣履歷表的液晶螢幕滴上了汗水。

吉澤芽衣與座間聖羅的關係，恐怕還沒人掌握到。

美智子注視著筆記本裡的「微笑貸款」四個字。

但她才剛以爲「找到了」，案情卻宛如脫胎換骨，邁入全新的局面。

案發之後第十六天，七月三十日。

濱口製作的晚間九點的新聞中，名嘴以從霜降肉切下脂肪般的纖細與巧妙，避開兩名死者生前是應召女或風塵女子的事實，說得彷彿街上每一個女人隨時都可能成爲下一名犧牲者。

「這個案子再清晰、再明確不過地反映出女性是弱者的事實，及社會的種種負面影響全由女性和兒童承擔的事實。如此泯滅人性的凶殘犯罪，難得一見。這是對社會的挑戰，是對我們每一個人的惡意。」

主播卯足全力地說。

四十分鐘後，播出採訪影片。受訪女子短短的指甲交互塗成紅色與黑色，以經過變聲處理的嬌滴滴嗓音描述座間聖羅「她說喜歡老男人」的時候——

訪談影片突然中斷。

取而代之，畫面切換成攝影棚，場面一片混亂。

主播按著小型耳機，眼神飄移。在場的名嘴沒有一個看著鏡頭。每個人都驚駭莫名地盯著鏡頭下方。

面色鐵青的主播彷彿立下決心，抬頭望向鏡頭開口：

「就在剛才，自稱中野連續槍殺命案的凶手，打電話到電視台。凶手打電話到電視台——自稱凶手的男子，要求將電話轉接到攝影棚，工作人員正在準備。」

攝影棚一片寂靜。

年輕主播啞聲呼喚：喂喂？

對方劈頭就說：

「好好報導那些死掉的女人。」

語氣凌厲，滿含怒氣。

「那種女人是垃圾，比畜牲還不如。想幹就幹，連懷上小孩都沒發現。沒錢墮胎，連應該要墮胎的智商都沒有。來不及處理就生下，整天虐待小孩，叫他們去死。她們只希望小孩失蹤不見，或是出去被車撞死，讓她們撈一筆賠償金。那些女人會生小孩，都是爲了領國家的補助金。所以就算小孩死了，也不會通報，繼續領錢。

這不是什麼可恥的事吧？這就叫個性開朗、拚命努力賺錢養孩子的母親吧？不對的是社會，不是女人吧？既然如此，就照實報導出來！」

攝影棚的空氣彷彿頓時凍結。

「我不要錢了。好好報導死掉的女人的事，我就不要錢，手上的女人也會放走。」

對方說出這些話時，沒有一個人動彈，也沒有半點聲響，就像播出靜止圖片一樣。

半晌後，傳出主播僵硬的聲音：

「影片是你拍的嗎？」

約莫是耳機裡傳來上頭的指示吧，主播微微點頭，更用力地把耳機往耳孔裡按，免得漏聽一字一句。目光一陣游移後，主播抬起頭，恢復鎮定的語氣，接著說：

「影片中的女子平安無事嗎？」

聽到這句話，對方似乎冷笑了一下：

「你才不關心吧？」

電話中的男子一字一句地說：

「座間聖羅根本沒結過婚，三榮的廠長也不是隱瞞恐嚇案，是被上頭強壓下來。野川愛里因爲沒有男人要理，才學會拿錢要男人理。不管別人再怎麼惡搞她，她都沒有被搞的自覺，是個貨眞價實的智障。你們坐在那裡的一票人明明毫不關心，只想大放厥詞——」

這是打電話到龜一的男聲。年輕、自制，但富有活力。美智子屏息聽著那聲音。

——收錢在男人面前脫光光的垃圾妓女，只要塞錢給她們，就會在人前脫光衣服哭給你看。因爲她們是如假包換的賤貨。這樣你們仍要說她們可憐是吧？還是會指責殺死她們的人對吧？如果眞心這麼想，募個兩億圓應該不是問題吧？就算要贖的對象是垃圾妓女。

美智子抓起手機。現在電視上回應凶手電話的，是濱口發牢騷說「只有笑容小清新的生澀嫩主播」。雖然打了濱口的手機，但美智子不認爲他會在這種節骨眼接聽，沒想到濱口接了。

美智子牢牢盯著電視螢幕。

「我正在看。」

「——這下不得了。」

「怎麼回事？」

「電話打到新聞室來。雖然報警了，但我們幾乎沒有選擇的餘地。據說，凶手威脅如果不聽從他的要求，明天女人要是變成屍體被發現，絕對不會有人支持電視台。凶手說他在錄音，數到三十秒不轉接到攝影棚，就把帶子寄給別的媒體，強調輿論一定會撻伐電視台間接害死第三個女人。新聞室甚至沒時間向警方說明詳細狀況。要求至少給他們時間向主播說明，結果凶手表示只剩下十八秒。」

「為什麼不是打到疋田乙一負責的ＴＢＴ？」
「不知道。」
「應該是因為警方盯著那裡。」
「現在搜查一課的人正趕到我們電視台。」
——好心的社會大眾，不是捐了兩億圓給得心臟病快死掉的小鬼頭嗎？下不了床，連父母的臉都不認得的嬰兒，依然值得活下去吧？生命無分貴賤，都一樣可憐吧？不，就算不可憐，既然是人命，一樣有價值吧？既然如此，你們也捐兩億圓給垃圾妓女啊。
「你們那些冠冕堂皇的話我早就聽膩。接下來的報導，我會逐一仔細檢查。」
歹徒掛斷了電話。
半晌，美智子整個人就像痲痺了一樣。
「電話查到了嗎？」美智子問。
「是手機。應該是那隻人頭手機。」
「查到號碼了呢。」
「但只能查出基地台。通訊量太小，似乎只縮小到十公里的範圍。警方正在查。」
「表示是傳統手機。」
美智子突然笑了出來。
「妳笑什麼？」
「搞不好，只是想引發恐慌的惡作劇。」
「妳這麼認為？」

美智子望著亂成一團的攝影棚。
「不認爲。那就是凶手的聲音。」
今天的凶手異於過往，喋喋不休，而且輕快靈巧。
「他到底要我們報導什麼？」濱口低喃。

4

板橋是地勢高低懸殊的土地。位在中山道（註）沿線，與千住、內藤新宿、品川並列爲江戶四大驛站之一，曾繁榮一時。如同歷史老鎮的宿命，這裡細窄的道路如迷宮般盤根錯結。古時原本是一片濕地，是將軍家的獵鷹場。隨著鐵路網的發達，板橋失去幹道重鎮的繁榮，發生一場大火更是雪上加霜，幾乎所有旅舍都燒毀。儘管爲了重拾往日風華，將這一帶改建爲風月場所，但失去驛站功能的土地終究只有沒落一途。二戰以後，戰敗歸來的人們流落到這裡。

戰爭結束後的一段漫長歲月，相當於谷底的地方都擠滿鐵皮屋。別說汽車，連自行車都無法通行的窄仄巷弄和階梯生而復滅，滅而復生。只要一把火，便能將這裡的街道焚燒殆盡。但就在短短十幾年前，全部鏟平重建了。原本蓋著鐵皮屋的地方，變成嶄新小巧的房屋林立。

就這樣，相當於危險地區的深處及窪地，出現政府重建的整齊畫一的新穎房屋，但此外的地區，依然彷彿時光停止。汽車可慢速行駛的平坦道路旁，是牆壁腐朽、或布滿爬牆虎的屋子。屋頂上並排著老舊的電視天線，街景宛如沉浸在舊照片當中。

稍微步入其中，便是對面有車駛來，其中一方必須倒車退避的小徑。孩子們在此遊玩，貓監視著入侵者。有些巷弄車庫裡停著車子，因此車輛應該能夠通行。這類巷弄接續的道路宛如獸徑，雜草叢生，盡頭處有時會冒出老公寓。

吉澤芽衣的家位於一棟老公寓。沒有掛出門牌，也沒有門鈴。美智子敲門，但無人回應。電表像椿子般一字排開，指針緩緩移動，可見不是空屋。

公寓前有座小公園。沙坑、鞦韆、長椅、溜滑梯，及三座彈簧動物遊具。鞦韆的座板泛黑，下方的泥土挖出了坑。長椅的木頭邊緣腐爛，大象溜滑梯原本應該是明亮的嫩綠色，現在褪了色，朝著小小的沙坑垂下鼻子。是年歲已久的老公園。

公寓樓梯鏽成褐色，她每踏上一步，就發出嘰嘰聲響。

樓下有名中年婦女懷疑地看著她，美智子主動攀談：

「聽說吉澤一家住在二樓，他們不在嗎？」

婦人疑神疑鬼地看著美智子，但沒有離開。美智子下樓，遞出《前鋒》的名片，婦人的表情頓時一亮。

「吉澤太太很早就搬走了。也不是搬走，好像就是不見了。本來是兒子和女兒住在這裡，但近兩個月都沒看到他們。」

看來在婦人眼中，「吉澤家」只有母親「吉澤太太」。

註：江戶時代的五條主要街道之一，連接江戶（今東京）的日本橋與京都的三条大橋。

「吉澤太太是什麼時候不見的？」

「大概是九年前。」

婦人一看就不是什麼善心人士，做爲採訪的對象恰如其分。這種人暢所欲言、熱愛八卦，而且老實。

「只有母親離開嗎？」

「對。那時候哥哥十八歲，妹妹才十一歲。」

「他們的父親呢？」

婦人冷笑一聲，沒有回答這個問題。

「哥哥是末男先生嗎？」

「對。」

美智子取出記事本，婦人的神情一陣雀躍。

「兩個小孩要怎麼生活？」

「哥哥夠大了，總有辦法。母親不在，家裡還比較平靜。」

「母親會寄生活費回家嗎？」

婦人笑著搖搖頭：

「要是她會給錢，根本不會離開。一直都是哥哥在顧家，從妹妹出生以後，一直都是。煮飯給她吃、帶她去公園玩，洗衣打掃，這些都是哥哥在做。母親生下孩子就不管了。」

然後，婦人壓低聲音：

「是站壁的啦。」

——站壁。

婦人接著說：

「不是有個叫森村由南的女人被殺了嗎？跟那女人的母親一樣。」

「森村由南小姐的母親，從事和女兒一樣的職業嗎？」

婦人又笑道：

「這麼文謅謅的。那就叫妓女啦，即使換成文雅一點的說法，還不就是那麼回事？」

女人刻意放慢語速，用力吐出「妓女」兩個字，像硬要把別人不想聽的詞彙強塞進耳朵裡。

美智子感到這股惡意不是屬於婦人個人的。約十天前開始，這一帶就有許多提著大包小包的媒體記者走來走去。儘管清楚被害者的實情，他們卻裝出一副渾然不知的樣子採訪。如同避免使用「槍殺」兩個字，可理解爲「對事實裝聾作啞」。存在的事物被當成彷彿不存在，令人惱怒——感覺這個瘦削女人強調「妓女」兩個字時，一方面表達了對森村由南的母親和吉澤兄妹的母親的侮蔑，同時也是在發洩對美智子這些媒體人的惱怒。

好好報導那些死掉的女人——女人的話和凶手的話重疊在一起。

「妳去商店街看看吧。有家叫『源一』的串燒店，哥哥在那裡偷過好幾次東西，被扭送派出所。他跟附近的小混混結夥到處行竊，最後偷了上班的螺絲工廠的錢被開除。妹妹好像也是做特種行業的。歹竹畢竟出不了好筍啦。」

婦人口中的站前商店街，宛如異國的市場。立著鈴蘭燈的拱頂街道上，商品一路溢出店頭，前端插著以紅字寫上價格的POP海報。穿圍裙的店員在店內晃來晃去，警戒地盯牢沿途的商品。綿延到視野盡頭的商店街裡，幾乎沒有一家店鋪拉下鐵門。店鋪老舊，屋簷低矮，充斥著以蠟筆塗抹般的廉價色彩，其間夾雜著小鋼珠店的看板、嶄新美觀的連鎖咖啡店、洗衣店等等，那燦爛的光線與刺眼的燈飾，帶給整條街一股危險的活力。

婦人提到的「源一」串燒店，老闆不在。

五百公尺遠的地方有家賣單杯酒的小店，圓凳子擺到路面，上頭拉起塑膠屋頂，將公共道路當成自家店面。店頭也陳列著盒裝熟食，或許只要客人購買，就能直接當成下酒菜。外圍像門簾般垂著塑膠布，裡面應該有放冷氣。美智子鑽進塑膠布簾裡。

「聽說『源一』串燒店的老闆熟識住在六丁目公寓的吉澤兄妹，但老闆好像不在？」

「怎麼，又不在啦？眞拿他沒辦法，他老是把店丟下，跑去外頭摸魚。」

美智子掏出《前鋒》的名片，酒店老闆嚇了一跳。

「妳是記者啊？有何貴幹？」

老闆很清楚吉澤末男這個人。

他說末男從出生後，就像個沒父母的小孩。母親做陪客生意，晚上上班，白天睡覺。

「就是現在所謂的單親媽媽啦。」

剛好店內沒客人，老闆請美智子在圓凳子坐下，將吉澤末男與芽衣的事大致告訴她。

「在以前，單身酒女經常和男客發生各種關係。阿末的母親就是這樣。去問阿源，他也不會跟妳講什麼。因爲他很疼阿末。」

「聽說哥哥在『源一』偷過好幾次東西？」

「誰說的？」

老闆不等美智子回答，喃喃道：

「就是有這種壞心眼的傢伙。」

老闆沉默了一下，翻轉把玩著手中的名片。

「雖然發生過許多事，但阿末還是會來買東西。他乖乖上學，去學童班接妹妹。這條街的大嬸都很照顧阿末。他不是什麼本性惡劣的人，所以我不想聽到那孩子的壞話。」

老闆正色抬頭問：

「是末男幹了什麼事嗎？」

「不是的。」

老闆鬆了一口氣似地放緩表情。

客人一個接一個進來，採訪的鐵則是不打擾對方工作。美智子最後問：

「您聽過座間聖羅和森村由南這兩個人嗎？」

老闆的臉色剎時變得蒼白，彷彿遭到暗算。

「怎麼可能不知道？電視整天都在報。在這裡，人們開口就是談論這件事。妳這話是什麼意思？」老闆忽然打住。

「難道阿末跟這件事有關？」

一名好奇地觀望的客人插話：

「如果是森村由南的媽媽，我認識喔。她都跟北邊集合住宅那些靠年金過活的老頭子睡覺賺錢。我朋友住在那邊，聽他提過。」

「北邊的集合住宅是指……？」

老闆回答：

「北邊有一處叫平泉的集合住宅。現在已改建，改頭換面，但有段時期沒人要住，賤價出租，變得像貧民窟一樣。就是那裡。」

提起平泉住宅的客人說「好像是三十分鐘五千圓」，老闆打斷說「那都是外面亂傳的」，客人有些動氣地反駁：我朋友的消息很可靠好嗎？她和被殺的女兒，還有小五歲的妹妹，三個人住在一起。只要開口，她就會留客人跟女兒兩個人一起。

美智子出聲確認：「那眞的是森村由南的母親嗎？」結果客人不爽了。因爲陸續有其他客人進來，美智子將訊息記下，向老闆道謝，走出店外。

客人說的應該是眞的。以三十分鐘爲單位和領年金的老人交易，實在是露骨的話，但似乎可窺見剝除一切矯飾的需要和供給。美智子彷彿置身人性尊嚴的垃圾堆裡。「留客人跟女兒一起」是什麼意思，她實在不願再想。

她離開商店街，直接往北走。

戶外仍是悶熱的溽暑。

「微笑貸款」位在商店街邊角，一棟住商大樓的二樓。

出來接待的是一名宛如房仲業務員的男子，打扮年輕，穿尖頭鞋。

即使提出吉澤末男的名字，男子也沒有特別的反應。

「聽說妹妹芽衣小姐把這裡的債務全部還清了，方便談一談嗎？」

男子一副不得要領的樣子，表示他們長年以來，多次借錢給吉澤末男，並補充說他向來有借有還，是個模範客戶。

在長年的記者生涯中，美智子學到「人總是渴望傾吐」。除非有某些重大的理由，否則人都喜歡披露自己知道的事。

美智子耐性十足地提出許多無傷大雅的問題，很快地，對方放下心防，侃侃而談。他說吉澤末男十五歲就開始和這家貸款公司打交道。

「母親會來借生活費，但遲遲不還，我們就上門去催討。幾天後，兒子帶三萬圓來還，我馬上發現：啊，是在房間角落聽到我和他媽媽談話的兒子。我以為是媽媽叫他來的，但那孩子有時候也會自己來，問媽媽現在欠多少，幾天後便出現還錢。就是從那時候開始打交道的。」

錢是從哪裡來的？是什麼來路的錢？貸款公司的人不禁好奇，要吉澤末男在那裡坐下——男子指著美智子坐的沙發——仔細詢問他。剛上高中的吉澤末男怎麼都不肯對男子敞開心房。不久後，吉澤末男自己來借錢，男子用他母親的名義借給他。錢都用在母子三人的生活費和妹妹的學費。「借了又還，還了又借，看著這樣的高中生，我心裡實在難受極了」，男子說：「畢竟我們也是有血有淚的人，一路看著這個省吃儉用、毫無過錯的孩子，一直默默設法籌錢過活，眞的很難受。」

貸款公司的男子有時會找末男幫忙一些簡單的工作。有小錢可賺，末男十分感謝。末男手腳俐落，嘴巴又牢靠。男子多次邀他加入組織，但末男的反應和問他錢是哪裡來時一樣，從來不肯點頭答應。有一陣子末男都沒來借錢，不久就聽到他加入竊盜集團的消息。因此，得知末男總算找到正職工作時，連貸款公司的男子都暗自為他高興。然而，末男又來借一大筆錢，說是母親和男人打小鋼珠欠的。末男在這裡借的錢，花很長的時間還清。妹妹高中畢業，找到工作，似乎一切都很順利的時候，末男參與的自然食品販賣集團的人捲款潛逃。

「在我們這裡欠的，就是那時候借的錢的餘款。妹妹說她高中畢業了，要幫忙還債，放棄內定的正職，去夜總會上班。我們認爲如果是這對兄妹，總有辦法度過難關。所以，妹妹芽衣過來把債一口氣還清時，我很詫異。因爲我馬上知道，跟末男還清母親的債時一樣，她是去別的地方借錢來還。我問她，哥哥知道嗎？她只回答『沒問題』。我不曉得哪裡沒問題，但人家要還錢，沒道理拒絕。記者小姐，我知道的只有這些。」

美智子問他，知不知道吉澤末男身上有一千兩百萬圓的債。沉默片刻，男子說「知道」。傾斜的陽光從積塵的百葉窗外照射進來，男子的臉沒入陰影。老舊的空調聲頗爲吵鬧。

「芽衣和男人跑了，把債全推到末男身上對吧？回想起來，芽衣雖然看上去心事重重，卻也顯得很幸福。之後，末男氣急敗壞地跑來，我把芽衣過來還錢的狀況告訴他。末男問，是跟男人一起嗎？芽衣是一個人上來，但男人一直站在樓下等她。芽衣下樓的時候，男人一直仰望著這間辦公室。然後，芽衣牽起男人的手，往大馬路走去。可是，男人還是一直盯著這裡。芽衣拉扯他的手，男人才被拖走似地跨出腳步。芽衣走得很快。我心想：這樣啊，芽衣要踏上自己的人生了。明明陽光熾烈得像要烤死人，她卻牽著男人的手，朝著太陽筆直走去。末男問，他們看起來幸福嗎？我說感覺很幸福。最後末男問，那是怎樣的男人？我回答身材中等，眼神老實，不過我只看到他仰望的樣子。末男沒有再說什麼，默默走掉了。」

——即使是垃圾般的女人，人命就是人命吧？救救她啊。

愛恨摻半的這句話，或許反映出末男遭到妹妹背叛，但還是擔心妹妹的未來的矛盾心理。

「您知道一個叫山東海人的人嗎？」

「沒聽過。」

「那長谷川透呢？」

「長谷川透？」

男子露出深深懷疑的表情。

美智子等待著。人一旦開口，多半會說到最後。

「如果是翼，我倒是知道。」男子說。

「翼？」

「長谷川翼。聽說阿末在調查長谷川翼的借款明細之類的。」

有兩個孩子，理央和翼，理央是女兒——我是在哪裡聽到這句話？美智子回溯記憶。

對了，是信末寫著「掰嘍」的濱口的電子郵件。

長谷川翼，是搜查一課盯上的長谷川透的兒子。

警方懷疑長谷川透與野川愛里有關，而吉澤末男在調查這個人的兒子——然後，野川愛里是三榮恐嚇案件的加害者，座間聖羅是中野命案的被害者。

換句話說——

被害者和加害者，吉澤末男與兩邊都有關係。

美智子的掌心冒著汗。

此外，山東海人在打聽吉澤末男，吉澤末男在調查長谷川翼——這個事實意味著什麼？

「吉澤末男調查長谷川翼的借款明細，是在什麼時候？」

「應該還不到七月。那時候還沒開冷氣。」男子隨即訂正。「冷氣壞掉了，我們有叫修，大概是那時期的事。」

「長谷川翼的借款，是指……？」

「他欠下不少債。澀谷有一家叫『丸錢』的錢莊，跟我們不是同一個集團，翼在那裡借一大筆錢，借借還還。『丸錢』也開色情店和賭場，我覺得他一個大學生眞敢。」

「連借還多少的明細都能查出來嗎？」

「一般是查不出來，但阿末做過這類錢莊的討債人和警衛，知道竅門，也做過類似會計的工作。而且在這一行，只要有人脈，任何事情都有辦法打聽。」

「您問過他和長谷川翼是什麼關係嗎？」

「阿末不會透露這種事。那傢伙的口風是出了名的緊。」男子笑道。

美智子將吉澤芽衣的照片放到桌上。是座間聖羅宣稱是自己、放在店頭的照片。

「這是末男的妹妹。」男子的神情變得柔和。

「您認識小時候的芽衣小姐嗎？」

「認識啊，她是個不怕生的孩子。」

男子盯著照片，喃喃低語：

「阿末很寶貝妹妹……其實他也很愛媽媽。所以，不管他媽媽是借錢或幹了什麼鳥事，他都不會說媽媽的壞話。由於不是自己選擇這樣的出身，所以他覺得每個人都有苦衷。我曾請他幫忙顧店，阿末核准借錢的對象，不用催都會主動來還。不曉得是不是阿末感動了他們？」

男子就此打住。

美智子小心翼翼地問：

「最近您曾在哪裡聽到末男的聲音嗎？」

男子兀自盯著吉澤芽衣的照片。陽光轉爲金黃，筆直地從百葉窗之間照射進來，在男子後方閃耀生輝。

見男子頭也不抬，默不應聲，只是懶懶地坐著，美智子直覺地說：

「——電視新聞。」

美智子試探，但男子依舊一動不動。

「昨晚九點的新聞播出的聲音，您有沒有印象？」

男子抬頭看著美智子，露出職業笑容：

「阿末才不會幹出惹禍上身的事，記者小姐。」

那聲音就是吉澤末男。否則這個人應該會明確地斷定那不是末男。美智子鍥而不捨地說：

「妹妹和母親都背叛了吉澤末男。」

男子依然掛著曖昧的笑，表情看起來很悲傷。

「他不會做這種事。阿末他……」男子說。

「他十七歲加入竊盜集團，偷過許多人家。這樣的阿末，應該能瞭解芽衣的心情吧。我在這裡看過太多年輕人了，年輕人有一種顧前不顧後的衝動。在竊盜集團裡負責開車的，居然是年僅十七歲的高中生，實在太令人震驚。但與其說是敢衝，末男應該只是單純缺錢，可是妳想想，那是認眞的好學生打破民宅窗戶闖進去行竊呢。阿末經歷過這種類似衝動的情感考驗。芽衣想得到幸福，那並不是背叛——」

男子的話突然中斷。

美智子覺得很奇妙。大七歲的哥哥，從妹妹一出生就兄代母職照顧她。爲了養育妹妹，哥哥犧牲自己的人生。然而，妹妹卻把根本扛不起的債務推到哥哥身上，遠走高飛。這不是背叛，又是什麼？

「——大概是撒嬌吧。」

美智子感到一陣輕微的衝擊。她覺得對方是在說，與其自立自強，不給別人惹麻煩，像芽衣這樣爲了抓住幸福，毫不猶豫地把麻煩往哥哥身上推，才是聰明人的手段。

走出大馬路，四下已爲夜色籠罩。商店街裡，「源一」串燒店亮起了燈，繫著圍裙、貌似老闆的男子在客人當中談笑。那是個禿頭男子，他拿著一杯酒，與客人應和。眼角擠出皺紋、專心聆聽的模樣，看起來很享受，像是宅心仁厚的老伯。

——去問阿源，他也不會跟妳說什麼。因爲他很疼阿末。

若是源一，聽得出那是誰的聲音嗎？

即使這個名叫源一的老伯認出他的聲音，爲此痛心疾首，吉澤末男也無所謂嗎？

美智子打電話給濱口。

「長谷川透的兒子長谷川翼，很可能就是我們要找的人。詳情晚點再說，但歹徒之一就是長谷川翼。」

「等一下，我要用人用錢，至少得告訴我原委。」

一向口若懸河的濱口，只說了這些就打住。

美智子發現躲不掉，放棄掙扎，應道：

「好吧，我先通知《前鋒》一聲。等我一下。」

「好。」

美智子結束通話，直接撥打中川的電話號碼。

中川立刻接聽。

「吉澤末男在調查長谷川翼這名男子的債務內容和動向。長谷川翼，是搜查一課盯上的醫師長谷川透的兒子。我認爲包括遇害的山東海人在內，長谷川翼和吉澤末男等三人是案件的核心人物。你這樣轉達給眞鍋總編。長谷川的情報是濱口先生提供的，所以我把翼和案子有關的事也通知了濱口先生。他想知道事情原委，我請他先等一下。接下來，我就會向他說明。」

中川神經質地聆聽著，要美智子稍等一下。

他應該是當場向眞鍋報告。

眞鍋接過電話問：

「怎麼回事？」

等一下，我可以錄音嗎？中川的聲音傳來，美智子應允。接著，傳來眞鍋的催促：「說吧。」

「山東海人在遇害前，曾設法弄到不會被追查到來源的槍枝，同時也在打聽『吉澤末男』這個人的事。座間聖羅以前住在板橋，她在那裡有個朋友叫吉澤芽衣，芽衣就是吉澤末男的妹妹。吉澤末男很清楚座間聖羅是怎樣的人。就在兩個月前，吉澤末男揹上一千兩百萬圓的債務。而且，吉澤末男在調查長谷川翼與地下錢莊的金錢往來情況。長谷川翼似乎有一筆不小的債務。山東海人和野川愛里廝混在一起，野川愛里的存摺上有長谷川透的名字。翼是長谷川透的兒子。從野川愛里這條線，和長谷川透這條線延伸出去，交會點就是吉澤末男。森村由南的母親，和吉澤兄妹的母親一樣都在賣淫，然後森村由南和吉澤末男同年，兩名被害者都在吉澤末男的活動範圍內。我想再進一步調查末男的背景，但告訴我『長谷川翼』這個名字的是製作公司的濱口先生，不能把翼是核心人物這件事瞞著他，所以我通知他翼就是關鍵。接著，他問我到底是什麼原委。我打算先向《前鋒》備報一聲，才打了這通電話。」

眞鍋默默聆聽，應了聲「好」。

「沒關係，就算把名字告訴他，電視上也還不能播出。只是濱口先生的製作公司和《前鋒》能搶先採訪而已。」

從這層意義來看，《前鋒》更占上風。電視不能播的內容，雜誌也能寫。

「畢竟如果沒有濱口先生的情報，我恐怕查不到這件事。」

沒有那封信末寫著「掰嘍」的電子郵件，美智子就不會發現。

「ＯＫ。妳在哪裡？」

「板橋。」

「回程能過來一趟嗎？」

「我還想去一個地方。」現在是晚上八點——「事情辦完應該已是深夜，今天就不過去了，明天我再一起報告。」

眞鍋同意，說聲「3Q，辛苦了」，把電話轉給中川。

濱口一定如熱鍋上的螞蟻，焦急地等著美智子的來電。

美智子還不想放掉吉澤末男的情報。

爲何他不斷背叛別人？

爲何他會涉入兩名女子遇害的案件？

中川明快的聲音響起：

「妳提到的板橋的竊盜案，我查到疑似符合的案子。二〇〇八年，板橋發生一起連續竊盜案，四名十七到二十四歲的竊犯被捕。當時負責開車的是十七歲的未成年少年。我從年齡推測應該就是這個案子。」

——在竊盜集團裡負責開車的，居然是年僅十七歲的高中生，實在太令人震驚。

「——對，就是這個案子。吉澤末男負責開車。」

「那麼，我會聯絡參與審判的律師。」

濱口沒打電話來。他仍在等待。

鈴聲還沒響，濱口就火速接起電話。

「我認爲出現在電視新聞中的聲音，是屬於吉澤末男。」

「不是長谷川翼嗎？」

「吉澤末男的妹妹，和被害者座間聖羅，是老家當地的朋友。座間聖羅堅稱是自己的照片，上面的女子其實是末男的妹妹芽衣。遇害的山東海人在打聽吉澤末男的事，然後吉澤末男在調查長谷川翼的金流。搜查一課盯上的是長谷川透。長谷川透應該是從野川愛里那裡的線索查到的。野川愛里和山東海人本來就混在一起，從三年前開始參與三榮恐嚇案的……」

美智子停頓了一拍。吉澤末男加入其中，應該是在兩個月前——「或許是長谷川翼。」

說出口的話，令她自己一陣毛骨悚然。

「——妳到底是什麼時候查到這些的？」

「吉澤末男的名字，我從凶手打電話到你的節目前就知道了，但現在才連結起來。你曾告訴我，長谷川透有兩個孩子，叫理央和翼，我才能聯想到這一點，所以我主動通知你。這件事我已告訴《前鋒》，中川先生和眞鍋總編都同意了。」

濱口說「好，謝謝妳，辛苦了」。

「今天還沒結束。我要再去一個地方。」

「哪裡？」

「區立會館。」

美智子掛了電話。

吉澤末男怎會做出可能被處以極刑的行動？

爲何他要唾罵那些女人？

她想瞭解小時候的芽衣和末男。

與商店街相隔兩條路的街角，有附設學童安親班的區立會館。小酒店的老闆提到末男會去「學童班」接妹妹，指的是學童安親班。這是爲了避免兒童獨自在家，收取低廉的費用看顧放學後的小學生的機構。

燈還亮著，透過窗戶可看到貼在牆上的色紙勞作。像是從別的地方接收而來的二手書桌集中堆在一處，地板上鋪著磨損的地墊。

美智子事先打過電話，指導員一臉緊張地在等她。美智子拿出芽衣的照片，原本戒心十足的指導員笑了開來：

「是吉澤芽衣。」

在指導員的記憶中，吉澤芽衣從小學二年級起，共待了五年，總是在這裡寫學校作業。雖然她有些好勝任性，但表裡如一，容易衝動吵架。她喜歡小孩，常常教年紀小的孩子功課。每天都是哥哥末男來接她，末男交代就算是母親來接，也一定要等到他出現。

指導員對哥哥末男沒什麼印象，他總是點個頭就走了。小時候，兩人會手牽手一起回家。美智子得知同一時期森村由南小五歲的妹妹也待在這裡。森村由南的妹妹大芽衣兩歲。

美智子已不怎麼驚訝了。

一旦找對路，謎團解開是必然的結果。一切都在某處相連，宛如複雜的地下鐵路線。我追查到案件核心了。

——好好報導那些死掉的女人。

——那種女人是垃圾，比畜牲還不如。

——這就叫個性開朗、拚命努力賺錢養孩子的母親吧？不對的是社會，不是女人吧？既然如此，就照實報導出來！

——我不要錢了。只要好好報導死掉的女人，我就不要錢，手上的女人也會放走。

——其實他很愛媽媽。所以，不管媽媽借錢或幹了什麼鳥事，他都不會說媽媽的壞話。

可是，還無法凝聚出一個立體的形象。

指導員說，森村由南的妹妹在安親班只待了半年，但問題多端。吉澤兄妹不會扯上森村由南的妹妹惹出的問題，末男都坐在角落看書，等芽衣的功課寫到一個段落。森村由南的妹妹會去招惹芽衣，但末男從不插手，只是冷冷看著森村由南的妹妹。

他跟附近的小混混結夥到處行竊，最後偷了上班的螺絲工廠的錢被開除。歹竹畢竟出不了好筍啦——老家公寓樓下的婦人唾棄地這麼說。然而，從到學童安親班來接妹妹的吉澤末男，完全無法想像他會在車站前的商店街再三偷竊、加入強盜集團，以致被警方輔導。

美智子詢問兄妹在商店街惹出的問題。指導員表示，收入不穩定的單親家庭中成長的孩子，多半在道德觀念上都有偏差，在家庭當中，是非對錯的標準也模糊不清。吉澤兄妹卻沒有這種情況。末男很文靜，但眼神十分堅定。

最後，女指導員淡淡微笑道：

「家庭有問題，孩子不是過度開朗，就是過度陰沉。他們會變得假假的，感情表現不自然，會出現各種徵兆。芽衣卻不會這樣。她完全就像個普通孩子，是十分天眞浪漫的小女孩。」

這天早上，美智子正在淺眠。

睡夢中，骯髒的裸女臉上掛著鼻水，瘋狂地掙扎。有人望著這一幕。

觀眾的數目愈來愈多，不知不覺間，女人在拳擊擂台般的地方哭泣著。乳房豐滿，大腿肥胖，像歇斯底里的孩子在號哭，說話顚三倒四，聽不懂她在表達什麼。圍觀的人並未因此興奮，也沒有蹙眉。某處傳來聲音，說不要這樣。會不知道怎麼教小孩，不要這樣。看了很不舒服，不要這樣。

因爲是人渣，因爲是人渣，那聲音說。

因爲是人渣，只要有錢拿，做這種事根本不算什麼。

一隻手倏地伸向前方，要抓美智子的臉，女人發出尖厲的怪叫。

接著，耳畔突然清晰地響起格格不入的高雅女聲：「早晚變涼爽了呢。」眼前女人亂甩的頭髮漸漸消失。

「眞的，太陽下山的時間也變早了。」另一道高雅的聲音回應，眼前的裸女再次朝美智子伸出手。

骯髒的女人臉孔。

女人沒有頭髮，沒有眉毛，也沒有睫毛。

刺耳的怪聲如機械音般愈來愈純粹，美智子睜開眼睛。

即使睜開眼睛，聲音仍持續著。

是電話——鈴聲在清晨六點安靜的房間裡迴響著。

美智子慢慢拿起手機。

是中川打來的。

中野命案，三名嫌犯落網——中川的聲音傳進美智子朦朧的腦袋裡。

美智子拿捏不定這句話的意思。

「什麼叫……三名嫌犯？」

中川似乎在看手邊的筆記。

「長谷川翼、野川愛里，還有……」

中川停了一拍，才說：

「吉澤末男。」

逮捕地點是在澀谷區長谷川翼租賃的公寓。搜查員透過門鈴對講機告知持有搜索票，男子驚慌失措，屋內傳出碰撞巨響，通話中斷。片刻過後，另一名男子回應對講機，並打開大門。

室內裝潢與影片中拍到的房間特徵相符，牆上掛著決定性證據的畫作。租賃人長谷川翼跑到陽台，向外張望，像是意圖逃亡。

搜查員闖入屋內時，地板上坐著一名女子。女子沒有眉毛，也沒有睫毛，呆呆地望著搜查員，彷彿剛從睡夢中被吵醒。

面對搜查員的問話，女子自稱野川愛里。長谷川翼強烈拒絕配合前往警署。搜查員說要申請逮補令，他才同意。

開門的男子自稱「吉澤末男」，沒有任何反抗的舉動，只是看著暴跳如雷的長谷川翼和茫然的野川愛里。

電視櫃抽屜裡找到馬卡洛夫半自動手槍，彈匣裡剩下兩發子彈。

「應該今天就會執行逮捕令。」

清晨的房間裡，美智子愣愣坐在床上聽著中川說話。

恍若得知三榮收到的是座間聖羅頭髮的那個早上。

一切都來得突然，一切都峰迴路轉，就像乘坐在解開安全防護裝置的雲霄飛車上。

她的腦中浮現商店街溢出路面的原色系襯衫、水果和鞋子。

擺著髒兮兮小圓凳的小酒店。

正值盛夏，銳利而鮮明的朝陽一口氣拉高了房內的溫度。

第三章

1

搜查一課滴水不漏地建構論據之後，才決定動手逮人。

長谷川翼的名字散見於野川愛里的通聯紀錄當中，因此，從龜一製菓剛遭到恐嚇的七月二十三日起，搜查總部就掌握了這個人。

至於三榮食品的恐嚇案，工廠位在蒲田署轄區，於是蒲田署已先行展開調查。蒲田署試圖向長谷川翼詢問狀況，但長谷川翼不接電話，聯絡不上他。

野川愛里的帳戶存摺上有長谷川翼的父親長谷川透匯入三百萬圓的紀錄。對此，長谷川透聲稱「野川愛里以子虛烏有的事混淆我，所以我付了錢」。對於兒子翼與野川愛里的關係，透回答「我不知道」，然後說「我兒子在做義工，輔導不良少女，或許是這樣認識的」。

長谷川翼在大學研究小組中從事「消滅貧困非營利組織」活動，也是以夜晚在澀谷遊蕩的未成年少女爲對象、旨在幫助她們復學的免費補習班的經營成員之一。父親的證詞有一定的說服力，但找不到最關鍵的長谷川翼本人。對此，父親向蒲田署說明「他提過要出國流浪一陣子」。

野川愛里的通聯紀錄裡，到現在仍聯絡不上的通訊對象有十名左右。在當時的階段，長谷川翼與內村太只是聯絡不上的通訊對象之一。

由於得到三榮一案的恐嚇犯，是陳屍於六鄉的男子山東海人的情報，搜查一口氣有了進展。山東海人以前替「貧窮產業」的組織跑腿，於是一課斷定該人頭手機的使用者就是遇害的山東海人，調閱手機通聯紀錄，發現許多長谷川翼的號碼。不單是野川愛里，長谷川翼也和山東海人密切聯絡，由此可推測出長谷川翼也和三榮恐嚇案有關。這是三天前的進展。

一課在追查長谷川父子的同時，也調閱了長谷川翼居住的公寓監視器影像，進行分析，鎖定出入的女人。

野川愛里以前曾向川崎署報案，聲稱遭到跟蹤狂騷擾。被指控爲加害者的男子表示他受到冤枉。「幾次回家的路上，那個女的走在我前面，只是這樣，她就把我當成跟蹤狂。」不僅如此，男子還主張是野川愛里跟著他。「我走進超商，她就跟著我一起進超商，卻說得像是我跟著她一樣。」

超商監視器拍到跟在男子後面進入的女人。女人等待男子離開，又跟著走出去。這是野川愛里的動態影像。

將公寓監視器影像，與報案遭到跟蹤時提出的野川愛里影像比對，一課做出兩者爲同一人的結論。公寓監視器影像的保存期限爲一個月，因此，起碼從六月二十九日開始，野川愛里就三番兩次造訪長谷川翼的公寓。此外，寄至電視台的裸女影片裡出現的畫框，與長谷川翼貼在ＩＧ，宣稱在網路拍賣中標到的澳洲原住民畫作的畫框吻合。

對搜查總部來說，抓到三榮恐嚇案的歹徒，等於抓到中野連續槍擊命案的凶手。逮到持有槍械的凶手，也是當務之急。一課進行縝密的研究後，準備萬全，出動逮人。

收穫遠遠超出預期。

公寓的房間裡，有中野連續命案使用的手槍，有影片中拍到的觀葉植物盆栽和地毯，畫作的畫框也符合。野川愛里待在房間裡，長谷川翼在陽台晃來晃去，還有叫吉澤末男的第三者。

出現在電視新聞直播中的男聲，三榮的廠長說不是山東海人，也不是恐嚇三榮的男子，因此，在這起案子裡，除了遇害的山東海人以外，應該還有兩名男子。一個推測是長谷川翼，而那天的房屋搜索行動中，搜查總部甚至逮到了疑似第二名男子的人物。

接下來也陸續發現各種證物。

室內的電腦中，除了龜一製菓和ＴＢＴ電視台的地址外，「手槍射擊教學」、「馬卡洛夫教學」等關鍵字被多次搜尋。用來填寫信封收件資料的原子筆、漿糊，全都留下指紋，垃圾桶裡找到購買隨身碟的收據。長谷川翼的車子，是座間聖羅與森村由南遇害的時間，在命案現場附近有人目擊到的橘色豐田PRIUS，監視器也留下車子駛離的影像。

稚拙又毫不設防的手法，完全與三榮恐嚇案留下的軌跡重合。

最初，長谷川翼要求找律師，聲稱一切和他無關。

翼的面色蒼白，憔悴不堪，全身有多處瘀傷和怵目驚心的燒燙傷，野川愛里身上的傷完全無法相比。由此可知，這三個月來他斷斷續續遭到暴行。尤其背部的燒燙傷還很新，正在化膿。他蜷著背，但眼睛炯炯發亮，就像一頭飢餓的野生動物。

翼低著頭，眼神空洞地供述：

——害我的大學和研究小組同學丟臉，我眞的覺得很痛心。我完全沒想到會捲進這種案件。野川愛里無處可去，我才會收留她。吉澤末男是野川愛里帶來的。在刑警告訴我他的名字以前，我只知道他叫末男。我很希望他離開，但考慮到他也無處可去，又不會惹麻煩，所以我讓他繼續待在家裡。實在非常丟臉，我把事情想得太簡單了。

刑警問他身上那些傷哪來的，他說是末男打的。

我以爲他是個安分的人。因爲愛里太邋遢，我生氣地揍她，結果那天吉澤末男惡狠狠地打了我一頓。恐嚇三榮的是野川愛里和山東海人，我沒料到他們眞的在幹那種勾當，出於好玩的心態，給了他們一點建議。

然後，長谷川翼抬起頭說：

「警察先生，你們想想，我都找到正職的工作了，有什麼必要去淌渾水？」

接著，翼又垂下頭：

「吉澤末男威脅如果我不配合，就要傷害我的家人和朋友。所以，家裡的東西我都讓他用了。因爲先前我曾協助恐嚇三榮，不敢向警方求助。」

刑警問翼是不是賭博欠下一屁股債，翼聞言，彷彿瞬間失了魂。

他沉默五分鐘左右。

——對，沒錯，我有負債。身上的傷，一半是被討債的人打的。

語畢，翼說要行使緘默權。

野川愛里叨叨絮絮地說個沒完。

——中野命案是長谷川翼幹的。

三榮的恐嚇案是我們三個人一起幹的，翼用電腦寫信，信封上的收件人是我手寫的。匯款用我的戶頭，直接去拿錢的時候，是山東海人出面。那個時候，與其說是缺錢，更是覺得好玩。廠長是那種會招人欺負的類型呢——翼說欺負那種人很爽。

翼不把錢還清就沒辦法去上班，可是他又不想向家人借錢，所以很缺錢，他綁架自己的妹妹，向父母騙了三百萬。他也想叫我們家付錢，可是我媽拒絕說「家裡沒有可以爲妳花的錢」。翼拍了我幾乎沒穿衣服的照片寄給三榮，末男問他幹麼寄那種東西，他說「因爲不爽」。

末男大概是兩個月前來的。我在澀谷遇到他，他看起來沒地方去，我就帶他去翼的公寓。翼愈來愈常揍我，還亂剪我的頭髮，最後把我全身的毛都剃光。爲了弄到錢，這也是沒辦法的事，隨便他愛怎麼做。

偵訊官問她是否被拍了裸體遭到毆打的影片時，野川愛里氣呼呼地說：

「我沒想到會被踢得那麼慘。翼覺得只有照片沒魄力，所以要拍影片，可是居然踢得那麼大力。」

我從高中的時候就在池袋和澀谷遊蕩，和男人睡覺賺錢，也遇過危險。我就是在那種情況下認識長谷川翼。我和翼都缺錢。至於山東海人，他向食品公司客訴要錢，我替他寫信封，分一點小錢，但恐嚇三榮的花招也漸漸用完。我提到我媽在三榮的便當工廠當工時人員，每次回家都牢騷發個沒完，翼很感興趣。他想到可以附上爆出工廠內部醜聞的信，從三榮的六鄉北工廠那裡勒索到錢——愛里如此陳述。

畢業後找到正職的翼，認眞思考起如何還錢。他宣稱要敲詐更大的對象。

「要敲詐誰啊？」

「我爸媽。綁架我妹，向我爸媽要錢。如果只是三百萬圓，他們不會報警。」愛里一頭霧水，但認爲既然翼這麼說，應該做得到。「要四百萬圓啦，分我兩百萬圓。」她提議，翼嗤之以鼻。「妳喔？分妳十萬圓就夠多了。」

就這樣，翼獲得三百萬圓。

這時，翼說「戶頭是妳的，會遭受懷疑的是妳。因爲我讀的是中高一貫菁英學校，從來沒有被警察輔導的紀錄」。

東中野發生命案那天的事，愛里記得一清二楚。

——那天，電視新聞在播殺了川崎一堆人的凶手自首，在警車裡笑的畫面，那雙傻笑的眼睛像貓一樣反光。翼拿椅子把我的遊戲機砸爛。新聞上在幫得心臟病的小孩募款，他說：兩歲的屁孩要什麼兩億圓？明明我要的只有區區兩千萬圓，然後大吼：「我要錢啦！妳這個廢物！」把我踹倒在牆邊。接著，末男就動手揍了翼。

「後來，五點左右，翼和末男兩個人一起出去了吧？」

秋月這麼問，野川愛里回答：「對，五點或六點那時候。」

秋月警部補看到的野川愛里，全身被剃刀剃過，眉毛有淺淺的割傷，睫毛應該是用剪刀剪掉的，處處留著短短的睫毛根，比光溜溜的更慘不忍睹。只剩下頭髮的她，看起來就像恐怖片的道具人偶。臉部浮腫，不知道是剃毛造成的過敏還是挨揍導致，或者原本就是這種長相。她沒有參與犯罪的自覺，似乎只要有地方睡、有東西吃，哪裡都好。她不怎麼難過，也毫不絕望。對於把她搞成這副德性的翼沒有太多的憤怒，連對失去眉毛和睫毛的自己的慘狀，都不怎麼哀憫。

太奇怪了。

那段影片是如此震撼人心。每個人都對影片中女人顯露的絕望與悲傷痛心不已，然而，本人卻說「沒想到會被踢得那麼慘」，只對肉體上的疼痛感到怨恨。

不覺得自己成爲任人觀看的玩物。

木部美智子說，野川愛里「或許不知道自己到底是被害者，還是加害者」。秋月看著眼前的野川愛里，感覺不管是加害或是被害，對她來說都一樣。

是加害者還是被害者，對第三者來說可能很重要，但對她而言，根本無所謂。就是這麼回事。

秋月發現她是那個房間裡的旁觀者，悟出偵訊她的竅門，就是宛如買斷一小段時間的嫖客，以好奇的外人身分詢問。

「寄到三榮的信封裡，裝著在中野被殺的座間聖羅的頭髮，那是怎麼弄來的？」

「不知道，這種事是翼負責的。他會拍照、拍影片、剪頭髮。」

「打電話到龜一和電視台的也是翼嗎？」

「翼不會留下不利於自己的證據。所以向三榮客訴，打電話和拿錢的都是山東海人。信封也一定都要我寫。翼總是說他是大學生，只要不留下證據，警方絕對不會懷疑到他頭上，最後會變成是我們的錯。向三榮勒索兩百萬圓是翼打的電話，可是接下來的龜一和電視台，是末男打去的。你問山東海人嘛，他也被翼呼來喚去的，對翼很不爽。」

愛里彷彿忘記身在偵訊室，坐在眼前的是警部補，叨叨絮絮地說個不停。

八月十二日見過律師後，翼在隔天翻供。

我要自白。三榮的恐嚇案是我主導的。龜一的恐嚇案也是我主導的。挑上龜一，是因爲房間裡剛好有龜一的零食袋。

他乾脆地這麼承認。

乍看之下，長谷川翼過著模範人生。他是個行動力十足的青年，對社會情勢感興趣，積極利用社群媒體，並主動參與義工活動。但這天翼說：「在現實以外的世界，不斷附和別人的意見，生活漸漸失去現實感。」

——有人得到不錯的成果，就附上許多愛心符號，留言恭喜；有人生日，也附上愛心符號，祝福生日快樂；有人救了狗，就留言稱讚幹得好；有人主張「應該多一點同理心」，就不經思索地贊同「說得沒錯」，轉推出去。反應速度就是一切，根本無暇細讀。可是，有沒有讀過內容都一樣，因爲看開頭便知道寫了什麼。全是現成的詞彙，和現成的起承轉合模式。一眼掃過去，大力吹捧。對唱高調的就唱高調回去，不唱高調的就不相往來。一直過著條件反射式的生活，漸漸地，關心的事只剩下如何取巧、對自己是利還是弊。

秋月見過許多罪犯，很清楚長谷川翼是那種腦筋轉得快、不誠實、自尊心高，不會感到良心不安的人。在罪犯當中，應該屬於最「不可愛」的那種。他無法博取旁人的信任，只能落單。最後，淪落到將野川愛里和山東海人那樣的人帶進公寓的下場。

這種人只對自身的利益得失感興趣。

但在這種人眼中，最重要的就是自己，因此，絕對不會做出自尋死路的事。頂多騷擾凌一下三榮的工廠。

殺人是一種激情。這樣的膽小鬼有辦法下手殺人嗎？

翼的思維清晰，喋喋不休。

只會將聽到的說法當成自己的想法或主張拿來賣弄，就會無暇以自己的腦袋進行思考。失去咀嚼資訊習慣的長谷川翼，每天都像活在慶典，沉迷於賭博中。

取得內定的正職工作後，翼發現不解決身上的麻煩就糟糕了。因爲校園裡到處流傳著，公司對錄取者進行背景調查後，取消內定的例子。

父母是醫師，妹妹是認眞向學的優秀醫學生，翼卻沒有遺傳到父母的智力與誠實。他做事沒恆心，待人接物毫無感情。他會疼愛撫摸幼犬，但一變成大狗就失去興趣。妹妹和父母對變老的寵物依然珍視疼愛，他完全不懂這種感情。

因此，他學會「表現得開朗」。父母沒有發現那是演技。他們一定沒有想過，孩子居然會以虛假的人格與家人相處。

翼大言不慚，不停說著這些事。

然而，這不是罪犯放棄掙扎的自白。秋月沒有打斷他，讓他盡情吐露。

——妹妹本來就對我沒興趣。我覺得她討厭我。妹妹對我很冷淡，所以想到能綁架她，全身一陣興奮。

接下來，我幻想在路邊隨便找個女人監禁起來，向她的家人勒索兩億圓。這麼一大筆錢當然不可能付得出來，所以，我會叫他們去向軟銀集團或Google公司哀求，讓那些平日淨說些漂亮話斂財的傢伙幫忙付錢。

總覺得會很好玩。

可是，那些討債的傢伙卻嘲笑我，說我根本辦不到，逼我去求父母還錢，拿著艾條追著我跑。他們把我按住，用燒熱的粗艾條燙我的背，眞的痛到連骨頭都會顫抖。

沒想到被人按住的感覺會是那麼屈辱。被放開以後，我還是氣得要命，恨得要死。那夥人卻面帶冷笑，看著我哭叫。

所以，必須表現出我也是有膽的。

剪掉愛里的頭髮，把她全身剝光拍照，還有拍影片的都是我。愛里以爲我們是一夥的，所以沒料到自己會被踢得那麼慘吧，居然眞的大吼大叫起來。但因爲這樣，變得很有臨場感。

愛里無腦又骯髒，是個白痴，就算被我看見難堪的樣子也不覺得有什麼。沒人會相信她，最重要的是，她不會瞧不起我。不管我叫她做再離譜的事，她也不會發現那有多離譜，感覺就像養了隻派得上用場的猴子。我向她媽媽工作的便當工廠客訴撈錢，分她五十萬圓。我認爲她應該還有利用價値，便讓她自由進出我住的地方。

好笑的是，那女的想要我跟她睡，還說什麼「不收你錢喔」。拜託，只要在聯誼上表明「我是慶應大學的學生」，女人就會像成串葡萄般一個接一個貼上來，我怎麼可能去跟愛里那種貨色搞？

那女的只要當隻能用的猴子就夠了。至於她有什麼用？她是個白痴，所以我要她提供戶頭。那個時候，我已少不了愛里的戶頭。

反正不管發生什麼事，會被打到半死的是她。

然後，翼明確地說：

「可是，刑警先生，我和中野的兩起命案無關。這一點我一定要說清楚，所以我才願意如實招供。殺害那兩個女人的是末男。」

翼目不轉睛地注視著刑警。那是餓鬼的眼神——沒有後路的猙獰眼神。

「刑警先生，假設你要殺掉兩個女人，你會跟野川愛里那種蠢女人聯手嗎？殺了兩個人，萬一被捕，絕對逃不過死刑。確實，我這人有很多問題，也被逼到走投無路，但我不會做出殺死兩個人這種事。如果帶著愛里這種女人，還跑去殺兩個人……」翼以餓鬼的眼神瞪著刑警：「根本是自殺行爲。」

接著，翼供出七月十五日至十六日，命案發生期間的事。

——我記得電視新聞在幫得心臟病的小孩募款兩億圓。傍晚，末男毆打我。那天地下錢莊的人惡狠狠地折騰我到早上，末男又揍我，害我整個人都沒力了。末男揪住我的衣領，抓起我的車鑰匙，把我塞進副駕駛座。

開車的是吉澤末男。車子穿過細窄的一般道路，最後開到板橋。我看到儲水塔，所以肯定是板橋沒錯。車子停在某棟公寓前，他走進公寓裡。出來以後，他把我趕到駕駛座，叫我依他指示開車，這時我才醒過來。我睡著了。從前天我就幾乎沒睡，一直挨揍，當然會昏睡不醒。我瞄一下時間，發現過了一小時。我聽他的話，開到柏木，把車子停在公寓前面。二十分鐘左右後，末男回來，要我立刻開車，於是我又開到澀谷車站前面。我照著他說的，把車停在Mark City購物中心旁。末男看著路上，像在等人。

一如往常，馬路髒亂擁擠。穿著廉價衣服、染著廉價髮色，完全就像廉價洋娃娃的女人魚貫走過。不論男男女女，全是一副骯髒樣，彷彿廢物和人渣都掃進了這個谷底。哪一個現在要去賣淫？——是哪一個都不奇怪，全是些看起來胯下臭兮兮的女人。

我滑手機打發時間，看到柏木有女人被殺的新聞。我想起離開柏木時，好幾輛警車擦身而過，於是我告訴末男：「新聞說有個女的腦門正中一槍，就在剛才那地方。」不料，末男捲起襯衫下襬，他的肚子和腰帶之間夾著一把手槍。

這時，我才發現是他幹的。

他說「要讓對方認眞當回事」，然後下車走到忠犬八公像那裡，閒閒地踱著步子，似乎在找什麼。

我不知道末男是怎樣的人，因爲他是愛里帶來的，但接下來他的動作很快。隔天十六日，他也叫我開車，下車一個小時後回來，又在副駕駛座亮出夾在腰帶的槍給我看。刑警先生，我能怎麼辦？我打算好好去上班工作，絕對不想沾上什麼殺人罪，可是我知道被捲進麻煩了。你懂吧？當時，我還在打如意算盤，要是能順利拿到錢，就能還清欠地下錢莊的債。

「但如果說我是共犯，絕對不是。因爲那天我完全不知道他打算殺人。」

森村由南遇害隔天的十六日，下午兩點左右翼開車出去，照著末男的指示停下車子，等了約一個小時。

翼聲稱在三點左右停下車子，但記不清地點。翼開的是橘色的豐田PRIUS，就在他說的時間帶，座間聖羅的公寓附近的停車場監視器拍到駛離的橘色PRIUS。爲了確定停車的地點，搜查員把長谷川翼帶到那裡。長谷川翼示意的「這附近」，是幹線道路沿線的拉麵店與網咖旁邊，他作證「從車窗可看到很大棵的行道樹」，並補充「可是，我不能斷定。因爲那時候我恍恍惚惚的」。

翼會精神恍惚，是因爲那天他凌晨四點才回家。

十五日下午五點左右，翼被末男痛打一頓，被逼著開車。暫時回到公寓後，翼一個人出門，隔天早上四點才回來——這是翼的供詞。然後，上午翼又被末男打醒。在這之前，地下錢莊向翼討債，他幾乎每天都遭到暴力毒打。他說自己「恍恍惚惚」，也不是毫無可信度。

不過，關於十六日深夜零點至凌晨四點的行動，翼就支吾其詞了。這也是山東海人遇害的時間。

搜查員在翼指示的拉麵店與網咖並排的馬路左前方，找到一棵大白楊樹。翼說「行道樹看起來都一樣」，無法完全確定停車的地點，但那棵樹對面的超商監視器，拍到停下的車子包括輪胎在內的一角，直至車子移動消失，與長谷川翼說的停車時間幾乎一致。

吉澤末男是個清瘦男子，有著陰鬱到近乎病態、而且黏膩的眼神。對於中野命案，他什麼也沒說。除此以外的事，一樣幾乎什麼都沒說。他的沉默不是反抗、保身之類，感覺更像是將能量的輸出調節到最小。

關於吉澤末男這個人，完全沒有資料。

秋月有種不祥的預感。第一眼看到這個人，他就被這樣的預感纏身。

這雙眼睛，是無法想像深處隱藏什麼的眼睛。猶如大海般深沉靜謐的世界底層，即使埋藏著三具屍體都不奇怪，也或許只有正直與纖細。

唯一能夠斷定的，是這個人重重受了傷。他將原本的自己用一層又一層的布包裹，並深藏起來，一點痕跡都不露。

秋月思忖起來。從這個男人身上，感覺不到殺人的凶性。毫無霸氣。

宛如無力的羔羊。

「打電話到龜一製菓的是你吧？聲紋完全吻合。」

秋月翻開從板橋署調來的資料，逐一念出末男從十歲開始累積的商店街偷竊、偷牽自行車、連續強盜、參與黑幫組織犯罪等前科。

「你一缺錢就會惹事，一直以來都是如此。這次你也揹了一身債吧？所以需要錢是嗎？」

末男低著頭不發一語。

「為了錢，你什麼事都做。每當債台高築或需要錢，你就染指犯罪。這就是你的人生。可是，債務多到一千兩百萬圓，就算是慣犯的你，也很難還清吧。」

檢察官認為主犯是吉澤末男。判斷的根據是，沒有前科的人無法弄到手槍，犯下兩起槍殺案。案情在龜一恐嚇案迎來轉機。如果這是因為主犯換人，時間上也與野川愛里在兩個月前，把吉澤末男帶進長谷川翼住處的證詞符合。考慮到吉澤末男的家庭環境，會衍生出強烈憎恨賣淫女子的心理也是其來有自。

相對地，搜查一課還無法完全支持主犯是吉澤末男的推測。

長谷川翼極度自我中心，缺乏正常人應有的感情，而且潛在性地恐懼自我被埋沒在單調和惰性中。這樣的傾向也明顯反映在他的供述裡，加上他已被逼到走投無路。他遭到討債，斷續受到暴力對待，精神會出現異常也是難怪。「開車衝進秋葉原，拿刀亂砍一通——這類凶犯平日的生活與犯罪完全無關。正因膽小，他們會不顧後果地衝動行事。」——這是早乙女警部的意見。

吉澤末男將能量降到零，低頭不語。那模樣宛如燃燒殆盡的拳擊手，頹坐在擂台角落。

秋月問：「手機是從哪裡弄到的？」

末男依然沉默。

早乙女警部曾問秋月：「你對凶手有什麼看法？」秋月表示毫無頭緒。面對早乙女警部，說什麼「只能看證據」，形同是班門弄斧。秋月更想知道木部美智子的意見。

八月一日，警方以恐嚇三榮食品工廠的罪嫌逮捕三人。這是先前無人關注的三榮恐嚇案成爲新聞焦點的瞬間。

三人落網十天後，陳列在店頭的《前鋒》被搶購一空。

從野川愛里的母親的訪談開始，《前鋒》從案件源頭的超商店長的告白，深入挖掘三榮事件，並藉由訪問朋友勾勒出野川愛里的人生樣貌。刊登在雜誌上的圖片，有野川愛里的兩張半裸照片、恐嚇信、塞進碎玻璃的鮭魚便當照片、ATM明細單上「野川愛里」的字樣。

三榮事件是木部美智子找到的案子，因此《前鋒》本來就有多到刊登不完的資料。

三榮事件本身是輕罪，說起來只算是隨處可見的小坑洞。沒人想像得到，踏穿那個洞，裡頭竟有著偌大的空間，充滿蠕動的人群，他們生活在其中，自成一個生態系，那模樣是同質而緊密的，令人聯想到蟻窩。老街便當工廠的敲詐案——這起平凡無奇的犯罪，短短一個月竟發展成連續殺人案，報導的臨場感深深吸引了讀者。

原本秋月一直認爲，記者就是在紙門上戳洞偷窺、耳朵貼在牆上偷聽，掌握他人的醜聞，和警察及同業勾心鬥角、爾虞我詐，是藉此成立的職業，但這次他徹底改觀。木部美智子靠自己的耳朵和雙腳得到的資料，編織出被埋沒的事物外形。

她的報導完全圍繞著三榮。更進一步說，是限定在以野川愛里這名女子爲主軸的世界。在警方的要求下，她隱去山東海人的名字，避免提到長谷川翼和吉澤末男。約莫是考量到再多寫，就會踏入揣測的範圍。

在幾乎所有記者都以好奇的角度撰寫報導時，卻能寫出不帶揣測與妄想的報導，這就是木部美智子的價值所在吧。因此，雜誌《前鋒》才能如此暢銷，在發售日當天再版加印。美智子靠著她的嗅覺，追蹤無人關注、散見於日常的犯罪——毫無魄力、吸引力或特殊性的恐嚇案。

那個佯裝木頭人的女人。木部美智子表現出一副「沒有自我也沒有欲望」的態度，但沒有自我也沒有欲望的人，不可能有靈敏的嗅覺。人只能將自己重疊在別人身上，去理解他人。如果是貧瘠的人，眼中看到的每個人都一樣貧瘠。

——那女人是佯裝木頭人的狡猾騙子。大概也清楚別人早就識破她是佯裝木頭人的騙子。但她的臉皮夠厚，明知底細曝光，仍繼續裝成木頭人。

她在撰寫中野連續命案的報導時，腦中設想的凶手是誰？嫌犯落網後，不知爲何，她對我們的偵辦進度完全不表示關心，但絕對不是失去興趣。爲何她專心一意，成天往板橋跑？

秋月想在美智子身上裝攝影機和麥克風。如此一來，就能知道她在哪裡、蒐集些什麼——

秋月注視著坐在眼前的吉澤末男。

「十七歲的時候，你結夥闖過空門吧？打破窗戶，洗劫能賣的東西逃走。專門鎖定辦公室或獨居老人的透天厝。那時候，你不是一五一十全招了嗎？由於未成年，態度也很配合，所以只有你一個人獲判保護觀察吧？被逮的那些人，每一個都把闖空門賺到的錢拿去大肆揮霍，上酒店買女人，但你沒有這麼做。」

秋月挑釁地說：

「你之所以坦承不諱，是明白自己不是主犯的緣故。你供出同夥的名字，只求自保。」

吉澤末男的確說出了同夥的名字，但並未因此減輕罪責。吉澤末男高中時期沒有請過假。唯獨他沒有染髮，沒有一個被害者遭黑髮的歹徒怒喝或施暴。落網的時候，竊盜集團逃亡的車子是由吉澤末男駕駛，車子為了閃避行人而轉彎，導致逃亡失敗。吉澤末男的行動，讓竊盜集團免於害死人這個最糟糕的後果。他的高中導師到警署替他求情，只差沒有下跪，也發揮了莫大的效果。「我知道吉澤末男做了壞事，但全家都靠他過活。」導師每天到警署傾訴他如何養活母親和妹妹。「就當拯救三個人，無論如何讓末男畢業吧！」——由於有人如此替他說情，他才能得到保護管束處分的輕判。

吉澤末男完全不理會秋月的挑釁。秋月十分無奈，只能繼續問：

「那麼，爲何這次你不肯乖乖招認？」

秋月再度挑釁：

「因爲你知道逃不掉了？」

揮空。

吉澤末男順利從高中畢業，進入金屬加工廠工作。半年後，工廠的手提保險箱失竊，末男從此沒再去上班。

「實在是忘恩負義，你那個導師一定在暗自哭泣。」

末男面不改色，就像沉入海底的貝類。

八月十四日，換了一個偵訊官。新的偵訊官深信吉澤末男就是主犯。

「你恨母親，打心底覺得在家接客的母親是骯髒的女人，對吧？豈料，妹妹長大也在夜總會上班，甚至把債全推到你身上，跟男人跑掉。就算你會恨女人，認定女人沒一個能相信，也是情有可原。」

然而，吉澤末男依舊沒有反應。

兩天前，原本保持緘默的長谷川翼，供出森村由南遇害的七月十五日晚間的事。警方根據他的證詞進行現場勘驗，證明他的供詞幾乎沒有矛盾。

偵訊官把這件事告訴吉澤末男。

「你不說話，是因為你沒有什麼能說的。只要堆砌謊言，一定會出現矛盾。清楚這一點的人會保持緘默。你很熟悉偵訊了對吧？所以你很瞭解這些。長谷川翼全都招了。」

吉澤末男彷彿連長谷川翼說了什麼都不感興趣。他雙眼半閉，像一尊銅像般動也不動。

「要讓對方認真當回事」──感覺長谷川翼說的、吉澤末男吐露的這句犯罪動機，凝縮了案子的全部。但無人理會、氣昏頭的是長谷川翼，而不是吉澤末男。

關於山東海人，長谷川翼只說「很久沒看到他」。最後見到山東海人的日子，他曖昧地供稱應該是七月初。

「山東海人很笨，而且一看就是地痞流氓，要向三榮勒索一筆大的金額，他實在太招搖，所以我想直接跟他一刀兩斷，但又少不了他的人頭手機。」——這是長谷川翼針對山東海人的供述。

警方認爲，在依殺人罪嫌執行逮捕時，或許必須切割掉野川愛里。秋月和早乙女警部對於將野川愛里從殺人嫌疑中排除沒有異議，但長谷川翼和吉澤末男究竟誰才是主犯，他們到現在依然無法判別。

反過來，這也證實了他們尚未看出犯罪的結構。檢察官認爲，依照現狀想直接起訴「相當困難」。

八月十六日，秋月再度擔任偵訊官。

安安分分坐在偵訊桌前的吉澤末男，看起來和第一次被帶到偵訊室前一模一樣。秋月從一開始就認定這傢伙不會開口，因此當末男開口時，他驚訝到懷疑自己在做夢。

那是在提到手槍的時候——

「手槍應該是從山東海人那裡弄來的，詳情我不清楚。」

吉澤末男維持蜷起背部的姿勢說道。

不光是秋月薰，這一瞬間，書記官和同席的刑警都倒抽一口氣。

這也是三名嫌犯當中，第一次有人提到山東海人。

七月十五日，森村由南的遺體被發現的三十二分鐘後，長谷川翼的手機打電話到山東海人的人頭手機，通話時間約五分鐘。這是山東海人接到的最後一通電話。長谷川翼表示不知道這通電話，聲稱「可能是吉澤末男擅自用我的手機」。

末男的話強烈勾起了秋月的興趣，但他藏在心底，字斟句酌地問：

「你爲什麼不談談其他的事？」

「沒有刑警會相信我的話。」

秋月說沒這回事，叫他講講看。

於是末男低著頭，娓娓道來。

——從一開始翼就說，如果事跡敗露，我就是主犯。我跟翼的出身經歷相差太多，實在無可奈何。況且，打電話去龜一的也是我。可是，殺死兩個女人的不是我。那一天，電視新聞在報有個腦袋不正常的傢伙殺掉十九個人。電視上沒有播出被害者的名字，所以我想著死人的遺憾和活人的方便相比，當然是活人的方便更重要——那天傍晚我揍了翼，然後把翼拖出去。我本來打算把他揍個半死，他卻說想到一個好點子。座間聖羅和森村由南的事，以前我跟他提過，住在哪裡他也知道。他說要去找她們，我都無所謂。翼住的公寓正常人根本待不下去，但我沒別的地方可去。我默默開車，把車停在柏木的森村由南的公寓旁邊。翼下了車，大約二十分鐘後回來。接著，他開車到澀谷站前面，盯著路上的女人，像在挑選。有一群外國人走在街上，我不禁心想，這裡好似廢墟再生的近未來都市，他們一定覺得彷彿走進電影布景中。走在路上的人，每一個都炫得要命——我正想著這些，翼念出社群媒體上正在傳播的新聞，說柏木有個女人被殺了。

講到這裡，末男突然沉默。

「那天晚上的事，你能再仔細回想嗎？」

「回去以後，我坐在公寓角落。愛里和平常一樣在看電視。半夜十二點左右，翼一個人出門。我不知道他出門做什麼，也不知道他什麼時候回來。」

隔天，座間聖羅遇害。

「隔天是什麼情形？」

「他命令我開車，下午兩點左右去了東中野，應該是三點左右停車。等了大概一個小時，翼都沒有回來。他一回來，跟昨天一樣，叫我馬上開車。」

秋月在內心呻吟。

吉澤末男的證詞與長谷川翼的證詞完全吻合，代表這些是眞實發生過的事，沒有捏造的部分，因此無法從任何一邊推翻。但兩人都聲稱自己只是開車，下手的是對方。

對於殺人以外的犯罪，長谷川翼全都坦承不諱，只有殺人這部分宣稱不是他做的。獲得內定的正職工作，沒有理由犯下可能被判死刑的殺人罪行。如果眞的走投無路，父母會幫忙還清債務——這番說詞合情合理。是爲錢所困的吉澤末男，利用良家子弟豪賭一把——這樣的劇本說服力十足。

但野川愛里供稱主導一切的是長谷川翼，吉澤末男也提到「從一開始翼就說，如果事跡敗露，我就是主犯」。此外，長谷川翼曾狠踹野川愛里，斥罵「打妳是浪費我的手」。他把野川愛里的體毛一點一點剃掉，最後將頭髮以外的體毛全部剃光，這種行爲顯現出異於常人的殘忍與傲慢。長谷川翼騙取未成年少女的信賴，將她們推入火坑，從事人口販子般的工作，以躲避債主的追討，其中看不到一絲對女人的同情。「那種女人是垃圾，比畜牲還不如」——長谷川翼心中確實有著這種偏見。

如果是他幹的，可解釋爲，他從一開始就打算把全部的罪責推給吉澤末男。

假設眞的就像長谷川翼說的，他能拜託父母還債，在被討債集團按住、拿艾條烙燙背部時，應該就去向父母哭求了。此外，一發現警方知道他欠了一屁股債，他瞬間轉爲緘默，並輕易承認之前說吉澤末男恐嚇他「如果不配合，就要傷害我的家人和朋友」是編造的謊言，這樣的機靈——某種小聰明，值得特別留心。

也許是長谷川翼利用吉澤末男的累累前科，設計出整起犯罪。

不管怎樣，雙方的供詞如此吻合，表示在這起犯罪中，他們不可能有殺害兩名女子的共同目的。換句話說，共謀共同正犯並不成立。

依野川愛里的描述，他們幾乎不會交談，只有翼會向末男炫耀自己。野川愛里說「我覺得翼連末男叫什麼名字都不知道」，事實上剛被警方拘留時，長谷川翼雖然知道吉澤末男的名字，卻不知道漢字怎麼寫。

秋月注視著吉澤末男，問道：

「十五日，電視播出爲心臟病童募款的新聞時，你揍了長谷川翼吧？你說想把他揍個半死——這是爲什麼？」

吉澤末男停頓片刻，接著眼睛眨也不眨地回答：

「翼對女人又踢又打，還破口咒罵她。雖然我也是無處可去，才會待在翼的住處——可是，看到他把女人逼到牆邊猛踹，我的手就自己動了。」

「你覺得野川愛里很可憐嗎？」

吉澤末男若有似無地笑道：

「不是的。如果你在場，也會做出一樣的事。」

微笑稍縱即逝，接下來他又回到沉入海底的貝殼模樣。

八月十八日，秋月將長谷川翼的說法——「在中野殺死女人的是吉澤末男」的說法——提出來和吉澤末男對質。

但對於這番說法，末男仍保持沉默。

「沉默對你不利。」

末男毫無反應。

「那麼，你是承認了？」

末男堅守沉默。

「你得先信任我們，提出說法，否則無從開始啊。」

八月二十日。

吉澤末男終於開口：

——我沒想到翼眞的殺了兩個女人。我以爲翼是利用中野命案，假冒凶手，拿「第三名犧牲者」當幌子嚇唬龜一。我不覺得事情能順利，但到了這個地步，我覺得怎樣都無所謂了。就像刑警先生說的，母親和妹妹，這些浪蕩的女人眞的害我吃很多苦，我打心底痛恨這種女人，所以我對龜一和電視台說的，都是我的眞心話。新聞報導恐嚇信裡附了座間聖羅的頭髮，翼得意洋洋地炫耀：「我讓他們認眞了。」然後，他對我說：「全都會變成是你幹的，誰教你是賤民。」「你和我，你覺得社會大眾會相信哪一邊？才不會有人懷疑我。要是有人起疑，也是懷疑你，所以你千萬別捅漏子啊。」——不管我怎麼想都是白搭。翼還說，得除掉山東海人才行，不然警方會循線查到他。因此，手槍應該是從山東海人那裡弄來的。

我從一開始就知道，如果被逮，他打算把罪行全部推到我的頭上。他要我一起上車，就是爲了這個目的。

秋月確信「要讓對方認眞當回事」這句話，必定是其中一人說的話。其中一人說了眞話，另一人加以利用。

「你說『事情到了這個地步』——這是什麼意思？」

「我也欠了一大筆債。在公寓待了兩個月，我知道他們恐嚇三榮，看到長谷川翼揍愛里。他拿槍殺人的時候，我坐在那輛車上。我完全不知道如何脫身。我很清楚自己在社會上沒有半點信用，就算逃離公寓，也會變成涉案人，遭到警方追捕。然後就像翼說的，我會變成主犯，沒人眞正關心他的話是眞是假。我已沒有活路，是這個意思。」

末男木然地說著。

「翼一直被討債集團施暴，一天比一天消瘦，聽到電話響起就發抖。他本來不會打愛里，但出事的前十天，忽然變得像另一個人。」

「你認識座間聖羅和森村由南吧？」

吉澤末男猶如銅像一動也不動，應道：

「對。之前我提過，座間聖羅和森村由南的事，是我告訴翼的。因爲他問我認不認識噁心骯髒的妓女。我說那種女人到處都是，他就說不是那個意思，是指讓人看了火大，跟那傢伙一樣、垃圾般的女人，接著用下巴示意躺著睡覺的愛里。那時候，我告訴他很多有關女人的事。比如在池袋拉客的女人，在板橋對著小酒館客人露奶、把客人帶回家睡的女人。我就是在那時候說出座間聖羅和森村由南的事。」

座間聖羅是我妹妹的朋友。案發十天前，在澀谷的街上偶遇，座間聖羅叫我送她一程，所以我載她回家，知道了她住的公寓。森村由南我從小就認識，早就知道她住在哪裡。看到那種出來賣的女人，我都會尾隨她們確認住處，在幫忙這一帶的組織工作的時候，可以派上用場。

秋月問吉澤末男，知不知道山東海人的下落。

接著，秋月屏息觀察對方的反應。

吉澤末男依然是那副疲憊、厭倦活下去的模樣，回答：

「不知道。」

「你們覺得山東海人是怎樣的人？」

「大家應該都瞧不起他。野川愛里都叫山東海人『章魚』。他很矮，一口爛牙，連句話都說不好。叫他『章魚』，約莫是他的頭大又凹凸不平。可是，我跟他只見過幾次，也沒有直接跟他說過話。」

「山東海人和長谷川翼，看起來是什麼關係？」

吉澤末男搖搖頭，應道：

「我只知道山東海人會進出翼的公寓。野川愛里都叫山東海人『章魚』，但翼連他的綽號都不叫。我覺得翼其實很怕山東海人，因爲山東海人背後有黑道撐腰。只有山東海人不在場的時候，翼才敢叫他『章魚』。可是，山東海人很聽翼的話。我只知道這樣而已。」

「你最後一次看到山東海人，是在什麼時候？」

——野川愛里被問到，從什麼時候開始就沒看到山東海人？她說記不清楚了。

客訴三榮便當那時候還有看到人，但勒索贖金期間，他就不太出現，所以應該四個星期沒看到他——這是野川愛里的說法。

吉澤末男沉默片刻，回答：

「寄野川愛里的照片給三榮以前，就沒看到他，但不記得是幾天前。」

「第一張照片是七月八日寄到的，之前就沒看到他了是吧？」

吉澤末男點點頭。

八月二十二日，搜查總部對三榮食品恐嚇案嫌犯的拘留期限已滿，改由秋月隸屬的搜查一課，依據對龜一製菓的恐嚇嫌疑，再次對三人執行逮捕令。

這是個熱浪滾滾的夏日。

雜誌與報紙針對三名嫌犯，從生平到生活鉅細靡遺地報導出來。濱口承包節目的核心電視台（註）導播，更進一步以故事來包裝。

——男子由賣春維生的母親養大，不知道父親是誰，自幼只要母親帶男人回家，就會被趕出家門外。男子從小便不斷犯下順手牽羊、竊盜、強盜等犯罪，對所有幫助過他的人恩將仇報。據說，他身上的債務高達一千萬圓以上。男子眼神陰沉、神經質、執著，將感情壓抑在內心，像蛇蠍一樣冷血無情。

至於二十二歲的長谷川翼，父母都是醫生，就讀中高一貫學校，並考上知名私大，由於人生一帆風順，對身世不幸的少女產生興趣，投入義工活動，設法讓她們得到受教育的機會。他看到的是少女賣春的現實。他提供自己的公寓給窮途潦倒的少女，結果讓住處淪爲不良分子的根據地。青年原本想伸出援手，卻陷得太深，反而被黑暗吞噬。

野川愛里是在交友網站接客的援交女子，她會誣賴男人是色狼，勒索金錢，完全不曉得道德爲何物。她自導自演遭到綁架，卻沒人搭理，最後被男人吃光抹淨。即使遭到暴力對待，她仍繼續賴在長谷川翼的住處不走。

三人唾罵那些努力求生的單親媽媽是「人渣」，像處死野貓般殺害她們。這樣的三人是殘忍的怪物，還是社會的產物……？

導播喃喃道自語：太讚了，簡直像電影預告片。

於是上意下達，要現場根據這份大綱製作節目內容。

濱口的製作公司採訪班，前往吉澤末男的出生地板橋，滿載而歸。如今這片土地已改頭換面，變得整潔新穎，過去的街景只能在照片中看到。宛如迷宮的巷弄、只有大人肩寬的陡急階梯，這樣的外觀並非小鎮引以爲傲的回憶。有句成語叫「隔岸觀火」，連過去就住在這裡的人，都彷彿置身對岸，鄙視著當地。

人們交頭接耳地討論森村由南與她的母親，毫不掩飾侮蔑的表情。不必擔心火星飛到頭上的人是刻薄的。採訪小組看到這種反應，確信關於吉澤末男，一定也能問到「活生生的凶殘性情」的證詞。然而，卻沒有任何人說吉澤末男是殘暴的人。

關於吉澤末男，人們提到的是他的母親。聽到的惡劣生長環境教人不敢置信，但光是這樣，並不足以將吉澤末男塑造成十惡不赦的壞蛋。採訪小組從商店街問到國高中老師、在學

註：指電視聯播網中，位於日本首都東京的電視台。

校的朋友，找到什麼人就問什麼人，吉澤末男的風評卻不符合導播想要的內容。

由於野川愛里是加害者，認識她的人沒必要隱瞞，所以得到如同劇本般典型的證詞——超乎預期的證詞，網一撒下去，就能撈到滿滿的漁獲。至於長谷川翼，訪問到的朋友皆異口同聲地形容他「開朗」、「正義感十足」、「很會炒熱氣氛」，一起做義工的學生說「去吃飯的時候如果有人喝醉，他都會把人送回家，辦活動的時候也都會主動收拾善後」，並以沉痛的語氣表示：「我無法相信長谷川學長會做出這種事，一定是哪裡搞錯了。」但長谷川翼的朋友在談論他時，大部分語氣都像在讀念稿，彷彿被問到最近的政治情勢。相較之下，回答吉澤末男訪談的人，臉上都充滿困惑與掙扎。

濱口從部下那裡逐一接到聯絡，完全不明白這是爲什麼，又意味著什麼。但這樣下去，吉澤末男的部分就沒有東西能播。

濱口決定親自前往現場。

只要帶著攝影器材，尋找題材的記者們就會跟上來。「源一」串燒店裡已有記者，濱口的攝影小組和跟上來的記者們加入其中。幾乎把人熱昏的溽暑當中，「源一」的老闆一臉不耐又困惑，面對著團團包圍的媒體陣仗。

然後，他喃喃道：「阿末是個認眞的孩子。」

他只說了這句話。

在這一行捧了二十年以上飯碗的濱口不放過任何機會，訪問每一個相關人士，在回程的車上打電話給木部美智子。

應濱口之邀，美智子前往製作公司時，濱口整個人消沉無力。

「什麼都問不到。」

然後，他怨恨地看著美智子：

「聽說，吉澤末男瞞著母親偷偷報考高中，連國中導師都不知道他怎麼籌到那筆錢。導師最後聽到的消息，是吉澤末男上班的螺絲工廠的保險箱不見，於是末男辭掉工作。就在同一時刻，他母親借了一大筆錢，消失不見。哎，我覺得就是吉澤末男偷的啦，所以我去問了工廠老闆。」

濱口定定注視著美智子。

「可是，老闆卻不這麼說。他招待我進會客室，坐在古色古香、高級、但很老舊的沙發上。老闆看著我，笑咪咪地說：吉澤學得快，勤奮又認真，雖然話少，人卻十分耿直。」

濱口想了一下，接著說：

「商店街的人、國高中的導師，都相信末男。他在商店街偷東西，國中時竊盜，高中時甚至被警方逮捕，可是每個人都相信他。我眞的想不透，他們到底是相信末男的哪裡？事實上，他不是從頭到尾一直在做壞事嗎？但他們依舊說，吉澤末男並不想這麼做，他只是爲了活下去，不得不這麼做，不然他還有什麼選擇？」

美智子屏息聽著濱口的話。

「聽說保險箱不見，是吉澤末男辭職兩星期前的事。保險箱不見以後，工廠裡傳出耳語，說吉澤末男有前科、是少年院出來的，好幾次偷竊被捕。下個月吉澤末男突然沒去上班，再也沒有出現。

他等於是連聲謝謝都沒有，就拋下了高中導師四處奔走、好不容易替他找到的工作。我問老闆，這種人哪裡能說他耿直？我實在無法理解。老闆說，末男在離開的前一個月，把能做的事全辦妥，還偷偷交接工作，向前輩借的六千圓也還清了，並行禮道謝。那前輩很納悶，不過是借六千圓，値得這樣鄭重其事嗎？可是老闆說，那應該是『謝謝你一直以來的關照』的意思，偷錢被抓包落跑的人，不會這麼講道義。他認爲末男其實很喜歡這份工作。」

濱口隨手攤開放在眼前的資料。

「吉澤末男會淪落到去偷竊，過程眞是賺人熱淚。末男的母親在小酒館上班，那一帶有不少企業的研究所。在那種地方上班的男人不會去風月場所，和陪酒的小姐混熟了就會給她們零用錢。他的母親就是專接這種熟客的女人。因爲家裡的環境實在不是小孩能待的，末男從小就把商店街當成遊樂場。小時候他很親人，很乖巧。然後，母親生下了第二個孩子。那母親完全不會想，明明上了年紀，接的客人也減少，一個女人光是要養末男已夠辛苦，卻又再添了個嬰兒。」

「吉澤末男的家非常窮。」

「對。小酒館的女人也是商店街的顧客，所以每個人都知道他們家的情況。去買紙尿布的是末男，他還問商店街的大嬸稀飯怎麼煮，好餵妹妹吃飯。那時候末男七歲。因此，妹妹十分依賴哥哥，懂事以後，會待在商店街的店門口等哥哥放學回來。」

可是，商店街的人並未極積伸出援手。因爲商店街的女人都很排斥末男的母親。

「陪酒小姐會勾引男人。商店街的男人光顧小酒館，難免肖想或許有機會。有老人家說，看到天黑也不回家的吉澤兄妹，就會想起戰爭時期的流浪兒童。有些店老闆會指責向兄妹倆伸出援手的店，認爲就是給他們賣剩的東西吃，他們才會賴著不走。但母親帶男人回家，他們沒辦法進家門。」

說到這裡，濱口抬頭看美智子：

「木部，吉澤末男的這些事，妳都知道吧？就是妳建議我去訪問高中導師和工廠老闆的。」

美智子想起那條商店街。有如南國般色彩繽紛，店老闆個個目光犀利。自行車恍若光箭穿梭而過，同時也像是穿過人體的街道。迷宮般的道路，好似血管。

「我也去訪問妹妹的導師了。那個導師對吉澤末男非常信任，因爲他知道妹妹有多麼信賴哥哥。」

雖然有些好勝任性，但表裡如一——學童安親班的指導員如此形容芽衣。芽衣是個親切明朗的女孩。

「芽衣被當地小混混視爲眼中釘。高中的時候，她遭到各種騷擾，卻完全不理會。騷擾芽衣的人裡，包括森村由南。」

美智子望向濱口，「——我不曉得這件事。」

濱口笑道：

「妳眞的很過分耶，能這樣支使我的也只有妳。」

「告訴我吧。」

「好啦。」濱口上身微微往前探。

「放學回家路上，吉澤芽衣遭到三名男子攻擊，意圖強姦她。芽衣掙扎大叫，路人趕來，其中一名男子被逮捕。男子供稱是森村由南教唆他們的。這是我從吉澤芽衣的高中導師那裡問到的，但老師不清楚森村由南爲何如此仇視芽衣。」

「學童安親班。」

「學童安親班？」

「森村由南的妹妹和吉澤芽衣在同一家安親班待了半年。吉澤末男每天都去接芽衣。」

「嗯，這我也聽說了。」

美智子點點頭，接著道：

「看著一直受到哥哥保護的芽衣，森村由南會恨她也是難怪。」

濱口看著美智子問：「是這樣嗎？」

「沒人愛的女人，總是憎恨有人愛的女人。森村由南和吉澤末男的母親做的是一樣的工作。對於人生，森村由南本來已看開，認爲生在這種家庭裡的女人只能如此活下去——即使只是無意識地這樣想。然而，芽衣卻非如此。芽衣沒有正常的母親，也沒有錢，卻正常地上高中，有健全的朋友。在森村由南的眼中，這是無法忍受的事。因爲那個時候，她應該已有孩子。不過，這下我總算明白，森村由南會成爲目標對象的理由。」

濱口慢慢咀嚼這番話，問道：

「意思是，人是末男殺的？」

美智子沉默，但濱口緊抓著美智子思緒的一角，不肯放開。

「爲什麼是末男？」

「你們要播出吉澤末男是凶手的內容吧？」

「妳聽著，等到確定有罪或是清白，劇本就會重新改寫。我的靈魂已賣給惡魔，把壞人寫成好人，或是把好人寫成壞人播出，我一點都不覺得有什麼，隨時都能翻臉不認帳。我們做的就是這種工作。觀眾只是想暫時沉浸在慶典狂歡的氣氛當中罷了，只是想要追尋刺激而已。我們則負責往觀眾的腦中灌酒。凶手不是吉澤末男就是長谷川翼，有一個在演戲，逃不過的那一個就等著被判死刑。」

美智子注視著濱口，慢慢地說：

「你希望吉澤末男活下來，對吧？」

濱口緊繃了臉，應道：

「如果翼說的是真的，那天車子曾開去板橋，路上一定會被自動車牌辨識系統攔截。警方當然也在調查，但就是沒被系統攔截到，才沒有決定性的證據。」

吉澤末男說長谷川翼要他先去柏木，但長谷川翼說末男載著他先去了板橋。

「但板橋有人目擊到橘色的PLIUS。有人說看到吉澤末男的老家公寓附近，停著陌生的橘色PLIUS。」

「嗯，橘色比白色車款少見吧。只是，目擊證詞的日期很模糊，也不確定是七點到九點的什麼時候。」

「自動車牌辨識系統的消息是確定的嗎？」

「前往板橋的幹線道路，至少有三個地方設置這種系統。」

美智子陷入沉思。

「妳看到野川愛里的影片了吧？會那樣揍女人的男人，也會往孩子的頭澆下滾水。」

濱口粗暴地啐道。

眞鍋亦是如此，濱口也感受到某種美智子所沒有的震撼。濱口與眞鍋的世代是浸潤在女性主義文化的世代，對於女權，他們不是視爲義務或表面話，而是眞心願意去尊重。豈料，現今「女性的貧困」，彷彿背棄女性的志氣和原則，嚴重挫傷他們年輕時日的理想和理念。連眞鍋都打退堂鼓說：「這要是寫出來就完了。」如果是男人虐待孩子，眞鍋應該會一槌定音：「無所謂，盡量寫。」但目睹女人退化而感到傷痛，應該是對他們過去珍惜的時代的一種鄉愁吧。

堅強開朗的女性與堅強溫柔的男性，攜手開創未來——畢竟這可是他們的青春。

誕生於這樣的時代尾聲的吉澤末男，在板橋的一隅，爲了活下去而不斷掙扎著。拚死拚活，卻依舊無法擺脫被視爲人渣的境遇。

「濱口先生，翼說去板橋的時候，車子開在狹小的一般道路上。假設末男掌握了自動車牌辨識系統的地點，避開那些地方，那麼翼的說法也不能說是虛構的。」

「我是不清楚啦，可是這次的一連串案件，到底是爲了什麼？」

「案件的發生，並非都有目的。」

濱口目不轉睛地凝望著美智子，彷彿要看透她的心思。

「這我知道。但如同我剛才說的，凶手像宰殺畜牲一樣，殺死兩個人。做出這種事，一旦被逮，也會賠上自己的性命。殺掉兩個人，對長谷川翼來說，要付出的代價太大。但當時他因爲睡眠不足和壓力，處在極度的疲勞當中，加上被嘲笑只會虛張聲勢，氣得跳腳。翼是那種被瞧不起就會爆怒的個性。三榮不理他，他便寄野川愛里的裸照過去。從個性來看，他具有強烈的嗜虐傾向。相對地，吉澤末男前科累累，沒有什麼可以失去的。但他不是會衝動行事的性格，只有在迫於需要的時候，會計畫性地行事。

「我在想，森村由南是在路上遇害的，在隨時都可能有人經過的大馬路上，在極近距離被一槍斃命。殺了她的是被人嘲笑、還不出錢、遭到受私刑四處逃躲、自暴自棄的翼，還是無法擺脫對骯髒女人的憎恨及命運、自暴自棄的末男？在浴室裡盯著裸女，瞄準她的額頭一槍射穿的，到底是哪一個？」

「──你看到的是哪一個背影？」

濱口注視著美智子，回答：

「我看到的是自暴自棄的末男。」

他停頓了一拍，接著說：

「聽說，吉澤末男在找妹妹和她的男朋友。母親在九年前留下大筆債務失蹤。那筆債和妹妹的學費，都是吉澤末男設法籌出來的。吉澤末男扛起一家生計太久了，妹妹卻把務債推到他身上，和男公關遠走高飛。在最後的最後，妹妹輕易地背叛哥哥。這樣的絕望，完全足以構成殺害妓女的動機。」

「那照著導播的劇本走不就好了？」

「理由不一樣。」

「結果是一樣的。」美智子定定地看著濱口：

「你很想說下手的是翼，對吧？可是問你，你又認爲凶手是末男。這表示其實你認爲凶手是末男，但你希望末男活下來。就是這麼回事吧？」

濱口頓時沉默，但下一秒，他把鉛筆扔到桌上，應道：

「我不懂啦。不過，這下就不會再繼續出事。其中一人是凶手，結案，接下來都是遊戲時間。要負責查個水落石出的是警方、檢察官和法院，我們製造出供人們娛樂一時的故事。殺人這部分，其中一人會是無罪，對吧？這種情況，如果把長谷川翼報得像凶手一樣，最後翼不是凶手，他的父親不會默不作聲，我們會挨告，就是這樣氣勢洶洶。現在父親雖然配合，但聽說蒲田署調查他時，他表明要找律師。可是，就算攻擊末男，也沒人會說話，頂多是人權律師吵鬧一下。導播恐怕是預料到這種狀況，才會以末男爲凶手寫出劇本。」

而後，濱口將視線移回美智子身上：

「行凶之前，末男把翼痛打了一頓，這是事實。他看到野川愛里被凌虐，動手揍了翼。他把翼揍到站不起來，揪著他的衣領拖出去。不管是照片也好、影片也罷，翼對野川愛里的種種對待，都讓他看不下去，可以這樣解釋。但如果殺人的是末男，等於是爲野川愛里揍了翼的男人，在幾個小時後，毫不留情地殺死和野川愛里相同處境的女人，實在難以看出連貫的感情。」

濱口接著又說：

「然而。吉澤末男一旦出手，幹的就是大事。他會豁出去幹一大票。若問這是不是自暴自棄，不是，看起來也像是爲了特定目的在布局。這樣一來，與其說他是熟悉犯罪，倒不如說更符合瞭解他的人形容的『認眞』。他就是這樣有板有眼的人，所以一旦理智斷線，格外可怕，不是嗎？跟只敢欺負弱者的孬種大學生理智斷線，程度有天壤之別。」

不過——濱口繼續道：

「森村由南是在大馬路上被殺的，凶手完全不害怕。但凶手熟悉槍械嗎？也不是。凶手是透過網路搜尋用法。大膽無畏，以某個意義來說，是一種荒誕不經。滿不在乎地直接利用大學研究活動去賺骯髒錢，這樣的厚顏無恥、目中無人，亦是一種荒誕不經吧。反過來，也可說是敢在大馬路上將人一槍斃命的膽量。」

濱口內心的搖擺不定，也是包括搜查一課在內的所有相關人員的苦惱。

2

板橋位在ＪＲ埼京線剛過池袋的地方。

走過平交道，便進入商店街。沿著已完全熟悉的商店街往北走，幾次遇上從拱頂街道通往巷弄的道路，但庸俗的商店依然一間間延續下去。拱頂街道以一棟住商大樓劃下句點，美智子就站在那棟大樓前。

三樓的指示牌印有「遠藤守夫法律事務所」幾個字。

電梯前貼著「修理中」的公告。旁邊有一道窄梯，美智子拾級而上。這道樓梯很窄，像貼上去再拉長的黏土，看不到緊急逃生門。走廊與樓梯擺著紙箱和舊椅子。

三樓的其中一戶掛著「遠藤守夫法律事務所」的牌子，霧面玻璃門內透出人影。

美智子敲門。

隔著霧面玻璃，可看見男子抬起頭。

門很快打開，一名表情僵硬的男子站在門口。

遠藤律師將名片放到桌上，細細端詳。

上面寫著「《前鋒》特約記者　木部美智子」。

「很抱歉，沒有事先打電話約時間。」

「喔……」

遠藤律師就像出現在老電影中的小學老師。看起來毫無防備，不修邊幅，如果硬要形容，就是個粗人。

事務所應該只有他一個人在經營，就算有員工，頂多也只有一個打雜的吧。

律師有保密義務，遇到與未成年人有關的事，更是守口如瓶。

「十年前，板橋應該發生過，包括未成年少年在內的四人幫連續竊盜案。」

遠藤律師定定地直視著美智子。

「在年紀最小的歹徒吉澤末男的少年法庭上，您以輔佐人的身分一起出庭。」

遠藤律師一動也不動地看著美智子。

「連續竊盜案的損失金額高達八百萬圓。在這件案子裡，吉澤末男只被判了保護管束。我是來請教當時的事。」

遠藤律師深深嘆了一口氣說：

「不愧是《前鋒》的記者，有股獨特的魄力。」

是關西腔。

「這篇報導是妳寫的吧？」

遠藤律師說著，從抽屜裡取出九月號的《前鋒》放到桌上。

「是的，就是我。」

遠藤律師佩服萬分地點著頭，在看起來像便宜貨的杯子裡放入綠茶茶包，按下熱水壺按鈕，注入熱水。

兩只垂著茶包線的杯子以不鏽鋼托盤端來，直接「咚」一聲放到桌上。

「妳很清楚，如果打電話來說想問吉澤末男的事，絕對會被拒絕，所以直接找上門嗎？好膽量，但我不可能向妳透露。」

「我在這一帶的商店街四處走訪，打聽他的事。母親賣春，父親不知道是誰，是現今所謂的放棄養育的狀態。聽說他多次順手牽羊、偷腳踏車，被輔導過許多次。律師，您覺得就像報導中描述的，吉澤末男是憎恨那兩個女人、憎恨妓女，才殺了她們嗎？」

然後，她望向遠藤律師，表明態度：

「我不會寫下來，也不會說是從您這裡聽到的。我在這裡聽到的事，也不會反映在報導內容上。」

聽到美智子這番話，遠藤律師露出詫異的表情，問道：

「那妳爲什麼來找我？」

「我想瞭解吉澤末男這個人。」

少年法庭不是用來問罪，而是追究爲什麼一個孩子會做出這種事。少年法庭中進行的，是包括成長環境在內，將當事者的人生整個倒出來排列檢視的作業，最後末男獲判保護管束處分。這名律師應該目睹了全部的過程。

遠藤律師注視著美智子，然後看了看時鐘，起身回到辦公桌，打開筆記本。

「妳方便三點再過來嗎？中午到兩點我和別人有約，三點才會回來。我得去一趟日本橋。」

接著，他抬頭望向美智子說：

「我可以告訴妳，但請將妳知道的搜查狀況告訴我。」

等待期間，美智子在附近走動。或許在這幾個小時之間，遠藤守夫會改變心意。但美智子相當篤定。

遠藤守夫將美智子在《前鋒》發表的報導內容記得很清楚。而且，他還把《前鋒》拿到桌上，顯示他對案子很感興趣，重新與她約了三點，並提出交換條件。

這表示他想要資訊。

三點再次拜訪時，事務所除了遠藤律師以外，還有一名像是打雜的年輕小姐，她正收拾準備下班。在美智子面前放上竹編茶托，擺了一杯冰麥茶後她才離開。不在的時候，老闆在大熱天裡端出熱騰騰的綠茶，而且是便宜茶包泡的綠茶，或許她忍不住嘀咕了一、兩句。

遠藤律師在沙發坐下，與美智子面對面。

「記者小姐應該知道，基於保密義務，我不能說出透過律師身分得知的事實。吉澤末男只對我一個人透露的內容，及他只在審判中說過的事，都相當於保密義務的範圍。但我必須聲明，吉澤末男並未隱瞞對他不利的事。坦白講，他沒有什麼話是只對我一個人說的。儘管如此，也不是對什麼人都可以說。」

然後，他在桌上翻開《前鋒》的報導。

上面刊登著兩張半裸的野川愛里照片。

「妳的這篇報導，沒有蓄意醜化這樣的孩子們，所以我才願意跟妳談。」

美智子溫馴地聽著，當成初次見面的慣例開場白。

「當時是吉澤末男的高中導師委託我的。高中導師姓島田。島田老師對我的要求，只有不要讓吉澤末男留下前科。親自到這裡來的，是商店街的串燒店老闆前田源一和島田老師，但聯名出錢的有五、六個人，包括國中導師在內。我完全不明白是怎麼一回事。出面的不是當事人的母親。不管是向人低頭拜託的、還是四處奔走的，都不是當事人的母親。」

遠藤律師說到這裡打住，盯著美智子。

「當時，吉澤末男的母親三十四歲。當事人有一個十歲的妹妹。母親皮膚白皙，長得很漂亮。她不明白事情有多嚴重，所以末男犯了罪，被警察抓走，她一點都不驚慌，彷彿深信明天就會回到日常生活。她根本不理解什麼是罪惡，什麼是犯罪。」

「是十七歲的時候生的孩子嗎？」

「推算起來是這樣。就像妳知道的，她是過一天算一天的賣春女子。林林總總加起來，她每個月能領到政府九萬圓左右的補助，但都拿去付房租和水電了。不僅如此，因爲錢是四個月匯一次，母親會拿去花掉或用在男人身上。商店街的人曾試著幫他們家申請生活津貼，但行政人員問母親能不能工作時，她卻回答可以，還說現在有工作，導致連生活津貼都不能領。吉澤末男開始不斷偷竊，是妹妹三到五歲的時候。他沒辦法讓妹妹餓肚子。偷腳踏車是被母親的男人逼的。他說從未告訴別人這些事。在某個時間點，他立下決心，要設法脫離困境回家去。他問我怎麼做才能回家，我勸他不要隱瞞，不管發生什麼事，都要原原本本據實以告，他才告訴我許多事。」

從一開口，遠藤律師就毫不保留地將他聽到的內容分享出來。

他上身前傾，筆直注視著美智子。

就在這時，美智子發現遠藤律師至今仍在替吉澤末男辯護。身爲曾替吉澤末男辯護的律師，現在他也爲了替吉澤末男辯護，接受我這名記者的採訪，告訴我一切。即使可能觸犯律師的保密原則，亦在所不惜。

「島田老師知道這些情形，所以想設法挽救吉澤末男嗎？」

遠藤律師點點頭，說道：

「島田老師會注意到吉澤末男的家庭環境，是因爲他把在固定時間回家視爲第一優先。導師問他爲什麼，他說要去學童安親班接妹妹，不能讓妹妹跟母親獨處。他不想讓妹妹看到母親和進出家裡的男人在做什麼。一般而言，這是不願讓外人知道的事情吧？但爲了得到協助，吉澤末男不在乎丟臉。他這種執著，或者說目標意識，震撼了島田老師。當時能從存摺裡固定領到的錢，只有兒童津貼和末男送報的收入。爲了避免母親亂花錢，末男會把母親錢包裡的錢抽走，讓錢包裡的錢不超過一定的數字，並把拿到的錢存進銀行戶頭，或是還錢。身爲學生，他努力操持家計，只要再撐一年就能畢業，出去找工作賺錢，卻發生那起竊盜案。」

「他有什麼不能再等上一年的苦衷嗎？」

「沒有。事實上，那些錢根本不夠他們母子三個人溫飽。有國中認識的朋友來邀吉澤末男，於是他點頭答應。導師是三十歲左右的男老師，以前待的高中完全看不到這類非行少年或貧困家庭，吉澤末男的狀況讓他非常震驚。」

「所以才會爲他四處奔走。」

遠藤點點頭，接著說：

「在那類案子裡，保護管束處分是相當罕見的判決。這樣的判決，表示法官認爲有問題的不是吉澤末男，而是讓孩子陷入那種困境的行政單位和社會應該負責。」

「是家庭環境呢。」

遠藤律師又點點頭，解釋：

「母親並未虐待孩子。只是，那時候的她，不瞭解收錢讓小女孩坐在男人的大腿上有什麼問題。她知道不可以強迫女兒做不願意的事，但她覺得女兒不會不願意坐在男人的大腿上。十歲的小女孩看似有自由意志，其實根本不會判斷。只要母親說是好事，即使不願意也會聽從。母親卻理解爲孩子沒有反抗，就沒有關係。母親根本沒有替孩子的成長環境設想的智慧。」

美智子點點頭，遠藤繼續道：

「偷竊得來的錢，其他成員幾乎全拿去嫖妓花光，但吉澤末男沒有參與那類揮霍的行爲。不僅是吉澤末男分了多少，其他成員連到底偷了多少錢都糊里糊塗。相對地，吉澤末男把積欠的學費都繳清。這是我後來聽說的，欠錢莊的錢似乎也還清了。集團成員把偷來的錢放在一個上鎖的箱子裡，稱爲金庫，所以吉澤末男有辦法偷偷拿走一些吧。不過，我也是到很後來才發現這件事。」

換句話說，吉澤末男達到了目的。

「前田源一先生，是當初報警說末男偷竊的店老闆吧？」

「以結果來看，是這樣沒錯。聽說吉澤末男小時候，老闆會帶他去看棒球賽之類的。」

「為什麼『源一』的老闆會報警抓他那麼關照的吉澤末男？」

「老闆認為，如果不讓他學個教訓，會食髓知味偷上癮。」

美智子呆了一下，問道：

「是出於父母心嗎？」

「是的。儘管他這樣做，並沒有帶來任何改變。」

美智子想起附和客人說話、看起來十分和善的男子相貌。

「對於吉澤末男的溝通能力，律師有什麼看法？」

遠藤露出疑惑的表情，反問：

「什麼意思？」

「學童安親班的指導員說，吉澤末男是個沒什麼特徵、沉默寡言的孩子。但另一方面，錢莊的人說吉澤末男借出去的錢，借款人都會主動來還，認為他能感動人心。」

遠藤律師沉思起來：

「他不是伶牙俐齒的人，但感覺會真誠地聆聽對方說話。應該是會設身處地傾聽別人訴說吧。」

「——設身處地傾聽別人訴說。」

「還是說深思熟慮？看起來也有點像在出神。我見到他的時候，他處於犯罪被捕的狀態，和平常的他或許不太一樣。」

「不知道他的生父是誰嗎？」

「當時這一帶設有生物學研究所，可能是短期赴任的年輕研究員。小酒館的媽媽桑說，母親並沒有把對方當成客人。」

「沒有把對方當成客人，這是什麼意思？」

「就是戀愛啊。與溫柔年長的男人談戀愛。」

濱口解釋，在研究所上班的男人，不會去買女人，而是跟陪酒小姐卿卿我我。對一個十六歲的女孩來說，或許確實是一段情。

「妹妹會不會也是同一個父親？」

「這就不清楚了。可能是同一個男人，也可能不是。」

「律師認為吉澤末男憎恨賣春女子嗎？」

遠藤律師尋思片刻，回答：

「十七歲那時候，他是個很替母親著想的孩子。再多的事我就不好說了。」

他停頓了一拍，補充道：

「但他厭惡身邊不知廉恥的女人，應該是事實。從他絕對不願意讓妹妹變成那種女人的強烈決心，也可看出這一點。而從社會的角度來看，母親就像是那種不知廉恥的女人的代表。」

「妹妹把債務推到吉澤末男身上逃走了。關於這件事，律師有什麼看法？」

「也沒什麼看法。」遠藤律師回視美智子。

「當時，她是個才十歲的孩子，但她比母親更能理解哥哥的處境。我到現在都還記得她那走投無路的表情。」

然而十年後，妹妹卻對哥哥恩將仇報。

——明明陽光熾烈得像要烤死人，她卻牽著男人的手，朝著太陽筆直走去。末男問他們看起來幸福嗎？我感覺兩人很幸福。

錢莊男子說，芽衣看著阿武，就像看到哥哥。愛慕對象從哥哥轉移到別的男人身上，是青春期女孩自然的現象。有了心愛的男人，想逃離與哥哥相依爲命的生活，或許是一種本能反應。吉澤芽衣把一千兩百萬圓的債務推到哥哥身上，可能是一種與哥哥告別的方式。

這次換遠藤律師問美智子：

「他殺了兩個女人嗎？」

「據說他否認，與一起被捕的長谷川翼的證詞完全對立。」

「對立？」

「我不是很清楚詳情。兩人似乎都承認坐長谷川翼的車，前往命案現場附近。吉澤末男說他只是一起坐在車上，下車的是長谷川翼，但長谷川翼也一樣聲稱自己只是同乘，下車的是吉澤末男。然後，長谷川翼說末男回到車上，亮出手槍，像在表明是他下的手。」

「手槍是從哪裡來的？」

「一樣，兩人都說是對方的。」

美智子順著遠藤律師的問題，知無不言。遠藤律師聚精會神地聆聽美智子的話。

窗外，商店街的燈火同時亮了起來。

「您認爲末男的智商高嗎？」

「在少年法庭開庭之前，他讀了三本法律書籍。他把書擺在我面前，所以我知道他有多少預備知識，可以很快進入正題。爲何這麼問？」

「因爲我琢磨不出他的形象。」

遠藤律師點點頭說：

「在進行辯護之前，我看過他的房間。讓我印象深刻的是，房間裡有書。他說是國中老師和高中老師給的書，或是從二手書店免費要來的書。這些又髒又舊的書，全都整整齊齊地擺在廉價書架上。」

「成長環境會塑造一個人。不管天資再怎麼聰穎的孩子，倘若得不到教育，就無法發揮天賦。您是不是這麼認爲？」

「吉澤末男小學的時候都在公園長椅上念書，這是當時派出所的警察說的。警察問，你在做什麼？吉澤末男就拿出作業說哪裡不懂。那是分數的除法，警察教了他一些。幾年以後，警察又在公園看到在那裡念書的吉澤末男，他已變成穿制服的國中生。警察出聲攀談，他又說有不懂的地方。一看是平方根，警察也不會，便叫他晚點到派出所，因爲派出所有來研修的菁英警官。於是末男去派出所，請警官教他。直到那名大學畢業的警官調離前，吉澤末男多次造訪派出所，拿題本問問題。我去訪問派出所的警察當時的事，並轉告檢察官。聽說菁英警官離開派出所前，送了一套參考書給吉澤末男，叫他加油。那些題本和參考書都還放在吉澤末男的書架上。」

當時的吉澤末男，仍栩栩如生地活在遠藤律師的心中。

「我之所以說這些，是認爲聰穎的天資即使得不到妥善的外在條件，還是會從內在萌發。應該是天賦不甘願就此遭到埋沒吧。」

「但如果得不到發揮天賦的環境呢？」

遠藤律師打住了話。

他注視美智子，緩緩地說：

「會在某處爆發吧。」

然後他沉思片刻，像要整理思緒地說：

「爲了讓妹妹進入學童安親班，吉澤末男帶著申請書和必要的文件到源一先生那裡，問他怎樣才能申請。看到末男迫切的神情，源一先生主動去找安親班的負責人談，安排妹妹進去。」

接著，遠藤律師目不轉睛地看著美智子：

「在我看來，吉澤末男擁有願意與人推心置腹的能力，也可說是相信他人的能力。反過來說，這也是博取他人信任的能力。」

「遠藤律師認爲，吉澤末男殺了那兩名女子嗎？」

對於這個問題，遠藤律師輕輕放下一段話，好似在推動棋盤上的棋子：

「我無法置評。對那種境遇的孩子來說，犯罪之於他們，如同交通意外之於我們，近在身邊。妳這個問題太模糊，就像在問他有沒有遇到車禍一樣。我不能說有或沒有。」

「您認爲視情況，他有可能殺人？」

「他確實不是會殺人的孩子，但意外有時候是會自己找上門的。如果妳問剛才提到的派出所警察，吉澤末男會破窗侵入民宅，連續行竊嗎？他肯定會告訴妳，那孩子絕對不會做這種事。所以我只能說，我無法置評。」

長谷川透的診所裡，病患坐在候診室等待看診。三把長椅沿著牆邊設置，掛在牆上的大型電視螢幕播放著世界名勝的影片。停車場有四輛車，總是停在那裡的國產轎車是院長的車。

長谷川透是個體格魁梧的男子。病患對他評價很好，也沒有花邊新聞。

美智子和中川坐在車子裡，等待長谷川透離開醫院。

許多帶著攝影機的媒體記者在停車場附近晃蕩。

據傳，一開始長谷川透不肯說明匯出三百萬圓的理由，怒氣沖沖地要找律師。聽到翼供述的內容，才承認匯進野川愛里戶頭的三百萬圓是女兒的贖金。他說會拒絕承認，是因爲「我害怕結束的事又被挖出來」，也沒想到兒子居然跟這件事有關。

下午三點過後，長谷川透從後門出來。攝影師對著他拍個不停。

透打開後車廂，將紙袋放入其中，發出輕微的一聲「砰」，關上後車門。放入紙袋時，車身似乎沉了一下又反彈。

接著，他踩著緩慢的步伐，打開駕駛座車門。木部美智子注視著輪胎沉陷的樣子。透坐進駕駛座後，繫上安全帶，扳開後視鏡，車子隨即開了出去。

見美智子目送車子離去，中川訝異地問：

「不是要去採訪他嗎？」

「——本來是。」

就在這時，美智子的手機響了。輕盈的鈴聲將美智子拉回現實。是眞鍋打來的。他說搜查一課依非法侵入神崎玉緒住宅的罪嫌，對三人執行第三次的逮捕令。

秋月欠美智子不少，但他似乎忘了這些恩情。不，或許只是假裝忘記，把「恩義」兩個字拋到別處。

也可能是美智子的要求太離譜了。

美智子詢問三人分別對山東海人的死做出什麼供述，秋月警部補表示不能透露。

「我怎麼可能告訴妳？」

「我並不是認爲你會告訴我，而是在拜託你告訴我。」

「妳查到什麼了嗎？」

「你說呢？如果查到什麼，我是很想告訴你啦。」

美智子想起來了。她爲了寫稿而聯絡秋月，結果秋月叫她不要提到山東海人。不是請她不要寫，而是命令她連提都不要提。

「還以爲我提供三榮的相關情報，省了搜查總部不少時間？」

「拿這種事出來交易，不像妳的作風。」

「撰寫報導的時候，我也事先徵求過秋月警部補您的許可吧？」

「沒錯。」

「但我也可以不理會，愛怎麼寫就怎麼寫。只要寫出來，就是我們的獨家。」

「站在我的立場，只能請妳不要寫。」

「沒有強制力的請求，是吧？」

「沒錯。」

「對於你這些毫無強制力的請求，我向來都很配合。」

秋月沉默，美智子接著說：

「所以你也同意，即使毫無好處，我向來總是滿足你的要求，對吧？」

秋月再度沉默。

「在判斷長谷川翼和吉澤末男誰是主犯上，沒有關鍵證詞或證物，但如果以他們聯手殺人來起訴，會在法庭敗下陣。現在是這樣的狀況，是吧？」

「——妳聽誰說的？」

「稍微想一下就知道了。」

差不多該以殺人罪逮捕的時候，卻又以非法侵入民宅的輕罪再次執行逮捕，無非是想在以殺人罪逮捕之前，多爭取一點時間。不釐清犯罪的結構，無法在法庭上成功定罪。沒有勝算的案子，檢察官不會起訴。也就是說，搜查總部必須在二十三天內確定兩人在犯罪中的角色（註）。判斷哪一方是殺人實行犯，也關係到能否堆砌出足以定罪、具說服力的證據和證

註：嫌犯落網後，警方必須在四十八小時內偵訊，在二十四小時內移送檢調，最長可拘留二十日，因此檢察官必須在二十三日內決定是否要起訴。

詞。人要制裁另一個人，這是合理的程序。但現在尙未找到足夠的證據，來判定兩人當中誰才是實行犯——就是這麼回事。

美智子翻開記事本。那是密密麻麻寫滿小字的備忘錄——搜查一課是在逮捕前一刻才注意到吉澤末男，接下來倉卒地四處調查此人。吉澤末男與遇害的兩名女子，透過末男的妹妹與他有關，這件事秋月掌握了多少？吉澤末男應該會盡量避免說出讓警方注意到妹妹的事。

「座間聖羅是吉澤末男妹妹的朋友，總是給他妹妹惹麻煩。妹妹每次和她發生糾紛，就會向哥哥求救，所以吉澤末男很清楚座間聖羅這個人。座間聖羅有孩子、四處投靠朋友、在朋友家接客，這些事他應該也一清二楚。」

美智子彷彿能看見秋月瞪大了眼睛。

「你去一家叫『花』的風俗店，說想知道小董的哥哥上門罵人的內情，就能問到座間聖羅和吉澤末男的事。附近還有一家叫『眼鏡蛇』的夜總會，可以打聽到吉澤末男的妹妹。」

「——『花』我們問過了。」

秋月的語氣有些含糊。至少他應該不知道有男人爲了座間聖羅冒用照片上門大罵的事。因爲目前在那裡上班的女人，不可能說得出近兩年前發生的事。

「或許値得再去一趟。那一帶的人，警察問什麼才會回答什麼，不會透露更多。山東海人遇害那天，兩人怎麼交代他們的行蹤？」

片刻沉默。美智子追問：

「警方本來對無臉男山東海人束手無策，也是我告訴你，就是他用人頭手機打到龜一的吧？我還建議你讓廠長指認那具屍體的照片。」

秋月切換語調，乾脆地說：

「吉澤末男和野川愛里一起待在長谷川翼的公寓。野川愛里證實了這一點。」

「在犯案時間？」

「對。」

但秋月說到這裡便打住，沒有繼續說下去的意思。

「森村由南和吉澤末男除了同年級以外，沒有任何關聯吧？他們之間沒有關聯，有關聯的是他們的妹妹。因爲這樣，森村由南多次藉故騷擾吉澤末男的妹妹，末男才會知道她這個人。你可以再次派人去板橋西町的區民會館問問。只要去問妹妹的高中老師，就能證實森村由南曾騷擾她。關於那段時間的行蹤，翼怎麼說？」

「他出門了。半夜十二點出門，凌晨四點回來。」

「他去哪裡做什麼？」

「供詞反覆。」

「怎樣反覆？」

美智子已沒有能做爲籌碼的情報。

「就算告訴我，也跟對牆自言自語沒兩樣。或許你有什麼倫理方面的心理掙扎，但告訴我對你沒有任何實質的損害。」

秋月停頓一拍，開口：

「我只說一次——翼聲稱吉澤末男告訴他，需要山東海人的人頭手機，叫他把山東海人約出來。所以，翼打了電話，在電話中指示地點和時間，要山東海人在六鄉的河邊等他。地點和時間他說不出來。還有，末男吩咐他把車子停在某處，三點再去取。翼說他都是照著吉澤末男的指示行動。」

3

被哥哥綁架的長谷川透的女兒，名叫長谷川理央。美智子租了一輛自行車，監視長谷川透的住家。一看到清晨朝陽初升，理央騎自行車出門，她也便跨上車尾隨。

理央全力踩著踏板，穿過尚未完全亮起的街道。美智子緊盯著理央的車尾燈，抬起屁股拚命騎，以免跟丟。

理央騎了兩站的距離，在第三站下了自行車。

美智子也停下自行車。

她跟著理央上電車。

多少年沒像這樣尾隨目標了？

一大清早就出門，搭乘兩站以外的電車，是爲了躲媒體記者吧。畢竟就讀醫大的她應該沒辦法輕易請假。

七點前就到大學了。理央穿過大學校門，目不斜視地往圖書館走去。

美智子加快腳步追上理央，出聲喚道：「長谷川小姐。」

理央回頭，看到美智子，但應該以爲她是大學的人，沒有起疑的樣子。

美智子遞出名片。

對社會大眾來說，《前鋒》有別於三流雜誌。由於三榮食品恐嚇案的報導，如今更是家喻戶曉，宛如股價狂飆。

但對方是加害者的親屬，應該不願意被雜誌記者騷擾。

「我想和您談談。」

美智子設想了各種狀況。比方，一個二十來歲的小女生會如何看待她？深藍色長褲配低跟鞋、大型托特包是輕盈的黑色尼龍布料，同時，她穿了件商標不惹眼的白色棉T。爲了贏得女性的信任，她刻意選擇低調樸素的服裝搭配。

年輕女孩在初秋的清晨破風前行。美智子抬起臀部拚命追趕理央，覺得她的腳步實在輕盈。儘管遭逢變故與災難，理央卻沒有失去年輕人應有的輕盈。那是生命力，也是獲得幸福的力量。美智子將她的身影，與板橋的錢莊男子看到的吉澤芽衣重疊在一起。理央和吉澤芽衣一樣是二十歲。二十歲的女孩渴望得到幸福。

起初，理央吃了一驚，戒心大起，但沒有太多驚慌的反應。然後，她露出困擾的神情。

「我九點有課。」

理央仔細端詳美智子的名片，帶她到校內一早就營業的咖啡廳。從咖啡廳可看到校園的草皮。

美智子提出想問她哥哥一手導演的綁架事件。後來父親沒有報警，理央不會感到不安嗎？

對此，理央說父親向她保證過安全無虞，所以她當成事情已結束。

「爸爸要我忘了這件事，說他確定對方絕對不會再打我的主意。」

理央說明起那天的遭遇。

在放學回家的路上，一名陌生男子叫住理央。男子確定她就是「消滅貧困非營利組織」成員長谷川翼的妹妹後，說有個本來在免費補習班上課的女生又重操舊業，他們想要將對方從店裡帶回補習班，但業者認得他們，只會提防，不會讓他們見面，希望她幫忙到店裡把那女生找出來。詳情要她跟哥哥討論。

「我不懂他在說什麼，但我支持哥哥的活動，所以照他的指示上車。那是晚上七點的事。車子開到輕井澤，駛進某戶人家的車庫。那人叫我等一下，便離開車庫，把鐵門關上。四下落入一片漆黑，我拿出手機想通知爸媽，但剛才的男子似乎埋伏在一旁，突然冒出來搶走我的手機。這時我才發現大事不妙。」

男子不知道去了哪裡，理央摸索著從車庫進入屋內。

「屋子裡有電，有吃的，廁所也能用，可是所有的門都打不開，我沒辦法離開。電話線應該是被拔掉了，打不出去。戶外一片黑暗。因爲有床還有電視，我在那裡度過一個晚上。」

隔天上午十點左右，外面似乎有人的動靜，及傳來玄關門鎖打開的聲響。由於無處可逃，情急之下，理央鑽到床下，但沒人進入屋內。她從床下爬出來，悄悄推門。門無聲無息地打開，她在門前老舊的木長椅上看到自己的手機。

「我用手機叫了計程車，從計程車裡打電話回家。」

計程車司機還記得是在哪裡接理央上車的，警方進行了調查。那是一幢長年找不到買家的別墅，門鎖損壞，研判應該是從外面利用掛鎖把人關在裡面。車庫鐵門應該也從外面動了某些手腳，無法從裡面打開。

此刻，桌上有美智子用餐券買的雞蛋三明治和冰咖啡。旁邊擺著正在錄音的手機，讓理央也能看到。

「令尊說他可以確定，對方絕對不會再打您的主意，是嗎？」

「對，他說事情都解決了。」

「在這件事之後，令兄是什麼時候回家的？」

「下個星期六。很久沒下廚的媽媽特地煮了大餐。」

「令尊和令兄說了些什麼，妳還記得嗎？」

理央微微低下頭，回答：

「哥哥和平常完全一樣。他拿手機拍了滿桌的菜，說要傳到ＩＧ向朋友炫耀。」

「令尊呢？」

「我不記得了。我們三個都累壞了，只有哥哥一個人歡天喜地。哥哥說我變性感，我突然害怕起來，手中的叉子都掉了。爸爸目不轉睛地看著——媽媽也目不轉睛地看著——」

理央屏住呼吸，彷彿置身於過去的時間。

然後，她緩緩地說：

「媽媽拿新的叉子給我。我突然害怕得不得了，便回去自己的房間。」

她抬起頭，接著道：

「我也懷疑過是哥哥主使的，可是我覺得爸爸完全沒有想過這個可能性。因為發生那件事三天以後，我們就全家人一起吃飯了。」

她的表情充滿了苦澀。

理央說她一次又一次回想起在大學回家路上被叫住的事，及手機被搶走的瞬間看到的男人的臉。

「埋伏妳，要妳上車的人，和來到門邊的人影是不同人嗎？」

「應該是同一個。他叫住我的時候，我也覺得有點奇怪。該怎麼說？那人口齒不清、支支吾吾，像在說背好的台詞一樣，字字句句都很刻意。」

對方是個矮小的男子，鴨舌帽的帽簷壓得極低。當時天色昏暗，看不太清楚，但感覺不是什麼正人君子。不過理央聽說哥哥參與的活動裡也有那樣的人，所以叫自己別想太多，上了車子。

「手機被搶走的時候，那個人來到我面前，看到他缺了一顆門牙，我嚇壞了。」

——錯不了，就是山東海人。

「從小到大，令兄有沒有什麼讓妳覺得不太對勁的地方？」

「我們感情本來就不是很好。他總是一個人自嗨，跟他在一起很累。他十分健談，可是說話毫無連貫性。他會習慣性地撒一些小謊。這幾年我們甚至沒有交談過。」

「他會撒什麼樣的謊？」

理央回想：

「比如，他跟我說，叔叔指責爸爸太寵溺我，才會讓我變成這種人。我耿耿於懷，跑去問爸爸，結果爸爸反問我在說什麼。」

「意思就是，令叔從來沒有對令尊說過妳的壞話？」

理央點點頭，接著道：

「哥哥還說，爸爸是在大學醫院待不下去，才出來開業。」

這是帶有惡意的謊言。是在操作印象，離間家人。是終究會被拆穿，玩火自焚的謊言。

理央的上課時間到了。

「能不能訪問到令尊呢？」

理央輕笑了一下：

「我會拜託他看看。爸爸是《前鋒》的忠實讀者。」

然後，理央寫下自己的手機號碼遞過來。

「令尊的體格真的很傲人。」

理央總算露出害羞的笑：

「他說學生時期是鉛球選手。」

「他很嚴格嗎？」

「我覺得普通。」

「令堂呢？」

「比爸爸嚴格，也有點嘮叨，但最後都會容許我們耍任性。」

「令兄和令尊的關係如何？」

理央眉頭深鎖，尋思起來：

「哥哥話很多，可是兩人不太像是在對話。爸爸總是負責聽。」

「令尊會責罵令兄嗎？」

「應該不會。爸爸在開診所前都很忙碌，幾乎不會管家裡的事。」

「妳的朋友都還像以前那樣跟妳相處嗎？」

瞬間，理央的眼眶一紅，深深點頭。然後，她站了起來，再三行禮，彷彿在感謝美智子的關心，接著便走出咖啡廳。

最後那句話並不是算計。

美智子想起自天亮以後就完全沒有進食，吃起乾掉的雞蛋三明治。

這陣子，長谷川翼對連日的訊問顯現出疲態。被逮捕後已過了五十天。

——其實你知道吉澤末男的底細吧？你說不知道是騙人的吧？

聽到秋月的話，翼頓時沉默。

——你知道他有許多竊盜強盜前科吧？你不是派山東海人去調查他？

「你的說法帶有惡意呢，刑警先生。不是我派他去查，是他自己要查的。他很怕末男。蛇有蛇道，他是有了什麼不好的預感吧。」

——你很聰明。一開始打算全盤否認，但一發現警方掌握你欠債累累的事實，就轉爲緘默。如果不是不小心說出你被末男揍，你到現在應該還在堅稱自己只是被利用了，你們是串通好撒謊。但你當初不經大腦地撒了謊，自斷後路。所以你開始揣測，警方知道多少？可以隱瞞多少？只要警方向錢莊打聽，至少你正爲了籌錢而焦頭爛額的事，三兩下就會被揭穿，所以你決定一口氣吐實。

很聰明的決定。

你也很清楚，龜一和三榮的恐嚇案，都構成不了多重的罪名。最重要的只有中野的雙屍命案，所以除此之外的細節，你全盤招認。結果你和吉澤末男的說法完全衝突。這一點你應該也計算到了。因爲凶手躲不過死刑，雙方都不可能輕易認罪。

你們兩個一起坐車到被害者的公寓前面，這個說法一致。不同的只在於是誰下車開了槍。

你們有一個說了眞話，另一個在描述中把自己掉包成對方。或許你以爲只要再撐個十七天就沒事了，但我們還可以用對野川愛里施暴的罪名再次逮捕你。有太多嫌疑可以讓我們繼續逮捕你了。你應該明白，森村由南、座間聖羅的殺人嫌疑還排在後頭。

翼默默冒著汗。

——吉澤末男說明相關事實後，就不再開口。他能說的似乎不多。

你知道山東海人還沒落網吧？

「他就算被抓，也什麼都不知道。他只有在恐嚇三榮的初期和綁架我妹的時候幫忙而已。」

——其實他已落入警方手裡。

翼的臉頰抽動了一下，接著沉默半晌。

「他說什麼？」

秋月仔細觀察這麼問的翼。

「他什麼也沒說。」

翼目不轉睛地注視著秋月。

同樣的問題，搜查一課也提出來問吉澤末男。

——最關鍵的中野雙屍命案，你的說法和長谷川翼完全矛盾。畢竟你們其中之一會被判處殺人罪，這也是難怪。

你和長谷川翼的說法，直到一起坐車至被害者的公寓前面，不管是時間或看到的事物都吻合。然後，你們都說自己留在車子裡。

末男低著頭聆聽。

「你知道山東海人嗎？」

一陣沉默。

「警方逮到他了。」

末男只是默默低著頭。

「你覺得他對這次的事知道多少？」

「我沒跟他說過話。」

末男只應了這麼一句。

從經過上方的國道十五號線，可將六鄉的河岸風光盡收眼底。河川兩岸有許多非法占地而居的遊民，他們的地盤之爭頻仍，小吵小鬧不斷。但他們都很排斥警察，除非眞的迫不得已，否則絕對不會求助於警方。

發現山東海人屍體的，是當時正在遛狗的河岸居民，名叫嶋二。他在凌晨四點左右發現屍體，但約三小時前的凌晨一點，他曾聽到聲響。因爲狗在叫，他才注意到。

本來趴在地上睡覺的狗突然吠叫，他定睛一看，狗站了起來，直盯著門縫外。嶋二跟著望向門外，聽到幾次聲響。

三小時後，他發現了屍體。

案發當天一早，警察上門。年輕的警察執拗地問個不停，嶋二覺得煩死了。

他現在養的是米格魯，但之前養了兩隻貓，一隻被人用老鼠藥毒死，另一隻變成屍體放在小屋前。這裡常發生小火災，他也看過居民凶狠互毆，彷彿要置對方於死地。兩人爲了在河岸上種菜的地點，展開瘋狂的爭吵。後來其中一人不見，或許是死掉了。

河岸絕不平靜，但這是他第一次看到臉被砸爛的屍體。

一想到拿大石頭把人活活砸死的傢伙在這一帶遊蕩，他實在坐立難安。如果凶手是有獵奇傾向、嗜殺遊民的傢伙，或許我們會像貓一樣被宰掉。

因此，嶋二四處打聽，遇到一名老伯和他一樣，在凌晨一點左右聽到聲響。老伯穿著像塗上螢光顏料的油亮亮黃鞋。他聽到聲響的地點，就在陳屍處附近。

「那時候我在夜釣，突然聽到車聲。可是，車聲很快就停了。」

老伯望向車聲的來源，看到車頭燈。

「燈隨即熄滅。燈熄之前，我看到車子前方有個男人。一個大平頭的男人。燈熄之後，又變回一片黑暗，接著聽到車門打開的聲音。」

於是，老伯豎起耳朵。

「雖然一片漆黑，可是有閃爍的光移動。」

但老伯還是看不出周圍的狀況。

「鏗！先是一大聲，接著是啪、咚的聲音、慌慌張張的磅磅聲，然後車燈亮起，車子發出引擎聲，慢慢駛離。兩人一句話也沒有說。」

我絕對不會告訴警察——老伯如此表示，嶋二也認爲不要說比較好。

「警察那種眼神，明顯認爲是我們幹的。」

「就是啊。只要不是針對遊民下手，關我們什麼事。」

「奇怪的是，那傢伙頭上綁著手電筒。」

那是一閃一閃的光線來源嗎？嶋二心想。

案發兩個月後，有個女人來了。女人自稱《前鋒》的記者，給了他印著「木部美智子」的名片。她分開草叢走過來，恭恭敬敬遞出名片，所以嶋二把老伯說的話告訴女記者。從聽到聲響到車子離開，全盤托出。

「老伯沒見過世面，才說是手電筒，但我馬上想到那是頭燈。我也跟再次上門的刑警說了。那刑警的臉像塊岩石，眼神炯炯，又高又瘦。蒲田署的警察來過好幾次，可是我不跟他們說。那個臉像岩石的刑警用敬語和我交談，所以我願意幫他一下。」

然後嶋二看著纏在記者腳邊不放的米格魯說：

「而且，那個刑警拿吃的給牠。」

美智子連續七天造訪河岸，終於找出實際聽到聲響、看到光線的黃鞋老伯。九月二十六日，她終於找到人。老伯在川崎那一側的河岸碼頭垂釣。美智子和他約好，在聽到聲響的同一時刻——深夜一點，在案發現場碰頭。

美智子對濱口說：「我想拜託你一件事。這件事只能拜託口風牢的人。」

「少騙了。只需要口風牢的話，妳會去找你們家的中川吧？」

美智子應道「是啊」，但並未更進一步說明。

這天晚上，美智子和濱口一起開車來到六鄉的河岸。時間是凌晨一點。

濱口的車是公司的箱形車，前往目的地的途中，車體不停地刮到樹枝。四周確實一片漆黑。聲稱當時在現場的老伯，對美智子和濱口說「這裡」。

「我沒看到屍體。因為我完全沒想到有人被殺了。那天晚上我到處換地方釣魚，但凌晨來了一堆警察，我就移到川崎那邊。碰到條子準沒好事，所以我只對養米格魯的家伙和妳說過而已。」

接著，老伯埋怨這一帶的治安有多糟：

「那棵樹上不是有條白手帕嗎？我的地盤是從那條白手帕到這棵樹底下，可是根本沒人鳥我，我很生氣。我都做記號，明明白白標出我的地盤了。」

老伯好像認為只要做記號，宣布屬於自己，就會變成他的地盤。

美智子拿手電筒照著老伯指的方向，樹木之間有一塊白布。

手帕繫在樹上，飄浮在約兩個成人高的樹木中央稍上方處。

那裡是山東海人的陳屍地點。調查山東海人屍體的搜查員只要一抬頭，就會看見那條手帕。

「然後，那天晚上我一直看到白手帕被光線照出來，表示這一帶有人，所以我一直忐忑不安。」

四下一片漆黑，因此戴頭燈的男子只要轉動頭部，就會清楚地照出那條手帕吧。這表示燈光多次照到白手帕。

美智子看著手帕的位置。

是稍微仰望的高度。個子矮小的老伯爲了把手帕繫到樹上，宣示自己的地盤，手臂一定伸到了最長。

「那個男人就站在那棵樹旁邊，一直對著底下。」

「對著底下？」

「底下照出一圈光。我一直看著。那光就像探照燈一樣，在地上照來照去。不過也不到五分鐘啦。」

「一直照著地上？」

然後，美智子注視著老伯問：

「您怎麼知道他是對著下面？」

「如果光往上面散開，表示光是從底下射出來的，如果往底下散開，就是從上面來的，不是嗎？那個男人一次都沒有往上看。」

「他在樹旁邊，沒有抬頭，您卻看到那條手帕？」

「沒錯，我確實看到了！」

穿著骯髒黃鞋的老伯，不知爲何自豪地說。

美智子瞬間思考當機了。

「手帕的事，您也告訴那個目光炯炯的刑警了嗎？」

「嶋二跟他說了。」

「您說出那個男人沒有抬頭，光卻照出手帕的事嗎？」

「嶋二不知道啦。這是我剛才想起來的。」

濱口走近手帕，拿手電筒照過去。手電筒的光朝上擴散開來。

濱口目不轉睛地瞪著那條髒手帕。

拘留期限只剩下兩天的十月四日凌晨。

美智子接到秋月的電話。

「找不到定罪的關鍵證據，今天要打出最後的底牌了。」

秋月說完，隨即掛斷。

這天，美智子造訪長谷川透的診所。

她等到上午看診時間快結束，才告訴護士她想見院長。

牆上的大型電視依舊播放著世界名勝影片。電視旁掛了一個大型數位鐘，上面亮著數字。病患不時拿手中的紙條比對數字，應該是看診號碼。還有可自由取用的飲水機。這是一家設備完善、管理周到的診所。

不久，最後一名病患進入診間，候診室只剩下美智子，櫃檯的護士靠過來說：

「對面超市相隔三間店的地方有家庭餐廳，院長請您在那裡等候。」

就像護士說的，超市再過去有一家附設停車場的家庭餐廳。店內空間寬敞，客人不多，擺放著高椅背沙發。椅背正好成爲屛風，阻隔鄰桌客人的視線。

美智子坐到最裡面的座位，服務生來點單。美智子點了冰咖啡，服務生一板一眼地複誦後離開。

兩天前，美智子接到長谷川透的回信。他以不寫成報導爲條件，願意在上午看診時間結束後撥出三十分鐘接受採訪。

或許是看在女兒的面子上，難以拒絕。又或許是想要接受採訪，表示問心無愧。也可能是認爲美智子會糾纏不休，早點打發她才是上策。

約三十分鐘後，長谷川透現身。

透是個沉穩的男子。他一坐下，女服務生便幾乎同時來點單，他猶豫了一下，但看到美智子桌上的冰咖啡，便點了一樣的東西。動作、嗓音、眼神，全都是沉靜而節制的，只是外表看起來比實際年齡蒼老一些。

美智子將名片放到桌上，恭敬地推到對方面前。

「謝謝您撥冗見面。」

透注視著名片上的文字，輕輕頷首。

「我和理央小姐談過。令嬡眞的很優秀。」

表情會述說內心。即使表情文風不動，亦反映出對方的內心深處。起初，坐在美智子對面的透毫無表情，內心波瀾不起，顯示記者對他絲毫不構成威脅。但當美智子提到理央的名字，他的下巴倏地繃緊。這應該是無意識的反應，美智子沒有錯過透表現出來的動搖。

透的咖啡上桌，女服務生離開。目送女服務生離去後，美智子平靜地接著問：

「被勒索三百萬圓時，您為什麼沒有報警？」

「我害怕把事情鬧大，會傷害到女兒。」

「您告訴令嫒『事情已談妥』，您和歹徒說了什麼？」

「我說，下次你敢再這麼做，我會報警。」

透停頓一拍，重新說一次：

「我只對歹徒說，下次你敢再這麼做，我會報警。」

長谷川透的表情改變，眼中充滿熊熊怒火。

「您和歹徒通過電話？」

「是個很蠢的女人。」透不屑地說。

他心中的感情與其說是憤怒，更接近嫌惡。美智子勉力維持平穩的語氣說：

「接電話的都是女人嗎？」

「對，都是女人。」

「是年輕女人嗎？」

「沒錯。聽起來很蠢的——年輕女人。」

回想起當時的狀況，透似乎再次激動起來。情緒中摻雜著厭惡、憎恨、困惑、憤怒——以及恐懼。

「您見過野川愛里嗎？」

「沒有。我只知道她是指定匯款帳戶的名義人。」

「您知道令公子讀國中的時候，曾參與霸凌嗎？」

透低下頭，以壓抑的嗓音說：

「——不知道。」

「被霸凌的同學從頂樓跳下來自殺了。」

透應該知道。他沒有抬頭，一逕沉默。

「令公子現在蒙上中野命案的殺人嫌疑。」

美智子說，仔細觀察著透。

透以極沉重、極痛苦的語氣回答：

「兒子對我說，他要在進公司工作以前，暫時出去流浪一段時間，見識一下世面。診所有理央繼承，他總算安心了。」

「那是星期六，全家吃完飯以後的事嗎？」

父親注視著美智子。眼中比起怒意，更有著強烈的恐懼。

對於女兒遭人綁架一事，這名父親現在情緒排山倒海而來，而且與其說是憤怒，更接近恐懼。

「令公子被捕之前，您就知道綁架令嬡的是令公子了，對嗎？」

——他會對歹徒說「下次你敢再這麼做，我會報警」，意思是要向警方揭發兒子。指定將贖金匯入帳戶的粗糙手法，加上以贖金而言過低的金額，或許讓父親在女兒歸來之前便萌生疑心。但聽到歸來的女兒描述綁架手法後，疑心便轉爲篤定。

美智子認爲，翼聽到「下次你敢再這麼做，我會報警」這句話，確信父親知道自己參與其中。這是父母訓斥孩子的話。你敢再這麼做，我就叫你退出社團。你敢再這麼做，我就沒收你的手機——這是孩子耳熟能詳的父母的最後通牒。美智子覺得透在說這句話時，是注視著電話另一頭的兒子。即使講電話的是愛里，翼應該也在場一起聆聽通話。翼從電話另一頭傳來的話語，感受到父親的憤怒。然後，翼裝出對綁架一事毫不知情的模樣。三天後，一家四口齊聚在長谷川家的客廳用餐，各懷鬼胎，籠罩著異樣的緊張氣息。理央解讀爲是自己的疲勞所致。

從理央那裡聽到這件事時，美智子感覺在理央仍驚魂未定的時間點舉辦家庭派對相當奇怪。但這並不是什麼派對，這場晚餐會本身，就是父母對兒子的警告。然後，兒子說「我要暫時出去流浪一段時間」。這是否是對父親的一種回答，表示他不會再接近家人？

翼扮演著陽光好青年，但如果父母並未被翼的笑容矇騙——

如果他們並未忽略兒子的犯罪天性——

理央聽到翼說「妳變性感了」，嚇得手中的叉子掉落，一家人當場僵住——

「您不認爲如果當時報警，就不會發生今天這種情況了嗎？」

「或許吧。」

透再次失去表情。他充耳不聞——逃避——關上心房，或是不打算去想這件事。拋棄、推開，關閉思考。

美智子專心羅列出，從透的臉上讀到的情緒。關閉思考——來到這裡，美智子的聯想停住了。

透關閉思考，不再被美智子的問題迷惑，因此他的臉上失去了表情——美智子如此解讀。

「他是個怎樣的孩子？」

「很一般——是個話匣子。」

然後，他抬起頭說：

「身爲父親，我會盡一切力量幫他。」

美智子像在聆聽遠藤律師那番「我不能透露抵觸保密義務的內容」的說詞。這是完全符合道德常識的但書。

「如果見到他，您會說什麼？」

父親沉默片刻，接著慢慢開口：

「我們原本打算，不管生下來的是怎樣的孩子，都會全心全意養育他。不過，這『不管是怎樣的孩子』，指的是身心有殘疾的程度。我們以爲，如果有什麼非面對不可的缺陷，就是身心殘疾。只要好好珍惜他、養育他——讓他培養出自尊心，缺陷是可以接納的，同時缺陷也是一個人的個性。我和妻子本來都很愛孩子。」

美智子直覺悟出，透確信兒子再也不可能回歸社會，而對此他並不感到痛苦。

他拋棄、推開的對象，是不是兒子？

此刻，父親沉浸在成就感和恍惚中，彷彿結束了一個故事。

《前鋒》的記者，只不過是列在片尾名單上的名字之一罷了。

兩人中間的桌上，一口都沒喝的冰咖啡杯身結滿水珠，其中一杯的冰塊融化，敲擊出清涼的聲響。

同一時刻，搜查總部的秋月等人將某個事實深藏在懷裡，把長谷川翼帶進偵訊室。

「七月十六日上午四點三十五分，山東海人被發現陳屍在六鄉的河岸。也就是森村由南遇害的隔天凌晨。」

在這之前，對於山東海人，長谷川翼都堅稱「就算問那傢伙，也問不出什麼」。他是不知道山東海人已死，或只是佯裝不知？

這是搜查員第一次對翼透露山東海人已死的事實。

接著，他凶狠地注視著秋月。秋月筆直回視那雙眼睛，問：

翼的臉色大變。

「是你殺了他吧？」

這時，翼表現出幾乎要豎起毛髮般的憤怒：

「我沒有殺他！」

「那麼，再說一次你在十五日深夜的行動。」

秋月不等翼回答，連珠炮般接下去說：

「『我回到住處，末男叫我把車停在川崎的南河原公園的公廁前面。末男說山東海人要用車子，他已交代山東海人車子用完停回原處，要我自己打發時間，凌晨三點再去開回來。我沒問他車子要做什麼用，只是照著他的指示行動。』，是這樣吧？」

翼毫不掩飾暴躁的情緒，應道：

「你看到我的背了吧？前天我被討債的傢伙拿艾條燙到天亮，回公寓又被末男揍，丟到車上載來載去，還搞出命案。我根本無法再思考。三點的時候，見車子在原地，我便開回來，累到連站都站不住。愛里那白痴開著電視，一直在播一個男人，眼睛像黑暗裡的貓一樣閃閃發亮。」

「是你把山東海人叫出去的吧？山東海人的手機裡，留下你在晚上十點十五分打去的紀錄。」

「這件事我說過了。末男殺死第一個人後，車子停在澀谷的Mark city購物中心前面。接著，末男要我約山東海人半夜十二點到六鄉的河岸。」

接著，翼猛地一驚：

「六鄉的河岸……」

「對。人就死在你指定的地方，臉疑似被石頭砸爛。」

刑警目不轉睛地瞪著翼，質問：

「如果山東海人活著，供出弄到手槍的途徑，就沒辦法讓吉澤末男揹黑鍋了，所以你才殺他滅口，是不是？」

翼賊笑起來：

「這樣的話，殺他的應該是末男吧？爲了讓我揹黑鍋、爲了讓事情變成這樣、爲了要我頂罪。」

「那段時間，吉澤末男一直待在你的公寓。」

翼啞然張口，宛如浮上水面的垂死金魚。

「準備殺掉兩個人的時候，誰都不想跟白痴聯手對吧？——這是你說過的話吧？」

翼盯著秋月，深吸一口氣，回答：

「我說的是事實。末男叫我把車停在那裡，我才開車出去。山崎我不熟，所以用了導航。

「那時候遠方有放煙火的聲響。末男說了什麼，正確的內容我不記得，但他說這是關鍵時刻。我的背痛得不得了，骨頭像快斷掉一樣。我依照他說的，插著車鑰匙、留下車子離開，就算車子被偷也無所謂了。他囑咐我不可以被人看到，也警告我遠離車子。他本來要告訴我理由，但我叫他明天再說。因爲我的腦袋容不下任何新的訊息。

「我大概是害怕輕易宰掉一個女人的他。我照著他說的，坐在公園長椅打發時間。因爲我覺得有什麼像設計圖一樣、一絲不苟的計畫，他是按照計畫在指示我，我覺得不可以隨便打亂計畫。我設了三點的手機鬧鈴，便一直坐著。我在想明年四月進公司工作的事。新的人生起步——新的人際關係和工作，但必須先把錢還清。只要還錢，遊戲就能重來。我想起在柏木擦身而過的警車刺耳的警笛聲、末男插在腰間的槍——還有他說的『要讓對方認眞當回事』的話。我呆呆地想著這些，然後鬧鈴響了。」

翼用力抬起頭，接著道：

「我回到停車的地方，車子和先前一樣停在那裡。上車一看，方向盤整個歪到一邊，於是我知道有人開過了。」

秋月聲色不動，彷彿耐著性子奉陪他的虛構故事。

翼的額頭冒汗，繼續道：

「你設身處地想想，一定也會做出和我一樣的行動。」

秋月諄諄教誨般開口：

「被逼急的你，殺了兩個女人，想要『讓對方認眞當回事』。因此，你叫山東海人弄來手槍，並殺死唯一能證明你弄到槍的證人山東海人。然後，你畫出『縝密的設計圖』，現在正照著設計圖做出供述，目的是爲了將一切歸咎到吉澤末男這個前科累累的傢伙身上。野川愛里也是這麼說的。」

翼笑了出來，問：

「警方居然把愛里的話當眞？」

翼的臉上貼著污油般油膩膩的笑：

「刑警眞的很蠢，這一點我倒是知道。警方只會用形同化石的腦袋，先畫靶再射箭。你們一定也向末男逑說他就是凶手的劇情，對吧？末男是如假包換的壞胚子，他不會屈服。但我才是清白的，所以我不會屈服。刑警先生，距離拘留期限只剩下兩天吧？如果兩邊都不招，你們要怎麼辦？」

翼說完，笑道：

「你們眞的很蠢。」

秋月警部補從容不迫地回應：

「殺害山東海人的凶器沒有找到，但你車子的後車廂驗出土石殘渣，應該是凶手將做爲凶器的石頭放在後車廂，載到別處丟棄。那段時間，附近有人聽到聲響。」

秋月直瞪著長谷川翼，接著道：

「證人說，聽到一道砸東西般的聲響，接著是啪、咚的聲音，然後是連續磅磅兩聲，車子便開走了。」

秋月抬起頭說：

「第一道砸東西的聲響，是以石頭砸山東海人的臉。接下來是打開後車廂的聲音，和放進凶器石頭的咚一聲。然後，磅磅聲是關後車廂和開門上車。」

不安緩緩在翼的臉上擴散開來，但他還是辯稱：

「車上有土石殘渣，所以我就是凶手嗎？」

「刑警確實不夠聰明，我有自知之明，但我們沒蠢到僅憑土石殘渣，就指控一個人是殺人凶手。光靠這一點起訴，也定不了罪。」

聽到「定罪」兩個字，翼的臉一僵。

「你堅稱和山東海人的死無關，但吉澤末男沒辦法殺他。我說過好幾次，那段時間他在你的公寓。此外，你的後車廂驗出血液反應。」

「血？」

「你的車上驗出山東海人的血。」

翼倒抽一口氣。

秋月謹慎觀察長谷川翼的神情，彷彿這是最後一次與他見面。

八月十五日，長谷川翼的車上驗出岩石粉末。血液反應出現在不同的地方，後車廂的墊子深處檢驗出微量。

後車廂裡的微量血跡與山東海人的符合。石頭與六鄉河岸的石頭成分相同。車身有許多疑似小樹枝刮傷的痕跡，上面也驗出微量的樹葉汁液，由此可推斷車子確實曾駛上六鄉的河岸。山東海人的血跡是如何沾上，也經過謹慎的調查，最後發現沾到血跡的地毯部分放置過重物，凹處驗出岩石碎片及石頭上的沙土。這是九月十一日的事。

這段期間，對於山東海人遇害時段的行動，長谷川翼的證詞一直曖昧不清。關於把山東海人叫去那裡的電話，也一度翻供說不是他打的，是吉澤末男打的。

檢方很清楚以殺害山東海人的嫌疑起訴意味著什麼，詢問早乙女警部能否僅憑石頭及血液，以殺害山東海人的罪嫌起訴長谷川翼，並要求設法得到長谷川翼參與座間聖羅、森村由南命案的合理證據及證詞。早乙女警部亦對於僅憑這點證據，就決定一個人生死的狀況感到躊躇。

九月十四日，以侵入民宅的罪嫌再次對三人執行逮捕令，是尋找「追加證據」的最後機會。這「追加證據」不限範圍，不管是補強或否定長谷川翼的罪嫌，又或是指出吉澤末男才是眞凶的證據，都在他們的考慮範圍內。

然而，接下來的二十三天，警方依然沒有新的斬獲。另一方面，搜查總部開始研究，假設是長谷川翼殺害三人，是否會出現任何矛盾。

會挑上龜一，是因爲掉在垃圾桶旁邊的零食袋是龜一製菓的產品。「我不要錢了，好好報導那些死掉的女人」是吉澤末男說的，沒有和翼討論過。打電話到電視節目的攝影棚，也是吉澤末男的獨斷獨行。這樣一看，吉澤末男的舉動，全都與當初勒索金錢的預定有所偏離。可能就像吉澤末男供稱的，他覺得「都無所謂了」。

至於長谷川翼何以認爲，殺害兩名女子能得到金錢？儘管用了「匪夷所思」這樣的形容，但恐嚇三榮食品公司的行爲本身，就帶有兒戲般的匪夷所思，恐嚇龜一的粗糙手法，與三榮的恐嚇案有著共通之處。最重要的是，假設長谷川翼是凶手，他遭受的暴力對待，可解釋他的行動爲何如此前後不一。遭到暴力私刑，長谷川翼變得宛如驚弓之鳥，連電話鈴聲都會讓他嚇破膽。若要再舉出另一點，就是他的反社會性——長谷川翼眞心認爲，只要把吉澤末男這個身分可疑的傢伙養在身邊，當成供品獻祭，社會大眾便會接受他的說詞。像這樣逐一分析來看，其中並沒有任何矛盾。

秋月緩緩開口：

「你在晚上十點十五分打電話給山東海人，要他到六鄉的河岸，拿石頭砸死他，接著將石頭放到車上，在途中丟棄，四點回到公寓。除此之外，無法解釋你的車子裡爲何有山東海人的血。你的車子載過用來殺害山東海人的凶器，這是鐵一般的證據。」

翼脹紅了臉，踹開椅子站起來。

下一秒，他被刑警壓制。

警方依殺害山東海人的罪嫌，再次到逮捕長谷川翼。檢方通知法院，預定將接著起訴另外兩項罪名。

「總共三起殺人罪是吧？」

「沒錯。」

「是單獨起訴？」

「對，沒錯。其餘兩件是殺害森村由南和座間聖羅的嫌疑，全是單獨的殺人罪。請依此進行審判前的準備程序。」

野川愛里以對三榮食品的恐嚇罪、吉澤末男則以對龜一製菓的業務妨害及恐嚇未遂罪分別起訴。

這是十日六日的事。

4

中野連續槍殺命案的高潮，是嫌犯落網後的兩星期之間。

如同十九人遇害的慘案在凶手落網十多天後，人們便忘得一乾二淨，彷彿沒發生過此事。虐待案件依然層出不窮，連木部美智子都搞混了哪起案件是哪一起，混淆了父母的特徵、手法及被害者的年齡。

吉澤末男與長谷川翼遭到逮捕的兩星期後，一名成年女子被發現遭到父母監禁長達十七年，衰弱至死。失蹤兩個月的幼童被尋獲；由於酷暑影響，蔬果價格一飛沖天；豪雨造成河水氾濫，幾戶民宅被水沖走。政治家失言，在社群媒體引發軒然大波，接著外交問題又成為俎上肉。濱口製作的新聞節目裡，優點只有笑容小清新的青澀主播，花一個半小時講外交問題，剩下的三十分鐘則耗在報導狂飆的蔬果價格。

在東中野遇害的兩名女子被滔滔湧入的資訊濁流沖走，再也不曾浮上人們的記憶。

無人眷顧的兩名女子被一槍斃命，與此同時，綽號「章魚」的犯罪同夥遇害。

這樣的案子，就像被代謝掉的細胞。

奪走這三人性命的究竟是誰，亦沒有任何人感興趣。

美智子認爲，對於生活在安全的社會裡的人，每一起犯罪案件的高潮，只在嫌犯落網的瞬間。至於動機，每個人任意猜想的情節，與週刊雜誌根據不可靠的資料和消息大書特書的情節，無論相同或不同，差別也僅止於此。

——中野的命案，那絕對是連續殺人案吧？

——是槍殺欸，眞是太恐怖了。

當時在新橋如此談論的兩名路人，擔心的是會不會趕不上赴約時間。美智子回想起當時的情景。

歹徒要求「如果不想看到第三名犧牲者，就準備兩千萬圓」，三榮的總務部長一口回絕：

「你白痴啊？」

這眞正是直指核心的一句話。

居然想靠「垃圾般的女人」的命來勒索，簡直白痴。

但美智子不由得好奇。

最後烙印在兩名女子視網膜上的身影，究竟是誰？

手槍舉到眼睛的高度，瞄準後扣下板機。槍口對準的是茫然瞠目的女子。

連感受死亡恐懼的時間都沒有。來不及遺憾，也沒有任何痛楚。

猶如雪融般無聲無痕，沒有怨恨，沒有遺憾，兩名女子從世上消失。

那天，美智子在河岸看到了凶手的背影。

早乙女警部說，對於一項證據，要活用還是扼殺——爲了活用證據而扭曲，或是爲了扼殺而扭曲，都是同一回事。

因此，美智子認爲對於自己看到的眞相，無論要活用還是扼殺，都沒有任何冠冕之詞。

但既然目睹，美智子就無法從心中抹滅。

濱口很敏銳。

那天美智子沒有找中川，而是找了濱口幫忙。濱口說：「只需要口風牢的話，妳會去找你們家的中川吧？」

如果中川在場，他就必須做出隱瞞眞鍋的背信行爲。

如果眞鍋得知，更是無關道德觀或社會正義，一定會屈服於媒體人難耐的欲望，命令她寫出來。

爲何美智子對此感到遲疑？

她想到了兩名年輕女子和一名壯年男子。兩名年輕女子爲了自身的幸福，咬牙翻越深谷，無論面對再怎樣的不幸，都絕不氣餒，全力踩著自行車前進。而壯年男子坐在那裡看著美智子，神情宛如觀看著漫長的片尾名單。

長谷川翼應該會被判處死刑。

如果他是冤枉的，眞凶就是吉澤末男。

野川愛里獲得保釋，回去老家了。母親應該會逼女兒出庭受審。野川愛里不會被判緩刑。她犯下偷竊、傷害等多項輕罪，約莫會被判處五年以下的徒刑，並入獄服刑。出獄以後，她會繼續站壁賣身嗎？

腦海浮現野川愛里的母親身影。

渾身疲憊的女子，在街燈下重新提好塑膠購物袋。

疲倦的臉——那是魔鬼般的臉。

無人能夠拯救。

——沒錯。沒有人能拯救。

過往，許多人同情年幼的吉澤末男。

想要幫他一把。

事實上，派出所警察教他功課，商店街的源一帶他去看棒球賽，大嬸們幫他在體育服縫上名牌，高中導師爲他募款，籌措少年法庭的律師費用。

即使如此，還是救不了吉澤末男。

縱然是他那樣一個謹愼心細、擁有鋼鐵般意志的人，終究無法得到他自己與身邊的人希望的那種平靜安穩的生活。

螺絲工廠的老闆提出要擔任吉澤末男的保證人，居間協調的是遠藤守夫律師。據說，保釋金也是螺絲工廠的老闆要付。

一開始，吉澤末男拒絕老闆當保證人的好意。

遠藤律師申請會面，傳達他認爲爭取到緩刑的機會很小的看法。

「你的嫌疑是向龜一製菓恐嚇未遂，但你一腳踩在社會的灰色地帶，得到緩刑的可能性很低，最好有蹲兩年牢的心理準備。」

接著，遠藤律師說出螺絲工廠老闆擔心的事：

「老闆很後悔，說如果你能在他那裡繼續做下去，就不會發生今天這種情況，島田老師把你託付給他，他卻沒有負起責任把你照顧好。我覺得你就順從老闆的好意，接受保釋吧。」

即使如此，吉澤末男依然拒絕了保釋申請，說他不能給老闆添麻煩。

美智子走上那條宛如拉長黏土形成的細長階梯，拜訪遠藤律師，得知此事。

據說，吉澤末男的妹妹芽衣聯絡了遠藤律師。

吉澤芽衣聽到電視播出的歹徒聲音，認出是哥哥，屏息斂氣，靜觀其變。她認為保釋的時候需要同住的家人，留下聯絡方式給律師，希望能派上用場。吉澤末男看過妹妹留下的紙條，在遠藤律師面前撕成兩半，再撕成四半，請他傳話，說這樣做只會引來討債的人上門，反正再兩個月就要進去坐牢，叫妹妹不要多事。

美智子請遠藤律師將刊登了三榮恐嚇案報導的《前鋒》九月號，交給吉澤末男。

吉澤末男的母親結婚了。據說是在旅館幫傭時，有客人看上她。對方是建築設計師，住在富山的山區。母親在中野署接受訊問後，在刑警的勸說下，回到富山。

秋月說，吉澤末男的母親仍有著透明白皙的皮膚。

美智子第一次得知末男母親的名字。

她的名字叫末。

名叫末的女孩，把自己的孩子命名為末男。

美智子覺得在其中看見，年僅十七歲便成為母親的女人純潔無垢的決心。

最後，吉澤末男申請保釋並獲准了。

時序已入秋。

夏季充滿了屍肉的腐臭。即使如此，太陽愈爬愈低後，秋季便到來。如同黎明總會到來，夏季終有結束的一天。

美智子三番兩次前往板橋，訪問認識吉澤兄妹的人，並造訪兩人住過的公寓。

公寓前有座小公園。小公園寂寥地並排著塗漆剝落的遊樂器材，小時候兄妹倆就在那裡等待客人從住處離開。

鎖鏈生鏽的鞦韆、動物造型的彈簧遊具、一盞街燈、沙地、大象溜滑梯，以及長椅。

這一小塊方圓、抬頭可見的公寓住處、一段距離之外的商店街。

現今消失無蹤的擁塞住家、蜿蜒穿梭的窄巷。

如同小時候覺得遼闊無比的小學操場，長大後卻覺得狹小不堪，對年幼的吉澤末男而言，這裡就像一片廣大的世界吧。

美智子在公園前等待。

晚上六點，一名年輕男子從公寓走出來。

線條纖細的男子——第一印象，是能輕易鑽進任何地方的輕巧。

男子走下階梯，注意到美智子，稍微放慢腳步。這時，美智子注意到那不是輕巧，而是一種俊敏。

動作無聲無息。

「請問是吉澤末男先生嗎？」美智子出聲。

吉澤末男與美智子四目相接。

「殺害座間聖羅和森村由南的是你，對吧？」

吉澤末男倏地停下腳步。

「我是《前鋒》的記者木部美智子。你讀到的三榮恐嚇案報導就是我寫的。」

吉澤末男目光對著美智子，一動不動。

「我一直在思考。思考你殺害那兩名女子的動機。事到如今，我不會再搬出眞相，疾呼什麼，因爲警方也無法用殺人罪起訴你。可是——」

美智子接著說：

「我並非毫無根據，光靠猜測得到這個結論。你應該明白我的意思，畢竟你精心布局，誘導搜查總部僅憑一個證據就認定長谷川翼是凶手。」

——他原本有多少勝算？

「許許多多的偶然影響著結果，這一點你都計算到了吧。車子或許會被新型的自動車牌辨識系統攔截到、或許停在板橋的橘色PLIUS會由於某些差錯，被監視器拍到。但你依然拋開各種疑慮，決心豪賭一把。偶然成爲毀掉你的證據的機率微乎其微。你應該在十七歲的偵訊經驗中，直覺理解到命運的分水嶺是物理證據。也可以說，你學到在法庭上足以定罪的是什麼。許多偶然避開了你，也有一些偶然幫了你一把。如果兩個偶然重疊在一起，就不是偶然，而是必然。中野命案其實有兩個偶然湊巧發生，只是你不知道。」

吉澤末男專注地聽到最後。

接著，他在美智子旁邊的遊具坐下來。

那是附有彈簧的熊貓搖搖椅，眼周的黑色褪去，看起來像頭憔悴的白熊。

坐在老舊遊具上的吉澤末男，比想像中更年輕，卻沒有妹妹的照片散發出的明朗和活力。那雙眼睛默默注視著美智子。

那絕非好鬥的眼神，但宛如眼底隨時會伸出一隻手，插進美智子的心中。

「從某個時間點開始，我就確信吉澤末男不會殺人。如果你犯下殺人罪，芽衣小姐就必須以殺人犯的妹妹的身分活下去。因此，你不會輕率地殺人。

「但殺害森村由南和座間聖羅，對長谷川翼有任何好處嗎？就算殺了兩個人，也不可能從龜一那裡拿到錢。

「向三榮勒索兩百萬圓，遭到忽視，被討債的人毒打——到此爲止，長谷川翼的說詞都還能夠理解。可是，接下來他殺害兩名女子，並殺害山東海人，湮滅手槍來源，不停煽風點火，把事情鬧大。野川愛里說這一連串的行動都是長谷川翼主導，但野川愛里並未掌握案件的全貌。她知道的，只有自己看到、聽到的部分而已。」

附近就是兄妹倆居住的公寓。是老舊的、感覺年過半百的破公寓。

「就是這座公園呢，小時候你和芽衣小姐一起消磨時間的地方。」

末男凝然不動。

他想釐清自己是如何露出馬腳，及這會造成多大程度的危險——也就是美智子說的「兩個偶然」是什麼。

「芽衣小姐出生前，你在這座公園的角落，承受著許許多多的苦痛。鄰居婦人說，歹竹出不了好筍。在惡劣的家庭環境中長大的孩子，將來也會毀掉自己的家庭。母親賣春，生長在沒有學識與常識的家庭裡的女孩，長大以後一樣會賣春。這應該不是個人的問題——不是個人的選擇，就像是一種無從逃避的宿命。你在抵抗這樣的宿命時，一定付出了我們無法想像的辛苦。你努力讀書，考進高中。因爲你認爲要逃離這樣的命運，必須讀書獲得學歷，找到正職工作，成爲社會的一分子——必須擠進社會的表層才行。但途中你的資金用光，只得再次染指犯罪。每當生活資金告罄，你就會犯罪。換句話說，你藉由犯罪來克服一場又一場生存的危機。」

美智子認爲，將末男的心從混沌中拯救出來的，就是學問。學問的世界有方法、有結果，而這個結果是公平的，並且努力必有回報。

「遠藤律師說，島田老師很想鼓勵你上大學，但你有個才小學四年級的妹妹。然後，你加入了竊盜集團。

「島田老師透過警方，請求法官酌情量刑。遠藤律師還記得島田老師的話：吉澤什麼都沒說，但他應該很想上大學，才會加入那種犯罪集團——」

末男直視著美智子。

「——但島田老師依舊沒有氣餒。末男在我幫忙找到的金屬加工廠上班。因爲他曾被警方輔導，我只能替他找到這種工作。他深深低頭行禮說『請多多指教』。他辭掉工作以後，我才聽說工廠保險箱不見的事。那絕對不是他幹的，但怎樣都對抗不了流言蜚語——島田老師非常不甘心。但我想，吉澤末男經歷過太多，才不會爲這種事感到不甘心。你蒙上偷竊工廠保險箱嫌疑的時候，母親把最後的債務推到你的身上。要是一般人早就崩潰，你卻撐了過來，因爲你有個年僅十一歲的妹妹。這樣的你，不可能做出毀掉妹妹將來的舉動。」

末男忽然浮現笑容。

「從來沒有人守護你，所以你想要當妹妹的守護者。」

末男的笑容消失了。

「你非還錢不可，畢竟是以妹妹爲人質的債務。這是夜總會『眼鏡蛇』的人告訴我的。店長說，討債的人追到天涯海角也會把她找出來，如果還不出錢，會叫她下海賣身還債。」

末男注視著美智子。

街燈眨眼似地閃爍幾下，亮了起來。

「我一直覺得很不可思議。兩名嫌犯都被債務逼到窮途末路，然而，凶手把事情鬧得這麼大，究竟要怎麼弄到錢？不出所料，最後凶手說不要錢。所以，我靈光一閃：凶手是不是根本另有所圖？」

吉澤末男是個沉默寡言的男子。

若是列出他的前科，完全就是個社會敗類，然而，實際與他接觸過的當事人，卻沒有一個說他的壞話，連派出所的員警都很關心他。

美智子想起螺絲工廠老闆的話。還清向前輩借的六千圓後，深深低頭行禮的誠懇。

「你在電話裡說的應該是眞心話。那聽起來像是肺腑之言。這是因爲你身在其中，受盡她們那種人的折磨。但你的目的，不是說這些話來洩恨。

「你認眞讀書，培養出分析因果關係的能力，並具備整理出目標與手段的技術，所以你才有辦法做出努力。即便努力沒有結果，努力只不過是手段，只要目標還在，你就會另闢蹊徑。因此，你能貫徹到底。從你爲了避免妹妹步上母親的後塵，國高中的時候就讓妹妹在安親班連續待了五年一事，也可看出你完全理解如何設立目標，及該如何達到目標。執行到底的毅力令人嘆爲觀止。爲了保護妹妹，只能讓她遠離壞朋友。於是，你甚至不讓母親去接她。森村由南的母親在家接客，後來像連女兒都賣了。即使母親沒有惡意，但只要讓女兒和客人獨處，必然會淪爲這樣的結果──你也具備想像出這些情境的能力。」

末男開口：

「妳是來稱讚我的嗎？」

體內一陣躁動。這就是恐嚇電話裡的男聲嗎？低沉凌厲的聲音。清楚果斷的聲音。

「我想要表達的是，你的行動都有目的。」

末男再次沉默。

寡默需要忍耐。必須將反駁與同意全部壓在心底，不發作出來。

「把野川愛里推上火線，引來矚目，做出根本不可能弄到錢的恐嚇行徑，我們完全被煽動了。如果眞的想從龜一那裡弄到錢，根本不會傻到指定匯進野川愛里的戶頭。聽說龜一的社長有意願付錢，但歹徒沒辦法拿到這筆錢。一旦指定把錢匯進野川愛里名義的戶頭，絕對不可能拿到錢。把野川愛里推上第一線，是爲了讓案件與三榮連結在一起。殺害兩個人，將預告殺害第三人的恐嚇信寄給媒體和大型食品公司，如此一來，即使三榮的廠長沒有告訴雜誌記者，搜查總部也會挖出三榮遭到恐嚇的事。因爲野川愛里的戶頭，有好幾件來自三榮廠長的匯款紀錄。」

警方一定會從野川愛里本身，及她生活起居的公寓，查到住戶長谷川翼身上。若是搜查一課採取行動，查出長谷川翼只需要半天的工夫。不管廠長有沒有向美智子傾訴遭到恐嚇，偵查都會逐步確實地進行。

「——恐嚇要以未遂落幕。如果歹徒的意圖在此，就合情合理。如果歹徒一開始便不打算從龜一那裡弄到錢，一切都說得通。」

秋月說，歹徒不是完全不把社會放在眼裡，就是有某些警方尚未想到的盤算。以某種意義來說，兩邊都說對了。

歹徒打的是不同於世人想像的算盤，並推測出偵辦過程。只要讓警方誤認歹徒的目的，立刻就會陷入瓶頸。因爲不管是新聞採訪或犯罪搜查，都必須先有設想的情節，才能逐步累積證據。

「無論如何都必須保護芽衣小姐——我甚至在其中感覺到如此不屈的意志。高中畢業以後，芽衣小姐第一件做的事，就是和哥哥一起還清債務。這是幼小的芽衣小姐長大的證明吧。即使妹妹把債務推到自己身上，這筆債本來就是自己欠下的，不是妹妹搞出來的。與男公關私奔或許殘酷，但追根究柢，讓她在夜總會上班的自己也有責任。長大的妹妹不期然地落入情網。你應該會想，有什麼怨言以後再說，現在最重要的是怎麼做才能保護妹妹？就是還清債務。所以，你的目標是還清債務。

「你應該把全部的目標都凝聚在這裡了。要怎樣才能得到這筆錢？

「大吼『王八蛋，這可是綁架！』的是長谷川翼。你站上檯面，是中野命案以後的事。據說你在偵訊中表示，你在電話裡說的是眞心話，但我認爲你在電話中表現出來的憤怒，是經過計算的。你那句『替她募款如何？』狠狠扎進了我的心。連我這種飽經世故的偏狹之人，都被你巧妙騙過去。你學會如何扼殺情感，冷靜計算並行動。你總是小心翼翼地觀察，克服難關。」

末男看著美智子。

「翼爲什麼不求父母替他還債？我推測翼的父親已發現綁架女兒、勒索三百萬圓的是兒子。父親付了三百萬圓，警告下不爲例。即使如此，翼仍滿不在乎。我思考在這次的案件中，最大的獲益人是誰？座間聖羅的母親一滴眼淚也沒流，森村由南的母親面對女兒的死，只覺得麻煩。不過，如果被殺的是野川愛里，或許她的母親會一個人偷偷掉淚。

「長谷川翼聲嘶力竭地堅稱不是他幹的。父母聽到他爲了兩千萬圓的債務而犯罪，懊恨地說他們可以設法爲他籌出這筆錢。長谷川翼在大學裡風評不錯，但他高中時期的朋友都形容他是『騙子』、『不誠實』。這起案件最大的受益人，或許是不必僱用他這種人的企業——我有些諷刺地這麼想，但——」美智子愼重地接著說下去：

「據說，翼堅稱『不是我幹的』時，態度極爲迫切。」

末男變了臉色嗎？也許是光線的關係，看起來無動於衷。

「我認爲，這場計畫是你和長谷川翼的父親共謀執行。」

這時，末男抬起頭。他沒有別開目光，直視美智子。

「殺死兩個人，絕對逃不過死刑。生命不是爲了別人，而是爲了本人存在。這不是生命的價值問題，而是有生命的人都有活下去的權利。如果在自己的生命完全不受威脅的情況下，剝奪兩個人的權利，就成爲沒有資格在社會上生存的人。生命根本沒有什麼特殊的價值，是不管怎樣的人渣敗類都擁有的權利。

「長谷川翼應該會被起訴。警方不會支持陰謀論，畢竟陰謀論無法證明。如果沒有陰謀，那麼，殺了兩人的就是翼。因爲翼殺害山東海人。爲了計畫而殺死一個人，『我不可能殺人』這種辯駁是不會被接受的。

「三榮的廠長會出面說明，長谷川翼長期以來做出多麼幼稚的恐嚇行爲、說出多麼瞧不起人的話。錢莊討債集團的證詞，及他身上遭受暴力私刑留下的傷，清楚說明他被逼到窮途末路。從他綁架妹妹、對『消滅貧困非營利組織』的女孩們的背叛行爲，可看出他毫無基本道德良知。他曾沉迷於非法賭場，由此可見，他毫不在乎社會秩序。並且他一旦發火便無法控制自己，這一點不僅能從他對野川愛里的暴力行爲看出，只要詳加調查高中時期的霸凌慘案，便可佐證。

「如果他手上有槍，並想到『殺掉兩個人渣，勒索社會』的計畫，極可能爲此殺害他認識的兩名女子。」

末男的視線一直定在美智子身上，沒有移開。

「中野命案沒有物證，他應該會反駁到最後一刻。即使證據不足，獲判無罪，也足以成爲家人與他斷絕關係的理由。他再也不會靠近他們。由於這起案子，得到眞正的心靈平靜的，就是長谷川翼的家人。」

末男宛如一尊銅像，嘴唇緊抿，直盯著美智子。對美智子來說，他的每一個這種表情，都是解答。

「首先，你殺害森村由南，指示翼在深夜十二點把山東海人約到六鄉，然後吩咐他把車子開到川崎的南河原公園的公廁前。翼照著你說的做，在四點把車開回公寓。這段期間，你一直待在翼的公寓裡。停在南河原公園的車子出現在六鄉的河岸，駕駛人殺害山東海人，將凶器的石頭放到車上，載到某處丟棄，也就是布置得讓車子能夠驗出附著在石頭上的山東海人的血液之後，再把車停回原本的位置——開車的是不是翼的父親？」

吉澤末男只是將美智子發出的話，不斷吸收到內心深處。

「翼的父親協助你，爲你製造不在場證明。山東海人應該是在翼指定的地點等他。這樣的話，翼只是把車開回公寓的供述就合情合理。」

末男緩緩變換姿勢。

街燈的光照出他的身影。

有著陰森眼神的男子一旦獲得解放覺醒，便放射出超乎想像的力量，纖細的身體線條甚至散發出妖豔的氣息。

「可是，這樣的劇情不會被警方採納吧。你和翼的父親並無關聯，會出現你們是在何時串通的問題。而且，這樣的計謀一旦曝光，別說會在社會上遭到抹殺，眞的會連性命都賠上。不明白有個反社會人格的孩子的父母有多痛苦、多苦惱的人，絕對不可能理解將親骨肉從社會上抹殺的決心。但父母積鬱極深，如果能夠，他們甚至想要親手殺掉這孩子。

「假設長谷川翼說的都是眞的，在殺害森村由南之前，你先去了板橋的公寓一趟。翼作證說，你過了一個小時左右回來，接著前往柏木，在超商後面的小巷開槍。那麼，那把槍應該是從公寓拿來的。但你和妹妹住的公寓整理得井井有條，在那種地方待上一個小時，你到底做了些什麼？公寓房間沒有架高地板，也沒有閣樓可藏東西。

「我猜，從公寓房間可看到的集合住宅旁邊仍設有公共電話。你從那裡打電話給翼的父親，才會花了一個小時才回到車上，但……」美智子注視著末男。

「我會除掉你的兒子，但你要負責殺掉山東海人——這種內容僅憑一通電話就能談妥嗎？實在不可能。因此，我當下否定了這個假設。」

美智子盯著末男。

「但可能性還是有的，就是事前已和翼的父親見過面的情況。你用那雙眼睛——那是小心謹慎、神經質的眼睛。但絕不陰險，而是聰慧、意志堅定的眼睛。」

——我認爲，吉澤末男擁有願意與人推心置腹的能力，也可說是相信他人的能力。反過來說，這也是博取他人信任的能力。

遠藤律師曾這麼評斷。

「你直接詢問翼的父親，他是不是把實情告訴了你？

「如果往後翼又遇上金錢困難，搞不好會殺害父母，謀取遺產，搞不好會順帶殺死妹妹。他可能會在家中放火，或許會毒殺家人——看到綁架妹妹，明知事跡敗露，卻能滿不在乎地進出家裡的翼，父親即使心生恐懼，想要保護女兒，也不是多離譜的反應。即使翼的父親懇求你幫忙除掉兒子，也是理所當然。」

末男的妹妹芽衣，把全部的債務推到一直庇護自己的哥哥，遠走高飛。她的自私任性，近乎殘忍。然而，她此舉的根本，是對哥哥絕大的信賴。她相信如果是哥哥，最後總能想出辦法。

然後，末男也對翼的父親，施加了這種信賴的魔法。

末男在翼的公寓住了兩個月。這段期間，他察覺到翼虛僞的特質。錢莊男子記得末男調查過翼。在他的記憶中，是六月下旬的事。翼的父親必須看診，無法自由行動。如果他在不引起家人懷疑的情況下外出兩、三個小時，只會是下午休診的星期四。從六月下旬到案發的七月十五日之間，共有三個星期四，六月二十八日、七月五日、七月十二日。

可能的只有七月五日一天。

七月五日，學會的聚會結束到返家的幾小時之間，翼的父親行蹤不明。出席者說「平常他都會喝一杯再走，但五日那天他有事先離開」。

「離開的時候，翼的父親並未開車。車子一直停在停車場。只要地毯式詢問那一帶，應該能問到有人目擊約二十七歲的男子，與年過五旬的高大男子深談的場面。」

不是在家庭餐廳或連鎖咖啡廳，而是沒有監視器的個人小店。

末男的反應不同了。

表情依舊不變，但他的眼睛已說明一切。

他的眼睛從過去回到現實。

回到眼前的美智子身上。

美智子並不確定就是五日。翼的父親確實在五日拒絕了同儕的喝酒邀約，但他並非總是在會後一起去喝酒，因此同儕不覺得奇怪。

——原來眞的是五日。

末男這天的拜訪，正好呼應翼的父親想要知道兒子動向的想法。末男應該坦白說出了翼的狀況。兩千萬圓的債務、非法賭博、以研究小組的活動爲幌子仲介賣春。窮追不捨的討債人，及對三榮的恐嚇——他應該也對翼的家人表達了同情。

「反正都要拿去填補翼的債務，如果把那兩千萬圓給我，我就設法讓翼再也不會出現在你們面前——你是不是如此提議？」

除此之外，美智子無法解釋在六鄉的河岸樹林裡，出現比濱口身材更高的男子，及山東海人遭到殺害的事實。

「你在最後打電話到龜一，說『我殺了兩個女人，這樣一頭母豬，隨時都能動手宰了』，對吧？這是七月二十七日的事。這時，第一次留下人頭手機的號碼，警方立刻查到山東海人，接著查出長谷川翼，短短三十六小時之間，案情急轉直下。但那通電話的目的是什麼？前天二十六日，你在電話裡說『總之，明天我會再送份禮』，搜查一課嚴陣以待，等著你聯絡。你透過二十六日『明天我會再送份禮』的電話，讓刑警緊盯著龜一，然後用人頭手機打電話過去。換句話說，你是爲了在一課的追蹤機器留下人頭手機的號碼——把人頭手機號碼送給一課，才打了那兩通電話。」

將翼塑造成凶手的圈套，十六日已布置完成。接下來，只需要把事件鬧大，製造出比起查出眞凶，警方更急於「逮捕凶手」的狀況。這是萬民接受、皆大歡喜的落幕。

因爲不論兩人之中誰才是凶手，都不再有人感興趣。

「那天你到板橋的老家取出手槍，用那台公共電話打電話給翼的父親。你決定動手，並要他幫忙一件事。」

只要調出長谷川透的通聯紀錄，七月十五日晚上八點左右，應該有一通來自公共電話的來電。每一台公共電話都有獨立的號碼，只要搜查一課進行調查，就可查出長谷川透接到這座公園對面的公共電話來電，講了很久。

「你將十圓硬幣一枚又一枚投入塗漆剝落的轉盤式公共電話，維持通話——大概講了三十分鐘。只要把這件事告訴一課，案情將整個翻盤。」

末男看著美智子，忽地微笑：

「不會翻盤的。打那通電話的人會現身，長谷川翼的父親也會作證是和那個人講電話。沒辦法證明他們在撒謊。」

——意思是，他早就準備好從板橋打電話的替身。翼的父親會配合末男的說詞串供。

但這也等於承認了美智子的推論。

涼爽的夜晚空氣籠罩著公園。蕭條的公園連個人影都不見。溜滑梯褪色，小鞦韆的坐椅泛黑，邊緣腐朽。

「——我想知道十五日那天，爲什麼你突然打了翼？」

美智子看著吉澤末男。

「行凶前一刻，你惡狠狠地揍了翼一頓。五點二十分，電視播出心臟病童還缺八千萬圓動手術的新聞。翼看到那則新聞，暴躁不滿，說『我要的只有區區兩千萬圓』。野川愛里供稱，接下來你就揍了翼，揪住他的衣領把他拖出門。這可解釋爲，你看到翼毆打野川愛里，感到憤怒。但短短幾小時後，你開槍射穿了和野川愛里同類的女人眉心。這一直讓我感到不解。」

末男怡然自得地說：

「我可以解釋我的行爲。我揍了翼，但絕對不是可憐野川愛里。我從來不覺得野川愛里可憐。

「那一天，對，五點多的新聞在幫生病的小孩募款一億兩千萬圓，翼不甘心地咬著指甲，緊盯電視畫面，突然問『那你家呢？』——他說既然愛里家行不通，能不能從我家拿到錢。被揍到爬不起來的愛里說『他家才沒錢咧』，咒罵起我和我的家人。我是連父親是誰都不知道的雜種、只會偷吃攤子食物的野狗。母親連字都不會認，妹妹是跟母親一樣的妓女——愛里這樣說。

「她張大嘴巴，哈哈大笑。

「我完全不覺得她在找碴，或受到她嘲弄。但愛里被翼狠狠地揍，全身剝光，推來推去，根本不被當人看。如果她會感到難過、不甘心，還會嘲笑相同境遇的人、一出生就淪落劣勢的人嗎？——姑且不論我就像野狗、母親不會認字、妹妹賣春這些是不是事實。

「我沒有父親，出生在母親靠賣身賺錢的家庭。長大以後，我切身體認到自己和母親、妹妹掙扎著活下去有多痛苦。據說出海的漁夫有句話：『隔著一片木板，底下就是地獄』，我完全明白那種感受。我們還能活著，只是碰巧維持著平衡，隨時都可能翻船。我們就生活在隨時會滅頂的恐懼當中。我拚了命掌舵。老師要我開拓自己的命運，但那就像是在無底沼澤中前進，光是每一天的生活，都將我磨耗殆盡。我接受他人的關懷，又背叛他們，被不學乖地相信我的人拯救，又背叛他們。每一次背叛，我都痛苦得宛如千刀萬剮。」

美智子看到頭上頂了個年幼的女孩，在及膝的泥濘中奮力前行的少年身影。

「我想要爬上每個人都理所當然行走的、陽光普照的大地。我如此想望，卻跌跌撞撞，但我只能繼續爬起來。那個時候，愛里——幾乎不瞭解我的愛里，嘲笑我、幫翼說話。她想要討好翼，站在翼那一邊。爲了這個目的，她什麼事情都做得出來、什麼話都說得出口。她會將一路以來承受的輕蔑，厚顏無恥地轉爲對他人的攻擊。

「看著哈哈大笑的愛里，我怒火中燒。

「愛里很快又被翼踢倒。翼邊踹愛里邊唾罵她。『我要錢啦，妳這個廢物！』翼被自己的話刺激，像踢貓那樣踢著愛里，愛里被一路踢到牆邊，卻沒有半句怨言。

「不管翼對她做什麼，愛里都沒有怨言。叫她脫光拍照，也毫不反抗，不覺得羞恥。

「對強權巴結奉承，對弱者毫無同情或共鳴。

「翼有揍人的權利，愛里必須承受……」

美智子想起打電話到電視台的男聲。

——但她們才不是人，她們的腦容量頂多跟兔子一樣大。

末男的話接二連三地播放出來。

——這種女人，就算救了她，對社會也不會有半點貢獻。只會生下孩子來虐待、賣春，到處客訴，最後靠生活津貼過日子。想幹就幹，懷孕了就生下來，整天虐待小孩，叫他們去死。這不是什麼可恥的事吧？這就叫拚命努力賺錢養孩子的母親吧？不對的是社會，不是女人吧？收錢在男人面前脫光光的垃圾妓女，只要塞錢給她們，就會脫光衣服哭給你看。因爲她們是如假包換的賤貨。

最後總是回到同一句話：

——即使是垃圾般的女人，人命就是人命吧？救救她啊。

末男目不轉睛地看著美智子。那雙眼睛再也不是神祕不可捉摸的了。

「所以，我才氣到動手。」

「你就是在這時候下定決心。」

末男的目光似乎閃了一下。

「二十七年來，全心全意只想脫離這種環境的你，不可能就此認命。」

末男屏氣凝神地聆聽著。他注視著美智子，目光彷彿具有黏性，反映出美智子的推理正確地重現了那一瞬間。

「你只想著要還清一千兩百萬圓的債務。七月五日，和翼的父親談話的時候，你直覺或許可利用這個機會得到這筆錢。爲了還債，你攬下一個任務。從那個時候開始，你應該一直在思考。怎樣才能除掉翼？殺人滅屍嗎？以正當防衛的方式殺了他嗎？最後，你想到殺掉兩個人，讓翼揹黑鍋的計畫。利用三榮恐嚇案，陷翼於罪。你很清楚他們的恐嚇手法有多粗糙，但你下不了決心。只要是正常人，都難以下決心去剝奪他人的性命。但那天你聽到愛里的話，豁了出去，認爲愛里這種人就算一腳踩死也不足爲惜。愛里這種人，也就是座間聖羅和森村由南這種人。」

二十七歲的男子——體力與行動力都正值巔峰。

「我們雜誌記者有許多消息來源，也有些基層警察藉此賺取零花——聽說你們家壁櫃上層有兩個點心鐵盒，一個是迪士尼樂園的圓柱型點心罐，另一個是方型的仙貝盒。迪士尼的盒子裡，整齊地裝著芽衣小姐的照片、學生證和通知單。仙貝盒裡，裝著你小時候的照片和媽媽手冊，你一歲就會站，會認媽媽的臉，上面詳細內容記錄著這些，還有臍帶也收在裡面。但芽衣小姐的罐子裡，沒有這些東西。聽說你的罐子底下有個機關，鑑識人員調查後，發現是在十年左右前補強的。警方向我透露，那個部分是最近才被撬開來。你可能會說裡面藏著不想被人看到的丟臉照片，但我認爲祕密夾層裡，裝著那把馬卡洛夫手槍。十年前，你十七歲，是到處破門行竊的時期。聽說當時你們也到群馬和茨城行竊，或許是在那時候弄到的，或是你當時負責開車逃離現場，有機會拿到逃走的同夥留下的手槍。那天，你就是去板橋拿這把槍。你用自家附近的公共電話打給翼的父親，再次確定他是否立下決心，並在三十分鐘的討論中，要他幫忙——搜查一課不採信這種說法，因爲要證明父親長谷川透是共犯，困難重重。」

秋月說，單憑這種假設，無法起訴——檢方當初認爲是末男下的手，但現在確信翼才是主犯，毫無懸念。因爲殺害山東海人的凶手，殺了其他兩個女人，而吉澤末男不可能殺害山東海人。檢警從各種方向研究，最後管理官及檢方認定翼才是凶手。我們需要有具說服力的證據啊，小美。我們沒辦法找到支持這項說法的證據。

——可是，這下就不會再繼續出事，其中一人是凶手，結案，接下來都是遊戲時間。

濱口這樣說。

「你十分熟悉暴力。你應該被母親的同居人毆打過，也看過討債集團的施暴現場。破壞家庭的力量，及驚懼的臉孔，你對這些都很有經驗。同時，你也在翼的身邊一直看著他，所以知道翼現在已經臣服在施暴者之下。翼言聽計從的期間，你對翼下達指令，在短短幾小時內殺害山東海人，隔天殺害座間聖羅，完成一切。如果這是不起眼的命案，警方也許會更小心行事。但你不斷把事態鬧大，逼迫警方。搜查總部疲於奔命，逮捕凶手的壓力愈來愈大。我不知道有多少算計的成分，但無論如何，一切都是爲了陷害長谷川翼，而你在最後一刻，動手推倒了精心排列好的骨牌。」

秋月形容吉澤末男「把能量調節到最小」。斂眉低首，屏氣呑聲，像在冬眠。

——他是在等待時機。

美智子一直覺得，整起案件的結果是唐突掉下來的，宛如乘坐在安全裝置鬆脫的遊樂器材上。此刻，她理解了其中的理由。因爲末男設下了機關，每當機關啓動，眾人就必須面對玩具箱整個翻倒般全新的局面。

然後，他屏住呼吸——彷彿在深海沉睡，等待最後的機關發動。

美智子想起濱口仰望的白手帕。

一條又髒又破的手帕。

「你會殺害山東海人，是考慮到留他活口，他會作證長谷川翼根本沒有弄到手槍。山東海人沒有設法弄到槍。他想弄到槍的事，根本是空穴來風，應該是你放出去的風聲。」

翼的身高和濱口差不多。濱口必須稍微抬頭，才能看到樹枝上的手帕。但凶手不必抬頭，手帕就被籠罩在頭燈的光中。憑翼的身高，無論如何都做不到這一點。

所以，在凶案現場的不是翼。

翼的父親的身高，可從濱口拍攝的影片中得知。穿過診所門口的時候，他的頭頂與門旁標示看診時間的板子上緣一樣高。板子的上緣離地面有一百八十七公分高，和翼相差十五公分。

末男靜靜聆聽著。

美智子並非有什麼期待。硬要說有什麼期待，或許是期待他會有什麼反應。

適合寡默的末男的反應——

鈴蟲悲切地鳴叫起來。

「我呢，」末男緩緩開口：「原本以爲世人對死去的兩個女人會有更多的同情。但三榮總務部長的口氣，聽不出兩個女人的死對他有絲毫影響。兩個女人死後，我完全沒有要把事態鬧大的意思。我只是想要知道，世人也會滿不在乎地看愛里挨揍，就像翼滿不在乎地痛打愛里那樣嗎？或許也可說，我想看看世人的反應。愛里不管遭到怎樣的對待都不可憐，爲什麼兩個女人被殺就可憐？妳說那兩個女人有活下去的權利，或許吧，但她們的權利並未受到尊重。這整起案子的重點，不在於有兩個女人被殺，而是有人被殺這個事實。因爲有人被殺，看起來就像自己活著的權利受到侵犯。隨便怎樣都好，只要凶手落網，害死人的人受罰——這樣的原則得到遵守，人們就心滿意足。人們想要的不是眞相也不是正義，而是安全活下去的環境。妳明白我的意思嗎？」

末男直視著美智子。

「她們死了以後，才得到所謂的權利。」

末男緊抓著美智子的視線不放，宛如絲線相連。

「我不認爲那叫權利。她們沒有權利。沒有活下去的權利。我和我的母親都是。我妹妹活著的時候，或許還有辦法得到所謂的人權。我想要給她這樣的東西。我想要把她塞進會被當成人的世界。妳眞心認爲，殺死她們的人應該受到制裁嗎？生命有貴賤之分，她們、我、我的母親的命就是賤。否定也沒用。遇害以後才高呼她們有人權的人，只是藉題發揮，讓世人瞭解社會的扭曲面，就像金絲雀一樣（註）。所以，沒人對她們的眞實樣貌感興趣。身爲一個人，她們等於是透明人。」

末男幽幽地接著說：

「你們到底憑什麼抨擊我的作爲？」

這句話掉落在秋涼的夜中。

鈴蟲高高低低地鳴唱著。

末男浮現笑容，繼續道：

「妳深入追查了死去的女人和野川愛里是吧？我是在《前鋒》的報導上記住木部美智子這個名字，所以我才願意聽妳說話。那兩個女人無可救藥，野川愛里八斤半兩，長谷川翼是社會害蟲。但重要的不是那些，是錢。就像妳說的，山東海人根本沒在找手槍，然後我會因此拿到一千兩百萬圓。然而，我犯下的罪無法證明。錢也是，絕對不會留下痕跡。我要翼的父親殺掉『章魚』，就是爲了讓他變成共犯。如果他改變主意告發我，必須連帶把自己犯下的罪也全盤托出。但疼女兒的他不可能這麼做，所以你們沒辦法讓他招供。不管怎樣，警方都無法再進一步追查。我和翼其中之一就是凶手，這下市民安全的環境便得到保障。不管妳掌握到什麼證據，這件事都已落幕。」

原來，長谷川透打算準備不會留下追查痕跡的一千兩百萬圓。

末男的眼神像冰冷的利刃。

「你是什麼時候瞄準長谷川翼的？」

這整件事，就從吉澤末男調查長谷川翼開始。

註：金絲雀經常用來測試有無毒氣。

末男看著美智子。

——吉澤末男絕對不會轉開視線。美智子認爲，他的視線帶有近乎貪婪的專注力與分析力。聲音、呼吸，連對方冒的汗，在吉澤末男眼中都具備了無異於語言的資訊。

那雙眼睛深入對方的內在，連對方沒說出口的部分都摸得一清二楚。

末男慢慢開口：

「長谷川透當下拒絕了向父母求救的提議，我忽然嗅到一股味道。某種不正常的味道——扭曲的味道，於是我調查了他。

「那個佯裝冷峻的翼，每當討債的人提出要他父母還錢，他一定會下跪保證設法籌錢，甚至不惜耍賴說，如果告訴他父母，他就在店門口吊死。他的罩門是父母。他對父母有著異常的執著。與其說是幼稚，或許更應該說是糾纏。依戀與憎恨交雜，我認爲根源是自卑。錢莊的人對我說，翼總有一天會犯罪，不是殺子就是殺妻、殺女友，不然就是殺上司或部下。翼確實有著這樣的氣味，但我也不是因此就有什麼特別的想法。我只是默默看著翼的所作所爲，像錄音帶一樣聆聽他的每一句話，像錄影帶一樣把他的每一個動作烙印在眼中。

「我並沒有那麼重視妹妹。我一直覺得如果沒有她，不知道會有多輕鬆。但芽衣也不是自願出生在這樣的家庭。我們是從那個母親的肚子裡生下來的。既然這個事實無法改變，就算怨天尤人也是白費力氣。芽衣爲我放棄本來找到的正職工作，我希望她能回去做醫院的行政，回到應有的人生——」

應有的人生——

那個時候，美智子問「如果得不到發揮天賦的環境會怎樣」，遠藤律師說會在某個時間點爆發。

「錢莊的人說，如果我還不出錢，他們會去找芽衣。就像妳說的，這意味著要芽衣下海賣身，賺取一千兩百萬圓。」

他的目的果然是還清妹妹欠下的債務。

「——你看到大笑的愛里，怒從中來。翼邊踢愛里邊罵她，嘴裡說著『我要錢啦，妳這個廢物』——可以告訴我接下來的事嗎？」

吉澤末男沉默著，美智子接下去說：

「連父親是誰都不知道、母親連字都不會認、是只會偷吃攤子食物的野狗，野川愛里這樣嘲笑你，你站起來揍了長谷川翼。翼有打人的權利，愛里必須承受——這一瞬間，你當機了。」

吉澤末男的雙眸射出戾光。憎恨、憤怒，吉澤末男的眼中浮現這些情感。

「——愛里看著我哈哈大笑，彷彿她就盼著這一刻。翼一腳踢過去，打斷了愛里的嘲笑。『笑什麼笑！吵死了！』翼真心怒罵。直到這一刻以前，我一直覺得幫不了長谷川翼的父親。雖然覺得長谷川翼是個爛人，也想挽救長谷川家，但我無能為力。

「那天晚上很熱，翼的身體散發出酸臭的汗味。

「真是個人渣。

「不管怎麼做，我都脫離不了這裡。

「就像是被鏈在人渣敗類的垃圾堆裡。」

吉澤末男直視著美智子的眼眸深處。

「高中老師要我對抗命運。當時我還不知道，那個老師生活在與我不同的世界，以為只要挺身對抗，就能掌握自己的命運。站在有辦法戰勝、掌握命運的地方的人，總是誇誇其談。我會被說這些漂亮話的傢伙制裁。他們完全不明白我置身的世界。我從背後抓住翼的肩膀，一拳把他打飛。那傢伙整個人飛出去，撞到書架，書架上的擺飾和書散落一地，圖畫、觀葉植物和香氛機也倒了下來。」

末男沒有從美智子的身上移開視線。

「參加竊盜集團的時候，在穿著鞋子侵門踏戶、親眼看到同夥厲聲恐嚇『老頭，敢吵就放火燒你家』之前，我一直模糊地相信，只要有錢或許我可以上大學。以為我缺少的只有錢。同夥為了錢包裡的兩千圓，揍了老太太的臉。她嚇得瞪大眼睛，彷彿看到的是鬼而不是人。看到那種眼神時，我明白自己再也沒有辦法變回正正當當的人。但我還是靠著那筆錢從高中畢業，還清母親的債，繳清積欠的房租，得到妹妹的學費。我到現在都還是很感謝找我加入的人。」

末男的眼神在挑釁美智子。

「我痛恨暴力。母親的男人都想打我妹妹，他們想用拳頭打爛小孩子的肚子。所以，我對於握拳破壞什麼東西，有一種生理上的嫌惡。妳剛才說我當機了，對吧？現在妳說這些，我覺得才是真的當機了。跟現在一樣。失控就是這樣的感覺吧。比起感情，力量先衝上全身。手臂不由自主地行動，大腦——」

末男的視線仍對準美智子，彷彿要射穿她。

「大腦應該從理性繞道而過，直接發令：破壞他們。現在大腦應該也是直接命令我，叫我把眞相告訴妳。」

吉澤末男的視線筆直穿透美智子體內。

「翼好幾次摔倒在地，每一次我都揪住衣領把他拉起來。翼的眼睛像玻璃珠一樣閃閃發亮，鼻子淌血。力道從我的拳頭傳到他的下巴，他飛得老遠。翼可能說了什麼，但我都聽不見。我只看到尖叫的女人，和鮮紅的血。或許我也揍了愛里。注意到的時候，四下一片死寂，彷彿感官整個麻痺了。翼的皮包是名牌貨。我一把抓過那皮包，取出車鑰匙，走到廚房把五雙一百圓的塑膠手套揣進口袋，揪住翼的後頸，走出公寓。我打開翼的車門，把他塞進副駕駛座。」

美智子沒有退縮。雖然完全不清楚吉澤末男在打什麼算盤，但他現在的陳述與對警方的供詞相符——除了塑膠手套的部分。

吉澤末男沒有停頓，繼續道：

「妳剛才說我熟悉暴力的力量，沒錯，遭受屈辱毒打的人，幾乎都會喪失戰意。這也是大腦跳過理性的判斷吧。翼被塞進副駕駛座，也不問要去哪裡，只是不時抱著肚子咳嗽。」

就在這一瞬間，美智子察覺他沒有任何算計。

「我全都記得。車子避開幹線道路，從都道進入板橋。道路蜿蜒曲折，就像在船上搖擺。」

美智子曾搭計程車，摸擬末男前往板橋的路線兩次。分不出是私人道路還是公有道路、也不曉得能否通行的道路旁邊的人家有停車場，停著車子。到處都有樹枝和雜草冒出來，模糊了所有界線。

「那是我走慣了的路。爬坡之後，在盡頭直角轉彎，往下開去。翼在副駕駛座搖來晃去，彷彿失去意識。」

吉澤末男沒有遲疑，接著說：

「我把車停在此處的對面。如同妳說的，槍藏在壁櫃上層的罐子底下。

「那把槍是和同夥闖空門的時候，在群馬的廢屋找到的。要是被同夥發現，不曉得他們會拿去做什麼蠢事，所以我塞進身上的袋子裡。那是一把完全沒保養的馬卡洛夫，子彈用掉一半，彈匣裡裝了四發。我僞裝要補強鐵罐，做成雙層底，把槍藏在夾層裡。

「我把槍插進皮帶間。

「接著開車到柏木，來到森村由南的公寓前，看到由南走出來。我尾隨上去，她走進超商，我便在巷子裡埋伏。大概過了十分鐘，由南出來。

「由南趿著橡膠拖鞋，拖著鞋底邋遢地走路。我繞到前面，躲在電線杆後方裝成在滑手機。她走到兩公尺近的地方時，我一邊拉滑套，一邊堵到她面前。」

吉澤末男應該沒有自覺，但這時他的表情歪曲了。好似臉部被擊中的他，表情痛苦扭曲，繼續說下去：

「拉動滑套的聲音很短促，但很像一腳踩進沙子的獨特聲響。或許由南不是察覺有人，而是聽到聲音才抬起頭。」

美智子看見平舉手槍的末男。

額頭中央。他應該靠近到兩公尺以內，不可能射偏。

「我從來沒有開過槍。扣下板機，我看到由南的額頭往後彈。雙眼瞪得圓圓的，雙手張開呈大字形，好似風箏骨架。我把槍插進口袋往回走。跨出一步之後，背後響起咚一聲，應該是由南倒地的聲音。手槍傳來一股溫暖，不曉得是誰用過的舊手槍正常運作，我不禁心生感慨。我花了兩分鐘走到車子，再過三分鐘，四周才吵鬧起來。我叫翼開車。對向車道不斷有警車發出震天價響的鳴笛聲經過。記者小姐，這樣妳滿意了嗎？」

歪曲的表情從末男的臉上消失。

「不，請繼續說下去。」

末男侃侃而談，彷彿沒有任何迷惘：

「回到澀谷後，我叫翼把車停在Mark city的轉角，就是那處霓虹燈漩渦的谷底。翼滑著手機，說中野發現一具年輕女屍。有人把由南的屍體照片上傳到推特。翼很興奮，說就是我們剛才停車的附近。柏木的巷子，有路人聽到槍聲耶——翼激動得詭異，妳懂嗎？那傢伙本來就不正常。有一堆警察聚在那裡，凶器疑似手槍——他念出網路上的文章。」

盛夏夜晚的澀谷籠罩著暑氣，停在其中的一輛車子裡，翼完全沒想到將會發生什麼事，開心地念著社群媒體上的內容。美智子彷彿歷歷在目，宛如電影中的一幕。

「我亮出夾在腰間的手槍，翼目不轉睛地瞪著那把馬卡洛夫。我對他說：『三榮不鳥你的話，是因爲你說的內容不夠讓他們認眞，要讓對方認眞當回事。』

「翼內心瞧不起那些放高利貸的人。準備從三榮那裡勒索兩百萬圓時，翼得意洋洋地賊笑，擺出不可一世的態度，誇口這點錢他馬上就能還清。最後以失敗收場，如同他自己說的，被討債的人罵他亂誇海口，用火熱的艾條燙傷他的背。痛徹骨髓的高溫、哭號的自己，由於憤怒，他廉價的自尊心像樹木一樣瑟瑟抖個不停。所以，當我說要讓對方認眞當回事時，他的眼睛亮了起來。」

「座間聖羅呢？」

「一個人鬧不起來，還需要再一個。但若那天的那個時間她沒有站在那裡，或許此刻仍到處用三十分鐘五千圓的價碼賣身吧。我對翼說，如果決定要幹，就要殺兩個。所以，我在忠犬八公像前面尋找聖羅。

「聖羅記得我。她問我要不要玩一下，我回答『明天可以』，她叫我留下聯絡方法，我說『那就算了』。那個時候，其實她撿回了一條命。可是，她卻問我要不要去她家。然後，我們約了隔天在她家附近碰面。交談的時間一分鐘都不到。在那片雜沓人群中，我們就像兩個點。但我還是覺得或許遲早會被抓包，又覺得眞的被抓到的話，到時候再說。」

這是個涼爽的秋夜，奇妙的是，公園完全沒人經過。

「妳滿意了吧？」

「爲什麼選擇浴室？」

「因爲房間很乾淨。」

那裡是神崎玉緒的住處。神崎玉緒雖然很氣座間聖羅，仍對她伸出援手。

「小書架上並排著小開本小說，三層收納櫃掛著印花簾子。小說多半是老作品，還擺著過期的美容雜誌，杯子裡插著廉價的人造花。小時候每到盛夏，家裡就會熱到幾乎待不下去，所以我用工廠的第一筆薪水上網買了中古冷氣，付錢請做過電器行的人幫忙裝。還沒上國中的芽衣高興到跳起來，大喊如果一天只開一小時，要在洗完澡後開。我不由得想起了這些情景。

「居然好心收留這種女人，世上眞有慷慨的人。我叫聖羅去洗澡，因爲我不想把房間搞得都是血。」

末男筆直注視著美智子。

「記者小姐，人是有運氣的。有時候不管計算得再怎麼仔細，失敗的時候就是會失敗，行得通的時候就是行得通。座間聖羅注定要死亡。那個時候我在澀谷拒絕她，她卻邀我去她住的地方，她就注定要死亡。

「陽光從窗簾外面照射進來，房間熱得像三溫暖。聖羅完全不在乎熱，自顧自說個不停，『去網咖要花錢，但在這裡愛睡多久就睡多久。原來你記得我……』我問她孩子幾歲了，聖羅應說『幾歲了？沒在記耶』。

「浴室傳來放水聲。聖羅把附有大蝴蝶結的包包——髒兮兮的粉紅色包包，放在小桌子上。夾在皮帶間的馬卡洛夫很硬，擠壓到肚子。聖羅一直說個不停。

「我揍過聖羅不止一、兩次。這個女人借東西從來不還。照片、衣服、戒指、皮包——非得使用暴力她才肯還。每次我出面，她就用一種黏膩纏人的眼神看我。其實去找她要東西，我覺得很痛苦。

「浴室傳來哼歌聲。我舉起手槍，站在門前。我在門前再次問她『孩子現在怎麼了？』她說送給別人養了。我問她有沒有去看孩子。

「我打算如果她偶爾會去探望孩子，就直接掉頭離開。但聖羅沒有回話，在門裡大笑。和前天聽到的愛里的笑聲一樣——彷彿在說：關心小孩？你白痴啊？

「我打開浴室門，槍口對準聖羅。

「聖羅坐在浴缸裡，抬頭看著我。我扣下板機，她的額頭開了個小洞，噗咻一聲，噴出一點血，就像擠壓滴管一樣。接著傳來腦袋撞壁的聲音，後腦破碎，噴出一堆血和肉。」

接著，末男盯著美智子：

「記者小姐，人是有運氣的。人總有一天會被運氣拋棄，但只要運氣還眷顧一天，人就能活下去。妳一開始說過，兩個偶然讓妳確信下手的就是我。既然如此，也是無可奈何。我不會再繼續殺人。但妳坐在那裡，我坐在這裡，而長谷川翼會依殺人罪受到制裁。不管我焦急或害怕，對我的運氣都沒有影響。座間聖羅有三次機會，卻還是死了。森村由南碰巧一個人去超商買東西，我開槍的瞬間沒人目擊。雖然不知道媽媽和誰搞上生下我，也不知道為什麼只有長谷川翼生成那個樣子，但這些都不算在運氣好壞裡頭。不過，妳怎會想到長谷川翼的父親？」

只有山東海人的部分，吉澤末男還沒有提到。因為他知道山東海人命案的眞相，才是命運的分水嶺。

剛才他說的一切，都還能辯稱全是掰的。

但如果山東海人的殺人詭計被拆穿，他就完了。

不過，如同吉澤末男說的，秋月並未採信這種劇情。

僅憑非法占據河岸居住的遊民所繫的白手帕的位置，及凶案現場的男子沒有抬頭等證詞，不可能堆砌出足以定罪的新情節。

「長谷川翼的父親對蒲田署的偵訊相當不配合。他應該早就知道綁架犯是兒子，為什麼對三榮恐嚇案會那樣不配合？或許他想保護兒子，但從邏輯上來看，一旦演變成刑事案件，警方調查匯款帳戶，查到野川愛里的名字，他即使不願意也得配合。他對蒲田署的態度令人費解。我朋友說『如果把長谷川翼報得像凶手一樣，而最後翼不是凶手，他的父親不會默不作聲，我們會挨告，就是這麼氣勢洶洶』。然後我發現，他會頑固拒絕，是不是害怕？如果警方問他兒子的案子，難保不會在哪裡露出馬腳。因此，他強硬貫徹不配合的態度，害怕整件事可能會從他那裡開始敗露。」

美智子注視著末男說：

「山東海人遇害時，你並不在場。在命案現場附近的人聽到聲響。殺害山東海人的人，應該是要在黑暗中抬起石頭，雙手不便，於是戴了頭燈。整個過程似乎只花了三分鐘左右。男子的頭燈照出綁在樹枝上的手帕，但目擊者說燈光並未向上。不是由下往上的光，而是由上往下的光——表示凶手的頭部比手帕的位置高。涉案人士當中，擁有那樣的身高的，只有長谷川翼的父親。」

吉澤末男的嘴巴呆呆地張開。

「秋月警部補在案發現場聽到這段證詞，包括手帕的事。但目擊者並未對秋月警部補提到『男子沒有抬頭』，所以，秋月警部補沒能得到關於凶手身高的情報。由於我是在犯罪時間前往，目擊者才想起這件事。」

必須在短時間內利用現場的物品，確實解決山東海人。石頭從正面擊中目標，或許是在意料之外。

末男一笑也不笑：

「下次再問目擊者，他會說那個人可能曾抬頭。」

或許是如此。

「但我很清楚，妳會盯上我的理由了。」

「殺了兩個人，你不覺得愧對島田老師或源一先生嗎？」

吉澤末男不願意弄髒玉緒的住處。神崎玉緒的住處，讓他想起一家人以前生活的空間。據說擺放著舊書的末男的書盒，及老師和二手書店給他的書。他在玉緒的住處看到一樣的東西，不希望被血弄髒——

「那些相信你、支持著你的人，包括商店街的老闆和學校老師，還有派出所員警。你接受過許多人的關懷。」

美智子並不認爲吉澤末男背叛了他們。他總是帶著危險的一面，大人們恐懼並憐憫他那種危險。

他們恐懼著，他爲了不被大環境壓垮而爆炸的那一刻。

並且敬佩他的毅力。

若是如此，他的爆炸，不能說是背叛了他們的期待。

然而，美智子還是想問。她想知道吉澤末男會怎麼回答。

「我背叛了他們沒錯，但我並不後悔。」

在籠罩四下的涼爽空氣中，彷彿重力計算錯誤，話聲緩慢地落下，化開、擴散。

「小時候，我都在狹窄的巷弄裡奔跑玩耍。必須爬上工作梯般的樓梯，才能從位於谷底的家爬上去。抬頭一看，突出的屋簷與屋簷之間有藍色的天空。每當我看到那一小塊藍天，就會想：只要爬上樓梯，一定會是一大片明亮的天空。任何人只要爬上梯子，就能去到有天空的地方。」

彷彿水滴落下靜謐的水面，但話語並未如漣漪徐緩擴散，消失不見。

末男重新把腳放到地面。眼前這個人完全不絕望，有的是憎恨、悲傷與熱情。對社會的憎恨，對自我現狀的悲傷，及對活下去的熱情。

有人說，殺人是一種熱情——美智子唐突地想起這件事。

「人們只要服膺寫在這片天空某處的人權與正義、服膺不知道在哪裡卻假定存在的事物活下去就行了。但人們也可活得彷彿存在於天空某處的正義與人權不存在。同樣一片天空底下，也存在沒有那種東西的世界。相信、服膺連在哪裡都不知道的東西，這叫做愛，但也叫做欺騙。」

吉澤末男回去公寓了。

美智子慢慢取出口袋裡的手機。

錄音程式顯示開啓，正錄下蟋蟀的叫聲。美智子注視半晌，停止錄音。

——所以，一切都結束了。

某天，地下錢莊的帳戶會收到巨額款項，一筆勾銷吉澤末男的債務吧。錢莊不會追究那筆錢是哪來的。借據作廢，就此結案。

這段錄音，我不會拿給濱口、中川或眞鍋聽。

如果拿給秋月薰聽，或許會有很意思。

人們只要服膺寫在這片天空某處的人權與正義，服膺不知道在哪裡、卻假定存在的事物活下去就行了。

聽到這段話，秋月會有何感想？

美智子刪除了錄音。

生錯季節的蛾在街燈周圍飛舞。

（全文完）

E FICTION 38／人蟻之家

原著書名／蟻の棲み家
作　者／望月諒子
原出版者／新潮社
翻　譯／王華懋
責任編輯／陳盈竹
編輯總監／劉麗眞
總 經 理／陳逸瑛
榮譽社長／詹宏志
發 行 人／涂玉雲
出 版 社／獨步文化
城邦文化事業股份有限公司
104台北市中山區民生東路二段141號5樓
電話：(02) 2500-7696　傳眞：(02) 2500-1967
發　行／英屬蓋曼群島商家庭傳媒股份有限公司
城邦分公司
104 台北市中山區民生東路二段141號2樓
網址／www.cite.com.tw
讀者服務專線／(02) 2500-7718；2500-7719
服務時間／週一至週五：09：30～12：00　13：30～17：00
24小時傳眞服務／(02) 2500-1900；2500-1991
讀者服務信箱E-mail／service@readingclub.com.tw
劃撥帳號／19863813
戶名／書虫股份有限公司
香港發行所／城邦（香港）出版集團有限公司
香港灣仔駱克道193號號1樓東超商業中心
電話／(852) 2508-6231　傳眞／(852) 2578-9337
E-mail／hkcite@biznetvigator.com
馬新發行所／城邦（馬新）出版集團
Cite (M) Sdn Bhd
41, Jalan Radin Anum, Bandar Baru Sri Petaling,
57000 Kuala Lumpur, Malaysia.
Tel: (603) 90578822
Fax:(603) 90576622
email:cite@cite.com.my
封面設計／蕭旭芳
排　版／游淑萍
印　刷／中原造像股份有限公司
●2020（民109）7月初版
售價399元

 ISBN 978-957-9447-76-8

國家圖書館出版品預行編目資料

人蟻之家／望月諒子著；王華懋譯. –初版.
– 台北市：獨步文化，城邦文化出版：家庭傳媒城邦分公司發行，民109.07
面；公分. --（E fiction ; 38）
譯自：蟻の棲み家
ISBN 978-957-9447-76-8（平裝）

861.57　　109007869

獨步文化 APEX PRESS

廣　告　回　函
北區郵政管理登記證
台北廣字第000791號
郵資已付，免貼郵票

104台北市民生東路二段 141 號 2 樓

英屬蓋曼群島商家庭傳媒股份有限公司

城邦分公司

請沿虛線對摺，謝謝！

獨步文化 APEX PRESS

書號： 1UR038　**書名：** 人蟻之家　**編碼：**

請於此處用膠水黏貼

獨步文化 APEX PRESS

讀者回函卡

謝謝您購買我們出版的書籍！
請費心填寫此回函卡，我們將不定期寄上城邦集團最新的出版訊息。

姓名：________________ 性別：☐男 ☐女

生日：西元________年________月________日

地址：________________

聯絡電話：________________ 傳真：________________

E-mail：________________

學歷：☐1.小學 ☐2.國中 ☐3.高中 ☐4.大專 ☐5.研究所以上

職業：☐1.學生 ☐2.軍公教 ☐3.服務 ☐4.金融 ☐5.製造 ☐6.資訊
☐7.傳播 ☐8.自由業 ☐9.農漁牧 ☐10.家管 ☐11.退休
☐12.其他________________

您從何種方式得知本書消息？

☐1.書店 ☐2.網路 ☐3.報紙 ☐4.雜誌 ☐5.廣播 ☐6.電視
☐7.親友推薦 ☐8.其他________________

您通常以何種方式購書？

☐1.書店 ☐2.網路 ☐3.傳真訂購 ☐4.郵局劃撥 ☐5.其他

您喜歡閱讀哪些類別的書籍？

☐1.財經商業 ☐2.自然科學 ☐3.歷史 ☐4.法律 ☐5.文學
☐6.休閒旅遊 ☐7.小說 ☐8.人物傳記 ☐9.生活、勵志 ☐10.其他

對我們的建議：________________

____

____

☐我已詳讀權利義務之相關條款，並同意遵守。

請於此處用膠水黏貼

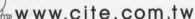

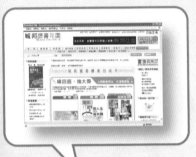